Александр Терехов

Александр ТЕРЕХОВ

НАТРЕНИРОВАННЫЙ НА ПОБЕДУ БОЕЦ

(Крысобой)

Роман

АСТРЕЛЬ
Москва

УДК 821.161.1-31
ББК 84(2Рос=Рус)6-44
Т35

Оформление переплета — Василий Половцев
(Дизайн-студия «Графит»)

Терехов, А. М.

Т35   Натренированный на победу боец : роман / Александр Терехов. — М.: Астрель, 2012. — 411, [5] с.

ISBN 978-5-271-42684-1

Александр Терехов — автор романов и повестей «Мемуары срочной службы», «Зимний день начала новой жизни», «Бабаев», «Каменный мост» (премия «БОЛЬШАЯ КНИГА», шорт-лист «РУССКИЙ БУКЕР»), «Немцы» (премия «НАЦИОНАЛЬНЫЙ БЕСТСЕЛЛЕР»).

В романе «Натренированный на победу боец» главный герой — ловец крыс, крысобой. Действие происходит в маленьком городке в начале девяностых. Атмосфера нервозности и надвигающейся катастрофы узнаваема, повествование очень быстро перерастает в остросоциальный гротеск, а местами и триллер. Крысы — символ то ли фашизма (как тут не вспомнить «Чуму» А.Камю), то ли чего-то непонятного, что надвигается на страну.

Герои романа мучительно пытаются высказаться, но никто никого не слушает и не понимает...

Роман переведен на английский язык.

УДК 821.161.1-31
ББК 84(2Рос=Рус)6-44

Подписано в печать 30.07.12. Формат 84x108/32.
Усл. печ. л.21,84. Тираж 3000 экз. Заказ № 6105.

Общероссийский классификатор продукции
ОК-005-93, том 2; 953000 — книги, брошюры

ISBN 978-5-271-42684-1

КРИМИНАЛЬНЫЙ ГОЛУБЬ
Время «Ч» минус 17 суток

Разве бывают трусы такого размера? Нет-нет. Трусы бывают большие, но на слонов их не шьют. Сырой августовской полночью двадцать шестого числа девяносто второго года уже зрелый мужик хоронился на крыше электрической подстанции на Молодогвардейской улице и караулил толстущую бабу из первого подъезда — баба кружила у подъезда, как на привязи. Я — этот мужик.

Под смолистой крышей подстанции гудели агрегаты, и, спасая мужскую силу от возможного излучения, я подсунул под штаны папку с документами, а баба заносила зад на очередной поворот — трусы ей шить только из наволочки. Значит, под халатом их скорее всего не было. Что за радость гулять, когда дует в зад?

Ну, над башкой моей барахтались голуби в топелях. Судя по залежам помета, я занял их нужник. Кишки на запор! Я те хвост подыму! Для угрозы я хрипло подмяукнул:

— Мя-ав. Мя-а-у-ав!

Шлеп! По макушке чиркнула густая струя.

Сгорбился, чтоб не текло за ворот; так и так твой жирный зад!

Дверь подстанции отворилась, и замасленное дежурное существо, запечатав его замком, глядело вроде в сторону Рублевского шоссе, но двигалось в круглую, как адская пасть, грудастую тень у подъезда.

В тополях заскрипело окно.

И: «Гули-гули-гули, – заныли сверху, на мою спину посыпались вроде сухари. – Мам, там суп остался? Дай».

Тут голубь не сдержался и отчетливо сказал:

– Закрой, проститутка, окно!

У подъезда баба ухватила товарища за рукав и, как сына, повлекла за собой. Спустя минуту розовый ночник в известном окне задуло, и я на карачках подполз к лестнице: есть.

Вытирая кленовым листом, я размазюкал помет по всей голове и поднялся в подъезд. Женщина выкликала из окна: «Милиция!» – по мою душу. Со стороны метро «Кунцево» ей куковал дежурный старшина:

– Что такое? Что такое?

Мне показалось, что за десять минут можно углубиться и в такой зад, я застучал в дверь, услыхав в ответ пробежку босых ног, и колокольчиком звякнула пряжка ремня, так вот.

Отворившую бабищу я задвинул в комнату и уже вымывал в ванной волосы под ее жалобу: «Мы спим давно».

– Я те посплю... Ты у меня кровати бояться будешь! – цедил я сквозь полотенце и включил свет в следующем закоулке, где вскинулась в кровати седая мать.

— Серафима Петровна, здрасть. Мы работали в вашем доме с крысами. Все квартиры подписали, что чисто. Ваша квартира не подписывает. А нам денег не платят.

— У меня-то нет. У дочки в комнате, — шептала старуха. — Вот только что. Как она ложится — начинает скрести. Неделю скребется...

— А меня неделю трясет! — заорал я. — Подписывай, что крыс нету! Скребутся у ее дочери! Дочь пилят хрен знает кто...

— Это Вова, — вставила дочь.

— А нам жрать нечего. А ну — пиши!

Дочка отставила свой утес и накалякала роспись, вырывая космы из маминых рук. Я побежал в метро. В подстанции захлопнулась дверь и клацнули замочки. То-то, Вова.

ДВА ТУАЛЕТА ДЛЯ ДВУХ ВЕТВЕЙ ВЛАСТИ
Время «Ч» минус 16 суток

– Пускаешь слюни в подушку? – разбудил я Старого телефоном. – Завтра получай деньги, плати за подвал.

– А те две квартиры?

– Один, вот тот, кому крысы половые органы грызли, на учете в психдиспансере. Я справку взял. А у второй дочь кроватью скрипела, а матери говорила – крысы. Если бы ты видел ее зад. Ты бы не уснул.

И я упал спать. Прямо в подвале. Под контору мы сняли подвал, мы бедовали на мелких заказах.

Миллионы лет серые и черные крысы, наименованные по родине – Китаю – синантропными, теснились в рисовых болотах, запертые Гималаями, пустыней, джунглями и льдом, в поганом месте, откуда к нам – орда за ордой.

Когда люди двинулись за золотом, тотчас стаяли ледники и освободили перевалы – хоп! Орда вырвалась. Огибая Гималаи, на север! – в Корею, Маньчжурию. В индийский соблазн – на юг! Восток сдох, не подняв головы. Будду с Новым годом первой пришла поздравить крыса, ей молились – знак радости и достатка!

Европа стонала с двенадцатого века, не мирясь — как же, ведь в золотой Элладе не жили крысы! Хотя черные крысы, корабельные и чердачные жильцы, еще Древний Египет зажали так, что убийство, даже невольное, кошки карала смерть! А уж заветная Эллада и Рим спасались одним: молчали. Всех называли «мыши», а мы гордились их чистотой, дурачье!

Но раскопки прояснили, какую именно тварь описывал Аристотель: зарождается из грязи на кораблях; зачинает, полизав соль. Кого укорял похотью Диоген. Кому пенял Цицерон за сгрызенные сандалии. Бог «мышей» — Аполлон. Боги крушили титанов так, что покачнулась и треснула земля. Тогда из черных трещин — цоп-цоп-цоп — хлынули.

И окружили людей.

Гора родила мышь. Дьявольский умысел: самая безнадежная весть полощется слепой поговоркой без указания, кто — гора, кто — мышь.

В подвале нет окон. Ночь кончается, когда Старый включает свет. Сует в скважину ключ, подобрав с пола отклеившуюся от двери бумажку «Артель "РЭТ"»*. Я не выспался. Старый, скотина, мог бы притащиться и позже.

Каждый греб за свои грехи. Привез райских яблочек для любимой — и коготочки в белую шею. По следочкам черных сестер заструились серые — пасюки**, триумфаторы! Шагнули с арабами в Пер-

---

* Рэт — крыса *(англ.)*.
** Пасюк — серая крыса.

сидский залив, Красное море, а крестоносцы повезли их дальше из Палестины, а суда Венеции вместе с жемчугом и пряностями доставили в Европу чумных крыс. В пятнадцатом веке церковь прокляла их. Поздно. Косточки пасюка отрыли во дворце ширваншаха в Баку.

Пасюки начали грызть Русь. За торговые вольности Пскова и Новгорода отплатили носами и ушами колодники Соловецкого монастыря, крысы пришли за Петром I. В 1727 году землетрясение в Кумской пустыне бросило полчища пасюков на Астрахань: клещи сомкнулись.

В 1732 году судно из Ост-Индии доставило возмездие для Англии. В 1753 году сдался Париж, через двадцать лет бедняки жрали крыс во время парижской осады. Мясо напоминает нутрию.

В 1775 году капитулировала Америка.

В 1780-м – Германия.

Русские мужики достигли Алеутских островов, острова кишели крысами, так и назвали – Крысиные.

В 1809 году пала Швейцария.

Старый ходит, он чихает, собака, ставит под нос мне пакет молока, кладет булку, шарит в сумке что-то еще. Он – главный, имеет стол. У меня есть раскладушка, сплю, поджав ноги.

Они идут, конец прошлого века отпраздновали взятием Тюмени, Тобольска, Евпатории. Русско-японская война наградила крысами Омск, Томск, и к 1912 году они совершенно заняли Сибирскую железную дорогу.

Первая мировая накормила черных и серых мясом, Европа пала целиком. Вторая мировая прославила крысиные подвиги на Волховском фронте и в блокадном Ленинграде — крысы грелись в постелях детей и заселили передний край обороны. Эвакуация развезла их на все четыре. В 1943 году по железной дороге пасюк вступил во Фрунзе.

— Хватит ногой дрыгать, — сказал Старый. — Хватит спать. Я заплатил за подвал.

Я смеялся в колыбели смешным маминым словам. Советские мусульмане научились есть свинину, получили свинофермы и все, что полагалось, в придачу. В последние чистые места крыс развезли товарные поезда, песенные целинники, Военно-Грузинская дорога, прибалтийское сено, переправляемое в Поволжье, канадская пшеница — в Якутию, картошка из Северного Казахстана — в Алма-Ату. Все.

От полуторакилометровых карпатских высот до подводных лодок во Владивостоке. Про крыс это слово — «всесветные».

Когда человек делает одно — у него получается. Но с этим «одним» он получает еще и другое. «Одно» бывает разным, добавка одинакова: с ушками и хвостом-сосулькой. Я вырос, а они уже у моего города.

Я надорвал молочный пакет и щипнул булку. К нам зашел седовласый кряжистый дядя в деловом костюме, с ходу почесал шею и вытащил из пиджака газету объявлений:

— Вот здесь...

Объявление я дал такое: «Беспримерные возможности. Уничтожение крыс и мышей в любом районе Земли. Цены − ниже международных. Мы спасли от крыс Вандомские острова, Тюрингию и общественный туалет (триста посадочных мест) в Женеве. Лауреат Шведской академии − артель "РЭТ"! Проезд: метро "Медведково", 661-й автобус до остановки "ГПТУ". По другой стороне вдоль бетонного забора до пролома. Через автобазу мелькомбината. Спросить Дом Всероссийского общества слепых. Подвал первого подъезда. Шестая дверь слева. Телефон 431-60-31, с 22 до 24. Владимир, Лариса».

− Все верно, − сказал Старый. − Присаживайтесь.

Дядя опустил глаза на майки-носки, развешанные по батарее, посмотрел на мою опухшую морду. Старый представился:

− Кандидат наук, ведущий научный сотрудник зоопсихологической лаборатории Московского университета. А это аспирант Института эволюционной морфологии имени Северцева.

Услышав незнакомые слова, дядя присел и внятно поведал:

− Ребята, вы можете много заработать.

− Можем. Если время позволит, − откликнулся я. − Мы вчера из Стокгольма. Через неделю − Лиссабон. Пива не выпьешь, так рвут. − И быстро поднялся. − Что у вас за дом? Небось, опять за валюту?

Дядя развернул карту на столе, Старый локтями упал на нее, внюхиваясь в добычу.

— Город Светлояр, бывший Ягода, Тамбовская область. Я — хозяин, мэр. — Дядя почесывал коленку. — Тут гостиница «Дон», двадцать пять этажей, киноконцертный зал — ваша работа.

— «Дон», — повторил Старый.

— Переименовали гостиницу. В связи с событиями. Двенадцатого сентября торжественно открываем исток Дона.

Старый повел пальцем по карте:

— Это у вас?

Дядя вздохнул и наморщил низкий лоб.

— Не для печати: вообще-то нет. Идея такая в Москве: присоединить к Золотому кольцу, где иностранцев возят, старинный город, и чтоб там же исток Дона, историческая река, борьба за свободу, то-се. А где исток, там, в общем, и ученые не разберут, три области спорило. Мы и не знали про эту затею, мы не старинные, сталинская новостройка. А наш депутат в Верховном Совете в комиссии по культуре. И решил вопрос. Нам бы хорошо иностранцев, у нас ликеро-водочный завод. Так что взялись, уже трубу к Дону тянем — будет исток! Завезли курганы с Украины, с Причерноморья, показательные раскопки, мечи собрали с музеев.

— А как же название?

— Историков подключили, пробиваем в печати идею, что Ягодой город назывался не в честь сталинского палача, а основал Юрий Долгорукий на месте, где знакомая монахиня жила, или на месте, богатом малиной.

13

— А малина-то есть? — обрадовался я. Дядя еще вздохнул.

— Завозим. Высаживаем. Это дело мое. Наш депутат переборщил, в Министерстве культуры нашумел, что исток открываем, праздник, тысячелетие города — как раз совпало с визитом Генерального секретаря ООН. И этот душман приедет. И наш Президент приедет. И телевидение приедет. За кровью моей. С крысами у нас ужасно, мясокомбинат, понимаете. Нужен зал. Ваше дело: только зал гостиницы. Сделаете? — Он почесал щеку, мы переглянулись. — Зовут меня Иван Трофимович, я не обижу. — Он тронул портфель, я полез за стаканами.

— Значит, времени почти нет... Ну что ж, за срочность плюс зал, подвал, чердак, коммуникации, газоны, поэтажно, лифты. — Иван Трофимович открыл бутылку, Старый считал на салфетке, я вдохнул. — Шестнадцать тысяч четыреста долларов. Плюс кормежка, проживание.

Всех как поубивало. Замерли, слушали, как протяжно бурчит в моем брюхе. Время спать, а мы не ели.

— Нет. Дорого очень. — Дядя поднялся и пожевал бесцветные губы. — Я обращусь в государственную санэпидемстанцию.

— Сходите. — Я толкнул руку Старого, дернувшуюся зачеркнуть ноль у объявленной цифры. — Вам скажут: врачей нет, ядов нет. За две недели такое здание ни за какие деньги не вычистишь. Потеряете еще день. А там и мы не возьмемся. Если вы чешетесь от крысиного клеща, значит, у вас в деревне и туляремия, и лептоспироз. Представляете, если какой-нибудь дурак напишет в Госсаннадзор или прямо Президенту? — Речь я запил молоком.

Старый взял насупившегося мэра под руку.

— Иван Трофимович, — шептал, как малолетнему, под шляпу. — Кто вам поможет? Никто вам не поможет. С жульем свяжетесь, подпишете договор об уничтожении на девяносто восемь процентов. Покажут пять дохлых и уедут. А хвост популяции?* Он останется. Через месяц заскачут по вашему пиджаку. А мы можем вывести под ноль. Мы — лучшие в стране, вы у любого спросите. Вам бюст на родине поставят.

— Уже есть. — И дядя обмяк. Выпили.

— Хотите? — восклицал Старый. — Весь город вычистим. За три месяца! А вдруг гостю из ООН захочется в баню?

— Они, наверное, не моются. Мне фотографию достали — как цыган. Город местные подчистят, народным способом. Корпорация у нас открылась. «Крысиный король» — так называется.

Я рассмеялся: корпорация! народным способом!

— А что ж они гостиницу не могут?

Старый, поднося дяде чарку, двинул мне локтем в нос.

---

* Хвост популяции — здесь: животные, не затронутые истребительными мероприятиями, являющиеся основой для новой волны размножения.

Мэр Светлояра вдруг ответил твердо:

— Гостиницу не берутся. Никто не берется. Я до вас всех объездил — и кооперативы, и государственные. Все отказали. Глухой номер.

— Почему? — спросил я осторожно.

— Ребята, у нас мрак. Уж привыкли к крысам, исторически сложилось. Накрошили бы в подвалы колбасы, они бы на улицу и не вышли. Каждый бы гулял в своем зале. — Он весь оседал. — Но в гостинице они падают с потолка. В щели. Могут днем. Могут на стол. Могут на голову. Мне — на голову. — Он снял шляпу. — Крысенок. Сюда. — Глаза его слезливо поблескивали. — Нам не надо под ноль. Пусть бегают. Чтоб только день один не падали!

— Со второго этажа падают? — уточнил Старый.

— Да нет над залом никакого этажа!

— Проникают на крышу из подвала?

— И в подвале нету. Гостиница — самая чистая в городе. Только падают с потолка. А вы с меня за каждый этаж дерете!

— Найдем на каждом этаже, если падают. Вы их просто не видите, — огрызнулся Старый, хмыкая мне и мигая, но я призадумался.

Старый ткнулся в стол за бланками договоров, и на устах его вспухло золотое слово «задаток». А я, убедившись, что смывной бачок исправен, со спокойной душой выполз во двор и лег на лавку под яблоней-китайкой с побеленным коленом. Любуясь железной скобой двери «Прием стеклотары», я вдыхал последний август — вот и кончилось.

— Я говорю: они только к югу от улицы Ленина. Где руководство живет, учреждения. Что ж они на север, в дома населения не идут? — Иван Трофимыч встал у меня в головах, словно молясь на дорогу.

— Это характерно. Паллас, ученый такой, объезжал Россию еще в восемнадцатом веке и тоже отмечал: в Яицком городе крысы только в южной от тракта стороне. Дорогу не любят переходить.

— Я вот думаю: не-ет, это не просто. Это они против меня хотят... Как думаешь? Вечером аж страшно. Я один не хожу. Жена мясо с луком жарит, и на ночь в подъезд кладем, чтоб выше, к дверям, не шли. Я супруге говорю: давай ночью сходим поглядим через окошко, как они там гуляют... Противно.

— Просто урожайный год, — зевнул я и сел.

Он примял ровно зачесанную назад седину и пробормотал:

— А ты, может, слыхал, есть какая-то крысиная болезнь?

— Бабушка рассказывала.

— Ну?

— Что? Ну, рассказывала, если крысу убьешь, то самому, значит, умереть. Засохнешь. Но это так... Не думайте. Человек помирает не от болезни.

— А от чего?

— От того, что помирает.

Иван Трофимович покачал шляпой и тяжело пошел. Ишь ты, какая его машина ждет, и шофер дверку держит. Оглянулся:

— А лечиться чем? Бабушка не говорила?

— Травами. Смородина, чистотел. Песий язык — особенно. Или влюбиться.

— Влюбиться?

— Ага. Но серьезно. До конца. До конца-то можете?

Иван Трофимович покраснел:

— Иногда. — Потом еще крикнул из машины: — А спиртным?

— Не. Они наоборот. Тянутся к этому делу.

Старый лежал щекой на пачке зеленых денег и кричал в телефон:

— Не! Не выпил! Лариса, мы уезжаем!

Старый пощупал сахарные занавески, щелкнул светом — горит. Подпрыгнул на мягкой полке и горько признался:

— Никогда не ездил в спальном вагоне. Напиши мне на могиле: «Он не ездил в спальном вагоне». — Потащил из сумки кулек, запахший колбасой.

Я тоже растрогался и попросил:

— А когда меня похоронишь — выбей, пожалуйста, на мраморе: «Умер, так и не напившись вволю вишневого компота».

Старый смутился и достал компот — женатый мужик! Поезд поплыл. Я выглядывал в коридор. У одного туалета пасся грустный Иван Трофимович. У противоположного — лысоватая долговязая личность, синие щеки. Прочие жрали да шуршали простынями.

По вагону боком протискивалась проводница в мужской рубахе с погонами, едва сдерживающей ее стать, заводя по очереди в каждое купе свою грудь, как глазищи слепой рыбы.

— Посидите у нас, Танечка, — зашептал я, встретив носом тесную середку ее рубахи. — Мы любим женщину в пилотке. И в черной юбке любим. Красивые ноги напоминают интересную книгу — хочется сразу заглянуть, а что же дальше?

Таня смеялась, взглядывая на свои колени размером с башку Старого, и откусила наш огурец.

— Позвольте, я вам карман застегну. К вам едем. Мы дератизаторы*. Спасем от крыс исток русской свободы.

— Ага. За миллионы! На что вы нам сдались — такие хорошие. Баню достроить — нет денег. Все начальство за вас перегрызлось. Чай не пили. Оба туалета открыла. Им противно в один ходить. Мэр — налево, губернатор — направо. А мне мыть.

Я снова высунулся в коридор. Синещекая личность, значит, губернатор. Два мощных лизоблюда читали ему бумаги.

Поезд достиг ночи. Я обрушил кожаную штору на луну, похожую на рыбную чешуйку, натертую до серебряного мерцания мельканием лохматой лесополосы.

— Мы будем счастливы в этом городе. Мы отдохнем и будем радоваться. — Старый улыбался во тьме. — Там есть мясокомбинат. На мясокомбинате всегда бывают колбасные цеха. Мы поедим колба-

_____

* Дератизаторы — от дератизация (истребление грызунов).

сы — «Мозговую», «Охотничью», «Яичную», «Брауншвейгскую». Язычки, запеченные в шпиге. Боже, как долго я живу. Сколько же я помню! Рассветет — мы с тобой на реку. Почему — «вот уж хрен»? Будем молоды. Мне столько лет, а я не летал еще на самолете. Впервые в спальном вагоне. А ездил в холодильнике, в почтово-багажном, в вагоне-ресторане на кухне, в тамбуре, на третьей полке, на столике, на полу, в туалете. В купе проводников!

Старый запыхтел, а я отправился по его стопам — в купе проводников. Татьяна писала акт на запачканную кровью простыню, через пять минут без памяти ржала, капая слезами на акт; потом я шагнул задвинуть дверь, чтоб не совались пассажирские рожи, и заметил, как жарко, да? — разным пуговицам и молнии, как и предполагалось, оказавшейся на правом боку, — и за это спустя три часа протопил углем вагонную печь, держал желтый флажок «на отправление», отпихивая коленом в грудь детину с забинтованным глазом — его на станции Жданка родственная толпа трижды заносила на третью ступеньку с мешком картохи под хоровую мольбу: «Ну сынок!»

Еще один сынок, лобастый, как автобус, маялся в тамбуре: нету места, растирая на пухлых локтях озноб; я подтолкнул:

— Третье купе. Давай.

Сам вернулся, разулся и еще раз — как дал!

НЕРУССКИЙ ВИТЯ
Время «Ч» минус 15 суток

Старый целомудренно закутался в простыню, не убирал изумленных глаз с обласканного мной паренька.

— Успокойся, это не я. Это Витя, светлоярский парень, — пояснил я. — Окончил Рязанский мед. Едет отдохнуть. А это чай. Хоть бы одна сволочь сказала спасибо.

— Благодарю. — У Вити оказался звучный до грубости голос.

— Теперь, что узнал. Есть губернатор, демократ, фамилия — Шестаков. Из ветеринаров, что-то там его увольняли за правду. Пил. Местные, корпорация «Крысиный король», — это его какие-то волчата. Очень ему обидно, что они не могут этот потолок... Жалеет для нас денег. Не любит Трофимыча. Очень не любит москвичей. Хочет в Москву.

Они хлебали чай и с обычной для утра тупостью отвернули носы к окошку — за ним побеленные низкие заборчики сменялись желтыми строениями с красными буквами «М» и «Ж», одноэтажными станциями, сарайчиками, облепленными куриным пухом, с палыми яблоками на серых крышах, и все сменяли посадки, тропинки, переезды с завалившимися набок тракторами, ржавые плуги, вороны, прыгающие друг за другом, под рельсы подныривали ручейки с торчащей из-под лозы удочкой и грузной гусиной флотилией.

— Старый, — я пересилил зевок. — Как бараны твердят: крысы в потолке. Подвал чистый. Я, конечно, понимаю, что так не бывает. Но, вообще, тебя не смущает этот потолок?

— Сынок, — усмехнулся Старый. — Сы-нок!

— Ну, гляди. — И я уставился на парня. — Как отчество?

Алексеевич. Меня злят мужики с гладкой рожей без синяков, прыщей, родинок и щетины. Ухоженный парень. Рыхловатый, белобрысый, нос тонкий — краса. Уже умылся, стрижку начесал, набрызгал запашок.

Он распечатал сигареты: угощайтесь.

Под мое сожалеющее «нет-нет» Старый вытянул двумя пальцами восемь штук и промолвил вслед откланявшемуся малому:

— Читал все утро. Интересный. Если не читает, сразу говорит. Постель скатал, расплатился и больше не ложился. В окно глядел, только чтоб станцию узнать. Так что глазки совсем не задумчивые. И зачем ты его зацепил? Меня такие пугают.

— А ты русский хоть? — Но в коридоре я узрел пустоту, бросился стучать в туалет с зычным:

— Слышь?! А ты — русский?

Повторил раза три, отбив кулаки.

Замочек клацнул виновато — из туалета выступил губернатор Шестаков с закушенной губой, за ним выдвинулись два лизоблюда, один — с пиджаком, другой — с бритвой.

Губернатор снял зубы с губы, щеки его задрожали, будто он сосал материнскую грудь:

— Как смеешь?! Щенок! Рвач! Антисемит!

Здравствуйте, наши недолгие пристанища, похожие, как сказки, похожие на воспоминания, похожие на продажную любовь, что без лица, — лишь место прикосновения; это только бессонная ночь — она нахмурит любой день, хоть повезет тебя быстрая машина с мигалкой, у которой не кружится голова, а от станции до города нагибаются ветви над дорогой и сорит отболевшим листом податливая на осень липа прямо на асфальтовый люд, дергающий траву меж бордюров, чтобы выкрасить их потом в национальный русский цвет: через один.

Вот заборы и проходные с беременными собаками, перекрестки с глупыми светофорами — по ним стекает вниз капля света, меняя цвет — с красного на зеленый; лохматые милиционеры машут жезлами в холодной пыли, самосвалы везут свеклу, роняют ее, похожую на Латинскую Америку; ларьки «Школьный базар»; а главный дом угадываешь по елочкам.

— Объект ваш торчит, — показал Трофимыч, я даже не повернулся, буду спать.

— Мы бы хотели жить в отдалении от работы. Вы должны нас понять — крысы мстительны, — нагонял страху Старый.

Нас доставили в санаторий для беременных на круглом холме, там спешно выселяли палату. Беременные комкали пожитки, выкатывали кровати и уносили животы. Трофимыч хвастал: туалет через коридор, крючок завтра плотник повесит, пока можно к ручке поясок привязать и придерживать; и шептал что-то милиционеру, прикатившему на непристойно трескучем мотоцикле, указуя ему на наши окна, — я припал к незастеленному матрасу, глядя в кнопку «Вызов в палату сестры» — надо этот вызов совместить с отзывом Старого из палаты. Какого черта я здесь? И уже спал.

Что? Это Старый скрипучим рычагом поднял изголовье кровати, я проснулся и сделал так же. Мы лежали ногами к стеклянной стене, как отдыхающие беременные — грея руками живот, с холма смотрели на город, собирающийся перед нами под клонящимся солнцем, ветер пошатывал волнистые застиранные шторы и поил нас нагретым запахом незнакомой земли.

Город проступал в моей жизни, навсегда соединяясь с дремотой, и томил своими жалкими построениями влево и вправо от высвеченной розовым главной улицы и своим отношением к небу.

Дальше от середины город смирел. На окраинах рядками и парами торчали лысые крыши с редкими волосинами антенн. Буханками лежали пятиэтажки времен Никиты Хрущева, грязно-белые, в крапину, зеленые с пробеленными стыками панелей. Они прятали за плечами творения военнопленной немецкой силы с пузатыми балкончиками и румяных ветеранов — бараки с кособокими черными сараями во дворах и качелями, без скрипа мотающими чье-то платьице, как тополиный пушок.

Далее расходились сады, в них торчали голубятни. А прочее — цеха, закопченные трубы в железных поясах, дым.

Но обратно, ближе к сердцу — площади, город густел и возвышался, прощаясь с жалкой провинциальной осанкой. Первые дома коммунистических пятилеток каменными буквами складывались в заклинание и обращались в слепок мертвого лица — потрескавшуюся маску с отпадающей краской и штукатуркой. Но — сейчас стекало солнце, ветер раскачивал тени по обочинам — маска таяла, высвобождая плотскую, живую гримасу, запрокинутую к небу, больной глазной блеск, бредящий шепот, изошедший, но не покинувший обезвоженных идольских губ.

Дома, перепоясанные ярусами, разбухали ввысь, убывая в поперечнике; подстегивали ращение свое остекленными лестницами и лифтовыми шахтами с темными, гуляющими тромбами кабинами, бетонными балконами, космическими круглыми окошками, надписью под крышей «Война рождает героев» — и равнялись на шершавую, словно решетками облицованную, сваю гостиницы, воткнутую в зал для собраний, с плоской крышей.

Дома обрывались нехотя, разламывая крышу на ступени, пихая в небо тупые башни с прямоугольными колоннами, накрываясь перепончатыми стеклянными шатрами, раскручивая верхние этажи спиралью, словно надеясь запулить-таки выше последнее: костлявый шпиль — в синие небеса, туда дома вздымали звезды, гербы, вскинутые руки каменных фигур. Похожи на лестницы. Орудия непонятного труда, сдвинутые тесно. Расставив жесткие ребра, углы и карнизы, приподнимаясь — приподнимаясь с хрипением. По площади бродила под присмотром разноцветная малышня.

Цедили квас из желтой бочки в веселые кружки, пуская без очереди бабок в чернильных халатах — бабки высаживали на клумбах цветы в кульках, отворачиваясь от фонтанных брызг, носимых ветром, и брызги доставались рыжей лошадке, впряженной в телегу с лопатами и цветами.

Клумбы чернели политой землей, по ним розовыми и фиолетовыми бороздами тянулись густые грядки, завиваясь в кольца, расходясь и сходясь ромбом вокруг цветущих белым и огненным кустов. Кругом, куда ни повернуться, виднелись кленовые кроны, кудрявые парики тополей, неженки-каштаны, рябина да сирень, гнутый боярышник. Водонапорная башня торчала из березовой рощи. Все ходили пешком.

— В таком городе можно встретить мою бабушку, — произнес Старый. — Или самого себя. Молодого.

— Потом ходить с набитой мордой.

— Отпущу здесь бороду. Видишь? Там — бабочки. Рай.

— Небось то же говорил в Люблино. А у нас там стырили две живоловки. Нам везде — подвалы. Лично я не собираюсь в раю заниматься выловом грызунов. Я думаю, у них отдельный рай. Как нам вместе, если мы же их и почикали.

— Заработаем здесь. Область пищевая, богатая. До зимы почистим заводы, в феврале отдохнем в Египте.

— В Египте александрийские крысы — тридцать два сантиметра. Лучше Италия. Испания. Там... спорадически*.

— Раз деньги пошли, наймем контору по Ярославскому шоссе. Наберем людей, пошьем форму — чтоб красиво. Ты будешь начальник по вылову, я — по науке. Ты закончишь диссертацию по садовой мухе. Или по муравьям. Забудешь, как пахнет павший грызун.

— Никогда не забуду. У меня будет секретарша.

Главный врач санатория в колпаке высоком, как у буфетчицы, вкатила в палату столик с телефоном. Безошибочно причалив его к Старому, пояснила:

— Сейчас позвонят.

Беременные, рассевшись на веранде кружком, перебирали гречку, сдержанно голося:

Мне не жаль самою себя,

Жаль саду зеленого, зеленого саду...

— А вот та, что беленькая...

———————

* Спорадический — рассеянный, отдельный. В дератизации употребляется для характеристики расселения крыс очагами — по долинам рек, в городах вдоль дорог (обычно в странах с горным рельефом).

Тут Старый так дернул меня за рукав, что я шагнул мимо ступеньки, чуть не вмазав скулой по урне, выкрашенной под бронзу.

— Брат, — разбудил я стриженого шофера «жигулей», — кто ж тебе сзади фонарь кокнул? Да сиди, я шучу. Куда повезешь?

Шофер обиделся:

— За кудыкину гору, блин. В штаб, на фиг.

Старый указал пальцем на криво наклеенную ленту «Дежурная машина»:

— Вы кого возите?

Шофер взглянул через зеркальце на меня и прошептал про разных, каких ему приходится возить.

— Под дежурку нужен вездеход, — подластился Старый. — Такую машину жалко. Вся переливается! Верблюжьи чехлы.

Шофер, улыбаясь, въехал на школьную спортплощадку, заставленную легковушками с уазиками, и объяснил:

— Своя, блин, оттого и блестит. Всех, кто по пьяни залетал, блин, гаишники отмобилизовали на фиг. Как на военные сборы на фиг. До тринадцатого, блин. Вот и раскатываю, грубо говоря. Вон вас ждут.

Под вывеской «Средняя школа № 18» топтались пиджачные товарищи; милицейский мундир, двухметровый, рыжий, уже кричал нам:

— Из санэпидстанции? А где рабочая одежда? Сейчас на объект. Летучка в восемнадцать ноль-ноль. Где пузырьки? Или руками передушите?

Нас рассматривали.

– Где мэр?

– А что вам мэр? У него свое. Вы по моему ведомству. Подполковник Баранов.

– Мы хотим есть.

Милиционер повел сам.

– В погребке, очень прилично. С оплатой я предупрежу. Примете пищу – и, пожалуйста, на летучку. Представитесь. Тут.

Подкравшемуся официанту я признался:

– Мы люди простые и кушаем без затей. Уха с гусиными потрохами. Похлебка с бараньим мозгом. Балык, куриные пупки. Свиную голову можем. Под студнем. Только чтоб с хреном и чеснока не забыть. Я вообще люблю пироги с зайчатиной. Наверное, хорош?

Официант сглотнул и глянул на Баранова. Тот велел:

– Да сделай, что есть. Здесь им не Москва.

Я нагнулся и поскреб ногтем свежий погрыз на ножке стула. Встал и прошелся вдоль стены. Богатый погреб, лакированные доски, решетки, витражи с виноградными синими гроздьями, что-то вроде музыки; прилег на стойку носом к носу напрягшейся буфетчицы:

– Сильно донимают?

– Кто?

– Крысы. Мы травить приехали.

– Ох, сильно. Я уж кота из дома принесла. Да у меня кот такой – нечего говорить: комар летит, а он лапами морду закрывает, страшно. Хуже нынешнего мужика.

— Коты не спасут. В ресторане «Узбекистан» держали тридцать восемь котов, а крысы ели со сковородок на плите...

— И у нас! Что вам, девушки-юноши? Шампанское? Знаете цену? Пожалуйста... Да куда вы глядите?

Как куда? Из-под батареи уже второй раз тянулся крысенок и, подергивая ушами, трогал вибриссами* бечевки, свисающие с батонов колбасы.

— Позвольте поинтересоваться. — Я топнул и прошел за стойку.

Раздвинул подносы с тортами и вымел веником сор из-за батареи, посидел над ним. Прошвырнулся через мойку на кухню и полез в подвал, за мной уже следовали две взволнованные бабы.

— Вы заметили? Все двери мы железом набили!

— Крыса, девочки, не любит через дверь. То закрывается, то открывается — ненадежно как-то. Крыса любит свой ход. Видите, погрызли за дверной коробкой. И так у каждой.

Грохнули засовы, взвизгнули петельки.

— Вот охота вам, в Москве не налазились? Нам и то противно. Да мы тут постоим, правда, Валя?

Так ведь запрут и хрен отыщут. Три ступени, сваренные из толстых прутков, уперлись в белую пыль, и я вольно вздохнул в родных угодьях. Полки, трубы. Отопление. Это? Вода. Понагибался в уг-

---

* Вибриссы — длинные, жесткие механочувствительные волосы, стержни которых выступают над поверхностью волосяного покрова и воспринимают колебания окружающей среды.

лы. С нижней полки заглянул на верхнюю. Коробки сметаны все до одной ощерились рваной фольгой. Веером пролегли сметанные тропы. Порезвились твари.

Мука, капуста, что такое? — рис. Консервы. Холодильник... Мясо. Закрывается, изоляция нарушена. Ни одного целого мешка.

Посреди прохода какой-то дуролом поставил две давилки дореволюционного возраста. Крыса, сынок, ходит по теням. Надо к трубе. Я опустился на колени — и сдох, почуяв волосами чье-то тревожное внимание над головой. На трубах.

Забыл глянуть на трубах.

Не дергаться. Чтоб не испугать. Хоть бы ладонью накрыть шею. Мне дело по душе, но ненавижу работать, когда они смотрят. И встречаться глазами — все понимают. Да, сейчас я виноват. Если бабы заорут?

Я сидел с похолодевшей спиной. Двинул на полу капкан (хрен теперь они его тронут) и как бы случайно задел им трубу, над головой снялся царапающий перетоп и умелся, скатившись в угол, судя по звуку, — на картон, и дальше — в глубины. И я разогнулся. Минуту просто постоял.

Я обнаружил баб в каморке с красным вымпелом. Вместо ожидаемого мешка с продовольственными редкостями я увидел парня с приплюснутой мордой, одетого как спортсмен. Не те времена!

— Ну как? — осторожно хохотали бабы.

— По-хорошему, надо закрываться, девчонки. Даже мука в крысиной моче. Закладывать приманки, норы бетонировать. Изолировать коммуникации. Полы перестилать. Капитальный ремонт. Асфальтировать двор. Это я еще мусорку не глядел. Ну а так, конечно, работайте. Спасибо, крысятник на уровне. Небось, чешетесь?

Все хохотали. Хоть бы раз взгрустнули. Я показал им коричневый комок в мятой фольге:

— Что это?

— Ни разу не видели. Может, вы с собой принесли. Не знаем.

— Я знаю. Это, девочки-мальчики, шоколад. Я скажу откуда. На торт «Птичье молоко» шоколад выдавливается из формы, да? Всегда немного остается. Можно собирать и в плиточки переплавлять. Это дело обычное, тут краснеть нечего. Я понимаю, что торопитесь воровать, но за каким тыкать в каждую щель? Сделайте себе ящик железный, скидывайте туда. А так, посмотрите. Это погрыз. А крыса — это сто пятьдесят заболеваний. Мало того, что отходами кормите. До первого больного ребенка. Тогда будете сплавлять не шоколад, а лес по северной реке.

Спортсмен пусто взглянул на меня и нагло сказал, отвернувшись к бабам:

— Смотри. В одном городе живем.

Старый сидел с набитым ртом и улыбался танцующему народу.

— Представился? Теперь уж — как бог даст.

Я разорвал калач и уперся в уху. Уходя, свернул из салфетки кулек и пересыпал ломаный шоколад из вазочки: люблю.

Совещались в школьном спортзале за партами. На полу лежал огромный чертеж города. Полковник в полевой форме катил по нему связку игрушечных машин, изображая караван гостей.

— Улица Мокроусова, прохождение — шестнадцать секунд. Приветствующие, — читал над ним рыжий Баранов, — сто семьдесят шесть человек. Двадцать четыре на балконах. Шестнадцать из окон. Плакатов девять, флагов сорок шесть. Одежда из запасника гражданской обороны.

— Ладно, — заключил губернатор и спустился с вышки для волейбольного судьи.

Как нажрешься — горло печет, я подсел к минеральной воде, под бок облысевшему очкарику-деду. Дед даже не повел башкой, усохшей до черепа, рассматривал губернатора.

Шестаков высился под флагами России и Объединенных Наций, кулаками опершись на дубовый президиумный стол, заросший телефонами и мигающими армейскими рациями, и ждал, когда я зубами открою минералку.

— Время. Время уходит, — зашептал Шестаков, как только я напился и обтер губы. — Задачи большие. Но мало людей. Ждем три роты милиции из области. Призваны запасники. На случай глупостей округ выделил еще три батальона. Они готовятся в Крюковском лесу. Но, чтоб не осквернить такой день, нужна дивизия, танки. Что ж делать. Выкрутимся. Гарнизон у нас боевой. Так, товарищ Гонтарь?

— Боевой, — откликнулся полковник, встав.

— Четвертого числа начинаем операцию «Чистое поле». — Шестаков глядел вниз, на телефоны, щеки его ходили ходуном. — Выдворение из Светлояра посторонних лиц. Шестого — операция «Чистое небо»: вывоз в сельские школы жителей центра города, улиц въезда и выезда гостей. Ответственный — Баранов, милиция. Я владею ситуацией. Исключим любые глупости. Глупые попытки обратиться к Президенту. Или спросить. Попрошу ничего не записывать.

Все настороженно оглянулись. Особенно на Старого — он кусал на подоконнике шоколад. И на дверь — там дежурили двое штатских с автоматными магазинами, торчащими из-под пиджаков.

— С нашей стороны ближайшими к гостям будут люди товарища Клинского. — Губернатор указал на щуплого чиновника с гладкой, словно мокрой, черноволосой головой, он один сидел без галстука, приложив к голове наушники. — Город почти разорен. Вот итог деятельности мэрии. Вывозимому населению придется оплатить двухсуточный прогул, горячее питание. Придется охранять. Мало ли что. Населению не объяснять ничего! Иначе всё обратят против нас. Есть два узких места, о них мое сердце болит. Первое — для изображения населения по пути следования и на месте праздника у монумента «Исток Дона» кто-то нужен. Вроде жителей. Массовики посчитали: около десяти тысяч надо. Ведь будет телевидение. С мужчинами понятно: солдат оденем, курсантов. Театр поможет с прическами. Детей немного есть. Распределим два детских сада, наших детей в первые ряды. — Шестаков выдохнул. — С женщинами беда. Где взять столько женщин? Наших жен не хватит. Только первые ряды закрыть. А на задах? Пятьдесят единиц выделит артель слепых, их можно попарно с солдатами-поводырями в отдалении. Может, успеют переодеться артистки балета после концерта, они из области, их можно использовать. Основную же массу мы вынуждены просить у исправительно-трудового учреждения. Эшелоном сюда, эшелоном обратно. Пятьсот женщин с трудной судьбой. Как объяснить их проход от вокзала и назад под конвоем? Может, имеет смысл представить это как легкоатлетический кросс солдатских матерей? На площади их придется расставлять только с офицерами в соотношении трое на одну. Уследить в давке трудно. Тоже думаем. Разуть? Или соединить наручниками за плечевой сустав? Решим. Из артистов областного театра драмы и ветеранов правоохранительных органов собираем оперативную группу, где-то около ста человек. Они разместятся в двух фургонах «Телевидение» и будут сопровождать движение гостей на случай, если... — Шестаков накрыл ладонями щеки и глухо продолжил: — Если гостям захочется поговорить с людьми. С людьми занимаются, учат слова. Как вы понимаете, это крайность. Лично я в нее не верю. А я владею ситуацией! Но улыбнуться, поздороваться, я подчеркиваю, каждый обязан уметь. Праздник с обедом займет час сорок. Но сопровождающие прибудут раньше, поэтому праздновать придется около шести часов подряд. Я все-все понимаю. Нам неподъемно тяжело. Но тут, как говорится, пан или пропал. Решается жизнь наша навсегда, на века, товарищи. Встретим достойно — на уровне председателя правительства решится вопрос о включении Светлояра в Золотое кольцо и в перечень памятников государственного значения. Это, товарищи, валюта, она решит, как вы понимаете, все наши узкие места. Нас будет чем вспомнить.

Слушатели пошевелились, начинали хлопать.

— Вот вторая напряженность. — Шестаков со значением глянул в наш угол, и я понял, что за напряженность. — Крысы, товарищи, сами по себе отвратительное явление. Все грызут. Поэтому называются грызуны. Такое нам наследство за десятилетия накопилось, а последние годы и мэрия сплоховала. Загрызают собак. Граждане боятся за детей. Моим починем создана истребительная корпорация «Крысиный король». Народным способом она освободит от грызунов район празднования. За одну ночь накануне прибытия гостей. Бесплатно.

Теперь хлопала даже охрана у дверей. Мой пожилой сосед хлестал так, что очки съезжали на нос. Старый хмуро посмотрел на карту.

— Но зал гостиницы «Дон»... Вы знаете особенность. Кое-кто... испытал на себе. Ключевой объект. Приходится обратиться в столицу. Выбрал их Иван Трофимович. Деньги, очень большие, платить придется нам. Что ж, частная артель. Мы приперты. Но вправе потребовать! Невозможно, нельзя, даже на миг. Даже... меньше, чем на миг. — Я следил за губернатором, он побледнел. — Даже во сне страшном. Представить. Чтоб во время торжества. На стол. Или на пол. На кого-то. Или даже помет, что там повсеместно. Нет и нет! Предупреждаю при всех. Чтоб высокооплачиваемые наши коммерсанты осознали.

Совещание поворотилось к нам. Я улыбнулся. Не умеют смотреть. Старый неприязненно ерзал.

— Распорядок объявит полковник Гонтарь.

— Довожу до вас: с шести утра штаб переводится на казарменное положение. Спальные помещения развернуты в учительской и у завуча. Столовая в библиотеке. Санузел там, где был. Соблюдать армейские звания. На первом этаже начнется учебный год силами двух классов. Наружная охрана — в очереди за квасом и фургоне «Школьные завтраки». Пропуска предъявлять часовому с детской коляской. Цвет коляски доводят командиры. Разойдись!

Все повставали, пиная раскатившиеся баскетбольные мячи, я подмигнул соседу: как?

— Вот кто нас грабит.

— Да. Вы кто тут?

— Тут я — капитан Ларионов. Степан Иванович.

— Капитан, как-то у вас все на дурдом похоже.

Ларионов грустно прижмурился:

— Я не врач. Я главный архитектор.

Откланялся, на его стул пересел Старый. Я давно не засиживался в школе до синих окон. Словно на танцах, хоть ни одной девки вокруг. Ночлег среди беременных. И у беременных есть некоторые выгоды. Вслух спросил:

— Старый. Зачем мы сюда приехали?

У душевой рыжий Баранов, Клинский и полковник Гонтарь подслушивали мат-перемат, доносившийся сквозь шип воды.

— Я тебя, падла, закопаю!

— Самого закопаю, только пасть разинь! Вернешься коров кастрировать.

— Я владею ситуацией!

— Видал, чем ты владеешь?!

Тщедушный Клинский взял нас тихо за локти и повел походить.

— Горячие оба, болеют за дело. — Щурился, будто вглядываясь в нас. — Вы должны понять груз. Провинция. Сюда никто никогда не приезжал. Только князь Долгорукий, недавно выяснили историки. Нас зовут.

Губернатор и мэр кутались в простыни на лавочках, отвернув распаренные лица в разные стороны.

— Все вопросы к Баранову, — буркнул Шестаков. — От вас одно: готовность зала с одиннадцати утра до пяти вечера двенадцатого числа. Деньги получаете по окончании.

— Познакомьте с вашим «Королем», — попросил Старый.

— Зачем это?

— Хотя бы дипломы их посмотреть.

— Нет. Не сбивайте их. Пусть ребята работают.

— Видите ли, я не стал встревать при всех, но все ваши обещания в отношении крыс — лживы и опасны.

— Ничего себе заявочки.

— По вашей карте рабочее поле ваших ребят — километров двенадцать. Вы знаете, что это? При вашей запущенности на такой площади может находиться тридцать тысяч грызунов. Сорок. Тысячи нор. Чтобы снизить закрысенность вполовину, нужны сотни дератизаторов, валютные препараты — четыре месяца труда! А вы — одну ночь. Что за бред?! Мы — а лучше нас в России нет! — беремся очистить одну гостиницу за две недели и управимся тык-впритык... Может, вы хотите город поджечь? Бомбу нейтронную бросить?

— Да-а, почуяли, почуяли соперников, хе-хехе, — вдруг закатился Шестаков. — Россия не Москва, есть и у нас головы! Вас наняли на что? На гостиницу. Не суйтесь не в свое. Мои ребята не обещают потравить, они за одну ночь вытеснят...

— Его ребята, его ребята, — заговорил Старый преподавательски неприятно. — Я талдычу ему, что это невозможно! Нигде! Ни в Москве! Ни в Америке! Тем более в вашем паршивом городе! А он: мои ребята... Иван Трофимович, я смотрю, с вашим... С ним говорить смысла нет! Вы даже боитесь показать своих пустозвонов. Попомните, дикий народ работает дико. Я подозреваю, его ребята накупили непатентованной дряни типа китайской «Хорошей кошки» с нервно-паралитическим газом. Для человека — смерть! Или выложат яды острого действия на пищевых объектах. Вы не обойдетесь без похорон. Вы же к нам тогда прибежите? Я заранее говорю: не поможем! Вот этот и его ребята пусть и расхлебывают! Будьте здоровы!

За дверьми Старый сухо продиктовал Баранову:

— На завтра. Подсобников, можно без образования. Пропуск на все объекты. Машину круглосуточно, где живем. Карту канализации.

— С картами не получится, — подошел Клинский. — Так глупо сложилось, что канализация считается объектом особого назначения. Там же провода. Замучаемся документы оформлять, как в Америку. Пока из Москвы разрешение придет.

Теперь я понял, кем работает маленький черноголовый чиновник.

Баранов порыскал меж машин.

— Вот эта с вами.

Мы погрузились в знакомую «дежурку». Баранов наставил водителя:

— С этими лейтенантами. В санаторий беременных. Сам спишь в машине. Со мной на связи. Лейтенанты, травите на совесть! Чтоб не с понтом под зонтом. А то на День милиции тварь в салат упала.

— Я с вами, — на переднее сиденье засунулся мэр. — Рули, Константин.

Константин порулил, не подозревая, какую радость обещают ему ближайшие дни.

Старый взорвался:

— Иван Трофимыч!

— Не спрашивай. Меня не посвящают: кто, что... Едят меня, я же не из демократов. Думал, до праздника дотяну, а теперь вижу: нету у них терпения. Им важно, кому встречать. Что мне с ними, драться? Пенсию я заслужил. Вы не серчайте на них, делайте свое, деньги получайте и уезжайте поскорей.

Меня придавила тьма, чуть размазанная фонарями. Старый ворчал, что он капитан запаса. Что, когда прижимали пасюков к Олимпиаде, КГБ тоже не пустил в канализацию и трехэтажные подвалы дома генсека на Кутузовском, все труды — прахом.

— Вас доставить? — Водитель обернулся к мэру, достигнув санатория.

— Тут идти двести метров. Шагов двести сорок.

Он стоял у машины, сгорбясь, явно позабыв о нас. Я предложил:

— Возьмите фонарь.

— Нет. Тогда точно увижу. Вон мой дом.

И быстро пошел, ровно по середине дороги, сильно размахивая руками. Он задирал колени высоко, словно под ногами хлюпала вода.

Константин подал Старому продолговатый кулек.

— Мужики подходили с мясокомбината. Сказали, передай потравщикам подарочный образец. Ветчина светлоярская. Я такой ни разу не ел.

— Ум-м... — Старый понюхал, зажмурился и немедля отправился к дежурной сестре за ножом, я же очутился в туалете. Крючок прибили, плотник — молодцом! Спустя минуту загадочный звук сбил меня со счета слоев ржавчины на бортиках ванны.

Я заглянул в палату. Старый замер меж кроватей, растопырив руки. Он глядел себе под ноги на мокрый пол.

— Что, обо мне нечаянно вспомнил?

Старый поднял смятое лицо, его снова вырвало. Он попятился еще от расползшейся лужи, и мне стал виден стол. На нем из надрезанного батона отличной ветчины черно торчали хвост и задние лапы обугленной крысы.

ВОСПОМИНАНИЯ О ГОЛУБОМ ПАСЮКЕ
Время «Ч» минус 14 суток

В пять утра уже осенью хмарит, нету июньской легкости пустой, когда не ждешь событий, ничего — легкости хватает. Синева под заборами и по канавам, зевота — грузный мясокомбинатовский вахтер в черной шинели зевал, утыкаясь в зеленые варежки. Сидит на ступеньках деревянной лестницы — приставил ее к бетонным плитам, сложенным у ворот, будто выкрасил и теперь сушит.

— Посигналь, посигналь этому, — теребил Старый Костика и под бессонное злобное гудение тронул меня. — Ты не спи, — закричал вахтеру: — Дед! Тут колбасный цех? Ты чего варежки насунул? Перстни золотые прячешь? Рот боишься открыть — весь в золоте?

Я глядел на лысого пухлощекого парня, найденного в машине на заднем сиденье. Мешает лечь.

— Меня зовут Виктор, помните? Вы в поезде уступили свою полку. Приехал домой, а в двери повестка. Сразу остригли. Сказали: на месяц, сборы по гражданской обороне. К вам порученцем, даже не знаю, что это. Как связной, наверное? Завтра форму получать. И вам дадут. Вы ведь лейтенанты? Вспомнили меня?

— На территорию не пу-щу, — задребезжал вахтер, нагнув к окошку седые усы.

— А кто тебя спрашивать будет! Пошли, Константин, посмотрим, откуда тебе колбасу принесли. — Старый нес сверток подальше от себя.

Дед безуспешно подергал рычаг сирены и зашарил в траве оброненный свисток. В машине тянуло спать, да Витя мешался.

— Так вы ученые? Каждый день так рано начинать? Может, вы позволите мне дома ночевать? Хоть бы через день. Понимаете, я тут жениться собрался.

Вышли. Красные цеха с непромытыми окнами. Под бетонным забором с колючей проволокой на штырях — песчаный откос, трава, пыльные кусты, бумажки, столбы, а там уж низина — вода блестит, я повернул за бетонные плиты, здесь не так несло падалью, и опустился на черную шину, заполненную землей под цветы, — я сел на край и протянул ноги.

Парень и сюда приперся за мной.

— Вы за что-то сердитесь на меня? Что я в поезде ушел? Моя невеста ехала в другом вагоне. Я хочу, чтобы между нами сразу установилась ясность. Для меня это важно. Полковник Гонтарь сказал: будешь плохо служить — пошлю на Камчатку самолетам хвосты заносить. Вы прямо мне приказывайте, как правильно делать.

— Да просто скучно.

— Караул, тревога! — закричал наконец дед на проходной. — Прорыв на территорию. — И закашлял.

— Дед, иди налью.

— У нас же нет с собой, — прошептал Витя. Придется ему дослуживать на Камчатке. Невеста перестанет отвечать после третьего письма. Надоумил — он полетел к машине.

Я кивнул деду, вмиг очутившемуся рядом:

— Чо разорался, как оленевод? Свистка так и нет?

Дед обиженно смолчал, но походный стаканчик принял. Я не пил. «На начало» пить грех, выпьем «в закрытие».

— Может, случайно попало в колбасу? — Витя затыкал пробкой сосуд.

Малый не представляет, как делают колбасу, сколько мясорубок и терок проходит мясо, как пленка облегает батон, какими голосами визжит машина утром, когда ее прогоняют на холостом ходу.

На обычном мясокомбинате на квадратный метр приходится четыре крысы. Тесно. Самцы ходят перекусанные. Живут в холодильниках, мороженых тушах, вьют гнезда из сухожилий. Нам достаются лишь крысиные объедки. Я год не ел мяса после двух недель работы на Волховском мясокомбинате. Крыса обязательно в колбасе. Но перемолотая: шерстинкой, когтем, костью, кожицей. Только не целиком. Разницы нет, она кажется. Тем и отличаюсь от пасюка — мне кажется. Чем отличается умирающий старик от умирающего молодого? Ему кажется, что он пожил.

Дед пропал. Лестница заскрипела — он лез на плиты. У Вити разъевшееся лицо. Бреется без царапин. Жених.

— Дед. Разве уже пора? Во сколько они выходят?

— Я их не засекаю. Должны сейчас. — И не выдержал. — Да полезайте скорей! Какого черта вы там высиживаете?!

Витя закусил губу и посмотрел на меня.

— Лезь. Будет противно — отвернись.

— А вы?

— А мы тут. Они ходят по запаху, где протоптали. Где пыль на кустах. Я им не нужен. Они идут пить.

— И собака моя так думала, — сообщил сверху дед. — Ты на чем сидишь? На клумбе сбоку цветов? На могиле ты сидишь! Знаешь, как визжала? Я на плиту лег и голову под шинель. Директор приехал, а ворота некому открыть. До обеда лежал, до сих пор кашляю. Осталась пряжка от ошейника да костяк без задних лап. Задних лап вообще не нашел.

Лестница в три скрипа перебросила Витю наверх, он корил:

— Что у вас, ружья нет? И вы не слезли? Да палкой бы... Ногой топнуть — они разбегутся. И вы свою собаку...

— Дурак! Вижу, тебе по рубахе еще крыса не сигала. Крысу убить — жизни не будет. Голова городской Трофимыч крысенка приколол на кухне — лыжной палкой. Второй месяц ходит изумленный. Увидишь, рак его заест. А мужик! — никто в районе ни перепить не мог, ни в бане перепарить. У нас в конторе ни одной бабы не осталось, чтоб не щипнул.

Потом я слышал грызню Старого с Гришей из колбасного цеха — и они взлезли на плиты, пили там.

Гриша многажды клялся сердцем матери: не знает вчерашних мужиков, день базарный, много ефремовских ездит. Поставили пузырь: закатай крысу в батон, теще гостинец. Старый шипел: за пузырь вы, должно быть, родную мать... Примолкли.

— Лестницу убираю, — еле просипел дед.

Небо просветлело, расправилось, я прикрыл глаза — пахнет падаль, доносит, давно не кемарил на улице, не простыть, заткнул уши: не хочу слышать свист, которым начнется все.

Позже я трогал траву. Вот какая трава? Шалфей какой-нибудь? Клевер? Может, дугласия зеленая? Навозник лохматый. Или негниючник.

Старый под облаками хмыкал:

— Поразительные цвета! Белых вижу. Желтые. Брюха, правда, не вижу. Красномордые точно есть. Вон! Видали, пара? Я голубого пасюка последний раз видел на киевской плодоовощной базе в семьдесят восьмом году — чуть с ума не сошли. Не могли определить: пасюк или черная крыса. Ухо меряем — достает до угла глаза. А по черепу вроде пасюк. Да, на этой помойке я при социализме докторскую бы собрал. Лезь посмотри!

— Пошел ты.

Уехать не могли еще час. Вахтер с носатым, как грач, Гришей дожимали нашу бутылку. Старый заглядывал за плиты: там рвало ставших друг против друга на четвереньки Витю и водителя.

— Не принимайте так близко, товарищи. Просто: серое одеяло. — Косился на меня. — Ты-то что хмурый?

А я хотел жрать. Гриша сносился за колбасой. Автобусы подвезли первую смену — вахтер выцыганил хлеба. Из-за плит выступил Виктор, как в задницу раненная рысь, смаргивал, словно ему брызгали в лицо. Гриша наставил в меня носяру:

— А человека могут слупить?

— Редкость. Если не считать младенцев и раненых, наука знает только один случай: в Шотландии загрызли пьяного в шахте.

— Как же наш в Шотландию попал?

— Не наш. Местный, шотландец. Еще в Москве после войны дворника загрызли, но не все в это верят. Вот отгрызть могут что-нибудь запросто. Мягкие части: щеки, нос. Уши. Еще что-нибудь.

Вахтер с Гришей дружно грохнули, Витя отошел и сунул голову в кусты. Здесь и заночуем.

Завтрак сложился из капустно-морковного салата с кисловатыми стружками яблок, теплой горы гнутых рожков, облепленных хлопьями перекрученного мяса, миски солений, откуда моя лапа подцепляла, чередуя, то огурец, то уже лопнувшую помидорку, и глиняного жбанчика остуженного в холодильнике компота. Я выдул его и спросил, где же сухофрукты на дне? Охнули, принесли. Старый четверть часа ждал, пока я выплевывал косточки чернослива и затыкал груши в рот, оставив черенок меж пальцев, икал и вздыхал — завтракали в санатории на балконе. Кормили санитарки с фиолетовыми разводами на отекших ногах.

— Виктор, пожалуйста, доложите про гостинец мясокомбината в милицию. Или вашему полковнику. Короче, тому, кто вас приставил, — попросил Старый.

— Старый неточно выразился. — Я поднялся со стула. — Доложи тому, кто не посылал нам запеченную крысу. Кому хочешь доложи. Но еще тому, кто не посылал. А мы из тебя вырастим дератизатора. Отличника здравоохранения. — Я задрал правую бровь и, разлепив губы, потряс головой, целясь в беременную с белокурым хвостиком, гревшую пузо на лавке под елкой, она засмеялась так, что из подъезда вышла санитарка и увела ее в тень.

Витя набычился и ушел собирать в сумку фонари и «тормозок», а мы спустились с холма, прошли дорожкой меж лиственниц к воротам санатория.

— Хорошо все, Старый. — Я погладил пучащийся живот. — Но женского общества мне не хватает.

Женское общество появилось тотчас. За квасной бочкой тряхнулся белый подол, мелькнул в очереди, ветром его вынесло на площадь и потянуло к нам — белый, тайный, страшно короткий, но для таких ног соблюдавший сволочную меру, — качающийся, пышный из-за каких-то бантиков, полосочек, лоскутков, пушистого тряпья и наверняка мощной плоти; выбрасывающий ноги, как два розовых пламени дышащей огнем ракеты, не взлетавшей, не избавившейся от жара своего. Не выгоревшие на югах в цвет полированной деревяшки, не чахоточные, бледно-поганочные с растрепанным рыжим пушком и синими ветвистыми венами, цвета голого зада в хирургическом освещении — а розовые, кровные, яблочно плотные, помнящие еще в высоких икрах детскую худощавость, но она терялась в коленях, закручиваясь и набухая в плоть, и дальше уже хлестало через пробоину, лилось и намекало на сиреневые глубины сухое, теплое, голое тело — не про всякие ноги скажешь: голые. Не про всякие.

Выше уже подпрыгивал, пружинил, качался этот призрачный подол — я не отрывался от него, считая, что смотрю на ноги. Прямо к нам. С легким вопросом взрослым голосом:

— Простите, вы что-то ищете? Я не могу вам чем-нибудь помочь?

Я поднимал взгляд: талия в наперсток, голые плечи, а грудь при таком основании уже ничего не значит, темные крупные губы с неровными краями; волосы цвета мокрого песка до середины шеи, уложены ветром; глаза, которые хочется закрыть ртом, и, конечно, — ясное дело — кажется выше, чем мы; я снова сорвался в подол.

— Ласточка, мне уже не помогут такие девушки.

С топотом и звяканьем (пусть попробует, тварь, расколотить фонари) догнал Витя, с ходу крича:

— Вот мои командиры! Дератизаторы из Москвы! Вот моя невеста!

— А у меня намерения серьезные. Я жениться и не предлагаю. — Брови ее, густые у переносицы, едва различимы к вискам, не улыбалась, серьезна, отчего губы выступали еще, у меня живот заболел. — Ясно. У меня сразу мелькнуло: жених есть, а влюбится в меня.

– Девушка даже не подозревает, какая смертельная угроза нависла над ней, – сочувственно подтвердил Старый.

Засмеялся один Витя. Она даже не моргнула. В руке она держала кувшин с квасом, протянула его жениху. Он сунулся в кувшин, как сосунок, я выбросил вперед руку и тронул ладонью ее нос – она все равно не вскрикнула, только отступила, всплеснув запоздало руками.

– Для страховки. Невозможно влюбиться в девушку, если при знакомстве схватил ее за нос. Никаких уже первых прикосновений. Надежней еще по заду...

– А ну! – Напившийся парень едва не сунул мне в рыло кулаком. – Ты! Ты что про меня думаешь?! Если б не военкомат, понял?! В своей Москве ведите, как хотите. А здесь, если ты протянешь свои... – Опять сжались его кулаки. – Даже словом, одним словом. Я тогда... Ты не уедешь отсюда!

– Извините, Виктор, – встрепенулся Старый. – Мой товарищ поврежденный человек и не избежал мрачности. Не так давно он похоронил жену. – Старый пресекал назревающие обстоятельства слезными сочинениями. – Если ваши... родственники не станут посещать нас в служебное время, то и он не впадет в... И вы не пойдете на каторгу за убийство кандидатов наук биологических. А сейчас он охотно извинится.

– Да. Прошу простить. Тем более это спасет только меня. Она не спасется.

Влюбленные убежали вперед — кувшин качался меж ними. Клячи потащились следом. Одна кляча воспитывала, а вторая кивала, не выпуская из поля зрения играющий подол — а вдруг задерет ветер? Черта с два. Конечно.

Площадь лежала квадратом — мы тащились поперек. Гостиница торчала напротив санатория, с тылу отделенная бульваром от южной, крысиной, стороны. Такая узорчатая башня, похожая на обком партии в азиатской республике в прежние времена, чуть оживленная арками и колоннами, держащими козырек над подъездом зала заседаний, — наша цель.

По окрестным домам висели люльки, и строительные бабы шлепали штукатурку на стенные оспины, на крыше ворочали железо и кричали мужики. С трех ЗИЛов осторожно, по рукам, снимали хороший облицовочный кирпич. Пара каменщиков обкладывала побитую ракушку остановки. Женщины в халатах опять возились в клумбах, им сигналил водовоз — мое сердце застукало, ежели разинуть рот, то слыхать сиплое тиканье.

— Закрой рот. Смотрят же, — Старый встал, и я.

У гостиницы скучились милицейские УАЗы, на лавках сидели солдаты, им закричал офицер, и они поднимались, оправляя ремни и бросая курить.

Из подъезда выскочили белые халаты, указывая на нас: они? Заходили штатские, вот жених да невеста уже здесь и также обернулись к нам.

Я поверх голов уставился в дальнюю витрину — и оттуда смотрели, а впереди всех — величественная дама в белых кудрях, смачно накрашенный рот, основательная, как бутыль. Я улыбался и помахивал ей, обнимал себя руками, дескать, вон как люблю. Там шевелились, говорили беловолосой статуе на ухо. Она даже не перекатила тяжесть своих телес с ноги на ногу.

Одна желто-синяя машина тронулась, и вторая, вяло мигая, и, обогнув нас, причалили к угловому магазину, там обнаружилось скопление платков, сумок, платьев, сморщенных лиц, так много, что на деревьях сидели — в упор все в нас. Сердце мое постукивало шибче, шибче.

Пяток милиционеров гребли перед народом руками, будто загоняя гусей. Не видать: уступала толпа? Нет? Но точно, взирала на обе небритые морды — Старого из-за бороды, из-за лени у меня. На костюм Старого школьной расцветки — железные пуговицы, блестящие коленки, нависшие над резиновыми сапогами, Старый работал в сапогах. На его рубашку, один ворот на улицу, другой под пиджак. На кавказский нос, обложенный морщинами, и седеющую наружность. На мой дырявый свитер (колючая проволока на ограде птицефермы в Люблино), вонючие шоферские штанищи с карманами там и сям и пляжные тапки на грубых носках. Лето кончается на этом, мы остановились, мы начинаем.

— Товарищи. Расходимся, — захрипел, чуть удлиняясь эхом, мегафон, к толпе уже покатила третья машина. — Насчет крыс обращайтесь в районные санэпидстанции по месту жительства.

От гостиницы махали нам: скорей! уходите!

– Товарищи, не скапливаться! Кто вам сказал? Никто из Москвы не приезжал. Делаем. Три шага. Назад!

За руки нас втащили в гостиницу: пустота, моют пол. На этажах с завыванием циклевали паркет. В крючкастом, голом гардеробе висели шинели и противогазы.

– Народ наш крысы так замучили, – извинялся архитектор Ларионов, я его узнал по очкам, лысину накрыла офицерская фуражка. – Прикомандирован заместителем.

Его оттеснили белые халаты санэпидстанции: страхолюдная мама и стародевная дочка с одинаково выпученными глазами. Халаты похрустывали и торчали, как брезентовые робы.

– Я учился у профессора Одинца и доктора наук Мелковой, а Владимир Степанович – лучший, любимый ученик Марка Кунашева, – отвечал я на их интерес.

Мать обомлела, не подозревая мою специализацию по садовой мухе. Дочь лепетала накануне заученное про давилки Геро и зоокумарин*. Я подхватил:

– Девчонки, это не к спеху. Начнем вылов, тогда – да. Пошуруйте пока возможности насчет приманки: мука, колбаса, грушевый сироп, валерьянка. Пока свободны. Идите хоть по магази-

---

* Зоокумарин – яд, используемый в дератизации. Антикоагулянт первого поколения.

нам. — Я нацелил их на витрину с поразившей меня дамой.

— Это банк, — подсказала дочь, краснея и краснея. Ах, банк.

— Старый, то есть Владимир Степанович, чтоб Витя меня не прибил, я беру себе капитана Ларионова. Я без сапог, канализация за вами.

Ларионов, прапорщик и двадцать бойцов — всех над картой в кружок. Где столовая?

— Нету. В проекте заложена, но с финансированием подвели — не достроили. Буфет есть на десятом этаже, яйца, сметана, — доложил Ларионов. — Сами не готовят.

— Да мы уже кушали, — подсказал прапорщик. Очень хорошо.

Я развел бойцов кругом гостиницы и каждого ткнул в его участок. Медленно ищем, под каждой ступенькой, трещин не пропускаем, внимание деревянным частям — щепка отколота, царапины, — особо стыки, уголки, выводы труб, дверные коробки, любое — слышите, да? — отверстие от трех копеек и шире отмечать мелом и звать меня. Вперед!

Я расположился на ближней лавке, на бульваре, поглядывая то на банковскую витрину промеж зевков, то на Ларионова, пытавшегося мне помочь.

— Вообще-то они падают с потолка. Я, честно говоря, не специалист...

Кричали: сюда! Орали: вот! Товарищ лейтенант!

Через полтора часа, утирая пот, я понял: мы нашли всего четыре приличные дырки. Про две я мог уверенно сказать, что это крысиные норы, но заваленные барахлом, – позапрошлогодние. Лишь в одном месте, на низкой оконной раме, что-то похожее на погрыз, но также – не этого лета.

Любой врач санэпидстанции, изучавший основы дератизации по «Методике определения закрытости объектов», с ясными глазами занес бы гостиницу в «территории, свободные от грызунов», и уполз пить пиво в не вполне свободный от грызунов бар или покатил бы на самокате за город с объемной банковской служащей, а мне пришлось хрипеть:

– Так. Мусорокамера.

Дверь мусорокамеры красил мужик. За дверью мусороствол утыкался в такую гору бумажножранного дерьма, что приемного бака даже не было видно. Жирные, утоптанные потоки мусора текли в подвальное нутро. Несло тухлыми рыбьими хвостами и молочной кислятиной. Как тут унюхаешь крысу...

Бойцы притащили лопату. Я засадил с размаху грабаркой по мусороствоулу: вдруг услышится скребучий, утекающий вверх переполох? Нет. Черт!

Послал бойца кататься на лифте, глядеть, с какого этажа мусоропровод забит. Остальным со злости велел: расчищайте вот эти два угла.

И там, конечно, ни черта не было.

Хотя в гостинице, где крысы летают с потолка, в таком помоечном городе при вскрытии мусорокамеры рябить – рябить! – должно от хвостов. Гроздьями должны сидеть на трубах, ничего не боясь!

Боец вернулся: мусор колом стоит с двенадцатого этажа. Выше — пробками. Ну что ж... Добрый город.

— Ты кто? — зацепил я красильщика.

— Техник-смотритель.

По его лицу я понял: сегодня первый день в его трудовой биографии, когда он к обеду не выпил двести грамм.

— Веди в подвал.

— Там темно, лампочки пережгли, а новых нынче...

Я стащил со счастливо улыбнувшегося бойца сапоги и, не вдыхая, не глядя вниз, чтоб не утыкаться в мокрые кошачьи ребра, перелез смрадную гору, оползающую в черные подвальные недра. За мной чавкали остальные.

Пропустил вперед бойца, чтоб светил. На восьмой ступеньке я уперся в него — что? Нагнулся, в желтом ломте фонарного света — пола нет, гладко отсвечивает жидкая чернь и носится ослепшая на свету насекомая шелуха; я минуту молчал. Силясь вспомнить хоть одно цензурное слово. И вспомнил:

— А это что за параша?

— Вода. Пожарную систему испытали и набузовали в подвал. Третий год не сохнет.

Единственное, что теперь, — напиться квасу и спать. Бараны топтались и дышали мне в шею.

— Фонари! Светите все над водой — острова есть? Два: посередине и в углу. Несите, чего вылупились?

Меня несли по санитарному уставу вдвоем, сцепив руки в стульчик. Ларионова и кряхтящего прапорщика – на закорках. Вместо первого острова – узел труб брошенной пожарной системы. На второй я спрыгнул – земля. Шлак, стекловата. «Лошадь» прапорщика ахнула в яму, метнув переставшего кряхтеть командира мордой в поток. Плескались во мраке, как два бегемота, шарили фуражку, прапорщик обещал: «До дембеля будешь нырять!»

Работал я. Остальные светили и выжимали портянки.

Мало надежды, чтоб они вплавь ходили жрать на мусорку. Ни одной норы. Вот так день, хуже и хуже. Ни крысиных столиков*, ни отхожих мест. На вводах коммуникаций штукатурка без повреждений, пыль на трубах без следов. Особо и не потыкаешься при таком свете.

– Хозяин, лампочки, говоришь, сожгли, а патроны – пустые! Сам небось на лодке подгреб и вывернул. Шалава.

Ларионов дотронулся:

– Не сердитесь. Что у нас так...

– Как везде. Небось пятилетку клянчили швейцарскую противопожарку. Испробовали и бросили гнить, пока вода сойдет. А вода третий год не сходит – бетонный пол. Вы архитектор? Берите лопату и бережно вскройте мне вот, – я сбил дырявое ведро, накрывавшее единственную найденную ды-

---

* Крысы чистоплотны и питаются на ограниченном участке территории, занимаемой семьей, так называемом крысином столике, который легко обнаружить при осмотре местности.

ру. Края оползшие — значит, нежилая. Но хоть душу отвести.

Бойцы копали. Ларионов боязливо заглядывал, как профессор ботаники в задницу старому слону. Я ждал на гнутой железке, замерз и пошлепал вдоль стены, где мелко, ощупывая светом горки щебня и песка, бетонные блоки. С блоков я посмотрел за перегородки: везде вода. Без всякого охотничьего ража. Я чуял — не найдем.

Скользко. Посветил, меж блоков забилось раздутое пальто, блеснули пуговицы, я запомню.

— Раскопали, товарищ лейтенант.

Рыли как зря, как могилу, — солидная нора, на два гнезда, давно нежилая. В одном гнезде, верхнем, — нагрызенная бумага. Из нижнего вытаскивал рукавицей и раскладывал на лопате под светом кости, хомячью шкурку, медный пруток, два черепа домовой мыши, веревку, виноградные косточки и шкурки помидоров — остатки съеденного человеческого кала. Бедовала, значит, семья.

— Закапывайте, все на выход.

Краска воняет. Я мял поясницу — накланялся. Кто мокрый — сушитесь. Остальных для очистки совести я отправил на бульвар: ищите норы. Было как-то: бесплодно шерстили подвал один на улице Генерала Ермолова — а норы нашли через дорогу, под кленом, — тридцать две норы.

Я обошел гостиницу снова. Ни трубой, ни кабелем нет дороги от соседнего чердака. Смотритель докрасил дверь мусорокамеры и двигался уже молодцом.

Я присел у крашеной двери. Уголок над порогом выпилен кругляшом, чтобы вывести кабель. Качнул качель — ходил он в дырке свободно. С запасом. Пальцем я огладил пропил: да. Шероховат. По окружности выщерблен. Сколько? Сантиметров семь. Крысиный ход. Я прилег: в дырке паутина. Паутина убавляет радости. Выходит, давно не пользовались.

— Чего не спится? — Клинский, смеясь, протянул пацанячью руку. — Губернатору неймется проверить. Две вещи скажу. От души и по делу. От души: не злитесь насчет наших маскарадов — мужики перебарщивают, но по сути болеют за город. Не очень знают как. По-другому у них не получится. Учимся. Я сам любитель. В госбезопасности третий год. До этого в школе. Тоже, кстати, химия-биология. Страховым агентом подрабатывал: видите, без машины? Привык пехом.

Главного не нашли — места поселения. И не выспался.

— И по делу. Шестаков каждый день будет меня гонять. Еще, мудрец, требовал, ха-ха, чтоб я человека к вам приставил. Он так любит: каждый за каждым — надежность. Условимся, я ходить не буду, а ему совру: был, работа варится. Кончите — позовете. Я очень в вас верю. Не то что в нашего «Короля»...

— Что за люди?

— Не знаю. Уж крысами я точно не занимаюсь! Приходите в гости, редко кто приезжает из образованных. Живу на северной стороне. Так и не перебрался на богатую сторону. Из-за крыс, конечно, да и к соседям привык — я ж в коммуналке, — как родные. Посвободней будете — махнем в Крюковский лес, на курганы: раскопки — чудо! Если с Барановым какие сложности... Он, честно говоря, в чем-то отвечает своей фамилии. Чуть что — сразу мне.

Я подумал вдруг:

— Слушайте, под гостиницей нет бомбоубежища? Или что-то вроде. Канал спецсвязи? Важно знать.

Брови Клинского сползлись — нахмурился.

— Подумаю. Успехов.

Зря я. Крысе надо есть-пить, вить гнездо — зачем ей в бункер? Хотя бывают в убежищах и вода, и жратва.

Проверил за бойцами на бульварах и распустил. Благодарю. Козлы. Узнал про ближайшие мусорные баки — далеко.

Подлетала белый халат, мамаша:

— Начинаем систематический отлов?

Смотри, чтоб тебя не отловили, курица тупая, овца! Старый, придурок, стоял посреди зала. Его бойцы выносили стулья, сколоченные в ряды. Он растерянно пялился в высоченный потолок. Судя по воздуху, в канализацию они еще не спускались. Судя по общей зашибленности, осмотр четырех этажей и подсобок шибко разочаровал — я не один.

— Птеродактиль ты, — педагогически прошептал я и громче добавил: — Стоило ехать пятьсот километров: тупее рожи я у тебя не видел.

– Представляешь... Всюду чисто. Зато, – указал на синеватого Витю, у того в пакете пластались два крысенка: один всмятку, другой еще подергивался, каждым движением комкая парню лицо. – На моих глазах...

Я задрал голову: ну потолок. Трещины ползут от ламп. Не так и заметны. Буркнул:

– Вскрывай пол.

С лифтером я обнюхал всю шахту и на двадцать пятом, последнем, этаже выскреб из бороздок под дверьми крысиный помет. Опять самое раннее – прошлогодний.

На крыше – зачем? – уселся на просмоленную вентиляционную дыру. Закрывал глаза, когда дуло в лицо, когда нет – глядел поверх домов, за дорогу, влево от элеватора, там – лес за полем, за желтым цветом.

– Все плохо? – посочувствовал старик Ларионов. Он говорил о гостинице: – Вы угадали: долго строили. Сам Мокроусов не дожил. При нем этажи подняли, общий рисунок, а отделали – уже его не было. Без вести пропал. Семь лет уж. Я думаю, уехал. Знаете, забываются старики, попал на вокзал, в вагон занесло, не помнит ни имени, ни адреса. Хоть у нас, не так много поездов. Два своих. Летом самое большое – пять проходящих. Поздновато хватились, некому искать. В единственном числе доживал. Так представишь, заслуженный архитектор Советского Союза помер без имени в какой-то богадельне. Что характерно, Алексей Иваныч рисовал гостиницу чуть иначе: на крыше спаренные полукруглые башни. У фасада углы подрезать, оштукатурить гранитной крошкой. Над подъездами — золотистый рельеф на ярком таком, пламенном фоне. Как на знамени. Рельеф «Русское оружие». Но мысль его сохранилась: величие — этажи ввысь, демократизм — зал заседаний амфитеатром. Демократизм и величие. Собственно, венец его деятельности. Всю жизнь я при нем. Сам какой я архитектор... Назначенец! Под гостиницей земля, что характерно, крысиная. Я глядел довоенный план: бойни мясокомбината.

Домой. Лифт выпустил меня. Прямиком в санаторий. Я не оборачивался на размашистые, властные каблуки, пока не догнали.

— А где Витя?

— В глубокой заднице. Как и вся наша артель.

Минут пять я мучился в палате: сразу спать или спросить на кухне каши? Не в силах продвинуть вопрос ни в одну из сторон, понял, ничего не изменится, если я продолжу выбирать лежа, и — потерял сознание.

ДЕРЕВНЯ НА ПОДВЕСКЕ
Время «Ч» минус 13 суток

Ощупью я доплелся до кухни, налил в ладонь воды и напился. Чихнул — глаза расклеились, обнаружив шесть утра и порученца Витю.

— Имеются трудности с засыпанием? Я могу показать, как это делается. Главное, правильно лечь.

Витя опирался на швабру. Посреди кухни он горбато сидел на табурете, уставясь под железные шкафы полузадушенными бессонницей глазами.

— Из каждой дырки кажутся крысы? И кровати такие низкие! Хвостик в колечках? — Я уходил, зевал. — Это тебе, золотой, не девка — в сон не тянет. Швабру можешь вставить в зад: крыса, сынок, выдерживает прямой удар по черепу и горло все равно достанет. Спиной к вентиляции сел ты зря: до шеи любой крысенок допрыгнет. Спокойной ночи.

Поют. Вслушался, беременные пели про зеленый сад. Выходит, не сплю. На подоконнике голубь с нестриженой старческой шеей, я пощипываю подбородок и думаю, бриться мне или нет; лето тает первыми кострами, ветрами, сухими и чистыми, приносит дым, цветы, политые дороги и клекающие каблуки — будто есть и еще одна жизнь, вот — слышна она, поторопись и встретишь. Мне снилось, что любимая − как маюсь у трамвайных путей, и ломит грудь от правдивости, − она существует, сейчас приедет. Даже теперь, когда проснулся, еще болит; моя стареющая шкура, легко же тебя обманывает чужой зов. Не чужой − сама зовешь и сама подбегаешь. Хотя ей видней − отпущенная на ночь, находит себе целебную траву и, раз болит, значит, вправду нашла. А я не могу.

Я лежу, и остатки боли высыхают на груди, как тот запах на ее рубашке: утыкаешься в него, но каждый раз ищешь дольше, а отзывается он слабей; найдя − замираешь, словно острым закалываешься, понимая: именно тот запах, скоро его не будет нигде, и даже оставшаяся от нее одежда будет пахнуть только шкафом. Наконец-то что-то приснилось. Оттого, что увидел вчера девушку. Запомнилась красивая девка чистой масти − и приснилась подобная. Щадящая штука сны, они все земные, все можно объяснить. Пойду бриться.

Арбуз дураки нарезали от маковки к заднице − вышел сок. Резать надо скибками поперек. Я дочищал третий ломоть, раскусывая белые косточки, а коричнево-полированные цокал в тарелку, выталкивая их языком через скользкую губу. В тарелке они блестели, развернув куда попало острые носы, как корабли, разбросанные бурей.

− Большое спасибо, Иван Трофимович, за арбуз.

Мэр кивнул, дрогнув щеками. Военный совет дополнял Ларионов, пахший, как парикмахерская, прапорщик и Витя − он ковырялся в ногтях.

Старый приступил:

— Мы не будем отчитываться ежедневно. Отчитаемся, когда деньги получим. Передайте вашим: не надо за нами ходить. Помилуйте, спускаюсь в канализацию — там трое сидят.

— Да это ремонтники, — вставил Ларионов.

— В хромовых сапогах! Нам скрывать нечего. Методику истребления, ежели мы доберемся до нее, вы все равно не спишете.

Ларионов смущенно почесал бровь.

— Во всяком случае — я доложу. Не я решаю.

— По сути. Поселений крыс в гостинице мы не нашли. По любой известной в мире методике обследования объект синантропными грызунами не заселен.

Мэр пошатнулся.

— А падают. Не грызуны?

— Нет смысла спорить. Условия понятны, двенадцатого числа крысы падать не должны. Но! Иван Трофимович, я не скрываю, возможно, завтра мы откажемся. Продумывайте последнее средство — сплошь штукатурить потолок. Высоко, площадь большая, не знаю, поможет, нет. Поскольку мы не поняли пока, откуда они приходят, то и обещать не могу, что они не начнут падать со стен, вылетать из рукавов. Не знаю. Но есть вероятность, что завтра поутру ничего другого я вам не посоветую. Оставьте нас теперь.

Скрипнули стулья. Иван Трофимович двигал коленями, не удавалось ему прямо так встать и уйти. Он жалко взглядывал на каждого по кругу — я увернулся и выскочил на балкон. Жаль, без арбуза.

Санитарки гнали вениками из-под лиственниц закуривших солдат — те покорно убегали по дорожке к воротам, следом спешил прапорщик, вскрикивая: «Куда?! Приказа не было!» — следом шлепал Ларионов, пытаясь утянуть великоватую портупею, нащупывая пальцем дырки на ремне, — пацан с седыми прядями за ушами.

— Степан Иваныч, ты-то куда пошлепал? Дуй назад. Не сразу, куда ты ломанулся? Цветы понюхай. И по-тихому назад.

Я уселся — затылок удобно поместился меж пузатых колонок балконной ограды, — не смотреть, как мэр уносит мертвую спину. Тихо. Я вздрогнул, когда стукнула балконная дверь.

— Вы не будете больше есть? — невеста нарядилась в докторский халат — неузнаваема. — Я могу убирать со стола?

Я кивал на ее вежливые речи: решила взяться за ваше питание, время есть — каникулы, все к Вите поближе, хоть не буду волноваться, что он там ест; я кивнул, правильно, и обернулся: точно в меня, через витой прогал меж колоннами, снизу глядел Иван Трофимович. Дождавшись моего взгляда, он выдавил:

— Теперь и вы поняли. Им не хватит, если я уйду. Я им нужен с потрохами. Теперь я от вас не жду.

Девушка опустила чистые кулачки в карманы — ноги расступились шире.

— Вам удобно сидеть? Замечательно. Послушайте меня, серьезный разговор.

— Попозже.

— Я мешаю вам думать?

— Я жду, когда вы станете на свет. В юбке ты или нет.

Она подумала и отодрала пуговицу за пуговицей от пахнущего стиркой халата.

Я зажмурился и положил руки на прохладный камень за спиной.

Невеста вытирала стол — нагибая голову, волосы скользили по щекам и скрывали губы, я теперь каждый день буду видеть ее, сонная боль тупо тыкалась в сердце, она взялась нас кормить, осенние дни, тревожные со школьных времен: придешь, а в классе — новенькая, одна, ей пока не с кем сидеть; поворачивал за невестой голову, не понимая, куда же я смотрю; такая — глаз не отведешь, а на посторонний вопрос: ну, что за ноги? грудь? — споткнешься: не заметил; такая — кажется, на каждое ее движение должна собираться толпа, а нам удивительно щедро: она сдвигает стулья, полотенце встряхивает и вешает на батарею, существует в комнате, где я.

— Черт возьми! Может, ты и на меня внимание обратишь? — взорвался Старый. — Дождусь я?

— Дождешься, я тебя в богадельню сдам! Сопли распустил, мэра гонишь в гроб! Степан Иваныч, что там за потолок?

— Я тебе доложу! — Старый махнул кулаком на открывшийся рот Ларионова. — Подвесной потолок. Помнишь восемьдесят девятый год, высотка у кинотеатра «Казахстан»? Что-то подобное. Сто метров на шестьдесят. От пола — двадцать два! От ос-

新ного потолка — тридцать сантиметров. Основной потолок сплошной, неповрежденная гидроизоляция. Кровля в приличном состоянии. Чердак мы прочесали — чистый.

— А светильники?

— Там вся проводка в чердаке, как на ладони, непроницаема. И теперь вопрос, откуда крысы в подвеске? Она висит на железных штырях, полметра расстояния до каждой стены. Стены глухие, ни трубы, ни кабеля. В проекте доступ людей на подвеску не предусмотрен. И мне предлагают поверить, что оттуда падают крысы. Что я считаю? Ничего я не считаю. У меня единственное соображение: крыса замечается лишь при ударе о пол. Никто не видит, откуда она вывалилась. Задрали голову, ага, трещины в потолке. Значит, оттуда. Кто знает, какие игры вертят местные, — я не знаю. Приносит какой-нибудь недовольный горожанин пасюков и кидает из-за сцены.

— Два года подряд, — прошептал Ларионов. — Извините.

— И заметь, Старый, — подхватил я. — Падают чаще крысята. Если стадо действительно гуляет на подвеске, ясно, что чаще оступаются молодые — сходится.

— Сходится, — кисло кивнул Старый. — Но крысят и проще наловить живоловкой, для кидания. Сперва-то я предположил, что в гостинице имеются скрытые полости, допустим — правительственная связь. Хотя для чего правительству связываться с этим гадюшником? Или технические ходы кирпичами заложили и сами забыли. Но вряд ли бы я их прозевал на осмотре. Или мне пора квасом торговать.

— Если они не могут зайти на подвеску, надо исходить из того, что они на ней и живут.

— Живут? На плитах в палец толщиной? А гнезда вьют из экскрементов? И жрут экскременты? А что пьют?

— Я прощаюсь с вами, — прозвенела невеста. — Жду на ужин. Не ругайтесь.

Я обратился к Ларионову:

— Что там, голая подвеска? Никакого строительного мусора?

— Как положено, слой керамзита. Насыпью.

— Они в керамзит зарылись!

— Ты не лети, это ж необъяснимо: сплошной кишащий крысняк. И в нем торчит чистая гостиница, где крысы — только в потолке! Да почему же? Кругом — раздолье. Это было б естественно, если бы в гостинице два года шли дератизационные мероприятия — объяснима тогда миграция, объяснимо такое редчайшее мозаичное расселение, вот как в Волгограде, где они забились на шестнадцатый этаж...

Ларионов вытирал запотевшие очки, я нацелился пальцем в горбоносие Старого.

— Объясню! Гостиница внешне относится к крысняку. Но на деле она отсечена от юга бульваром — широким бульваром, без мусорок, без общепита. Получился островок. Поэтому его не подпитывают соседние семейства. Почему местное семейство засело в потолок — только гадать остается. Допустим, они сидели на участке исторически, от скотобоен. Или заселили стройку при подвозе материалов, прокладке коммуникаций — сделали ход, что я нашел в двери мусорокамеры. Допустим, они освоили подвал, а когда его затопило — резко пошли наверх по мусоропроводу. Все три условия в кулаке у нас есть: гнезда — в подвеске, пайка — в мусоропроводе, питье — ходят по мусоропроводу в подвал, или труба где-то сочится. В чем тоска? — связать подвеску и мусоропровод. Вот надо ход прицельно и искать. Ход — между подвеской и стеной, ближней к мусоропроводу. По-видимому, на подвеску они перепрыгивают, расстояние — полметра, свободно.

— Извините, я нужен? — Витя заглянул в наши покои.

— Раздражают меня молодые люди. Слишком похожи на меня. Но вас, Виктор, я уважаю. Даже в провинции надо быть отважным до дурости, чтоб сметь жениться на такой картине. Она сегодня на балконе показала, как расстегивается ее халат. Правда.

Ларионов прытко поднялся и перехватил Витины руки.

— Витя, вы ж понимаете, кто это говорит и для чего... Не унижайтесь.

— Старый, бери мальчика, замерь по мусоропроводу уровень потолка и расчищайте — на этаж вверх, на этаж вниз. Глядите, как там с целостью. Я с архитектором в зал. Степан Иваныч, первое — нужно два бинокля. Второе — рот пореже открывай.

В зале два солдата метали штык-ножи в кусок фанеры.

— Кто такие?

— Караул.

— Пошли на хрен отсюдова!

Бегом архитектор доставил бинокли, пахнувшие вещевым складом, с белыми номерами на чехлах.

— Свет. Включайте все. Какая стена к мусоропроводу? Берите бинокль, и вон с угла — мне навстречу, ищем дырку в стене. В самом верху, напротив подвески. Или выше. Повреждение штукатурки, потеки, пятно — сразу поднять клешню, я подойду.

Час миновал в хождении с запрокинутой головой. Я размял пальцами шею. Ларионов, постукивая очками о бинокль, кряхтел.

— Отсвечивает... У меня чистая стена, — плюнул на платок и протер очки, слепо взглядывая в меня. — У вас как?

— Одна трещина. Вон.

Мы уставились ввысь, как звездочеты.

— Да, — признал Ларионов. — Но как ниточка.

— А выше по ней? Расколупано, видно? Краснеет. Похоже, отвалилась штукатурка и торчит кирпич. Кирпич красный в стене?

— Клали красный.

— Трещина — ступенями вниз и вправо. Все время вниз и вправо тянет, что значит?

— Штукатурили небрежно. Или сырая стена.

– Я не про то. Трещина повторяет шов кладки. Значит, пьяные каменщики внутреннюю стену гнали тяп-ляп: кладка не смыкается, есть пустоты, ход. Садитесь теперь или лежа – как удобней, – и глаз оттуда, где кирпич виден, не спускать.

Ларионов уселся. Смотрел-смотрел и просипел:

– А чего мы ждем?

– Если с трещины на подвеску прыгнет крыса, то деревня их на подвеске. Всех положим брюхом вверх.

– И сколько так сидеть?

Расположившись рядом, я думал: сколько так ждать? У стаи гибкий распорядок – она кормится наоборот человеку, кода он спит. Когда не шумят шагами. Но так, если не шибко наплодились. Если в одну смену успевают жрать. Если нет – могут и белым днем.

Я усмехнулся потолку: вам видно меня, глаза зеленые? Надежней ждать до утра. А вдруг шалый какой понесется сейчас попить? Или тетка бросится с подвески от похоти доминирующего самца*? Я погасил свет, оставив лишь дежурное освещение. Будто люди спят.

– Плохо видно, – забеспокоился Ларионов.

Стадо потечет, увидишь. Я еще придумал:

– Степан Иваныч, дуйте к Старому. Пусть подымит в мусоропровод, он знает. И бегом назад!

---

* Доминирующий самец, или альфа-самец, – независимый, раскованный, патрулирует групповую территорию, ярко выделяется агрессивным поведением, первым обследует пищу и незнакомые предметы.

Сам уставился в бинокль: уже не виден кирпичный бок, виден ручей серого света меж стеной и подвеской, когда пойдут — там зарябит. Худо, коли метнется одна — намучаешься, вдруг почудилось? Закукуем до утра. Бежит. Борзо бегает архитектор, я отнял бинокль от глаз и погладил натертые веки: а, это Витя.

— Куда смотреть? — выпалил он.

— Вон, гляди за моей рукой — трещина, по ней до потолка; ход, если есть, там. На стену не пялься, ляжь и спокойно смотри на полосу между стеной и подвеской: стадо запрыгает через нее. Гляди, чтоб на морду не упало. Чего там Старый?

— Владимир Степанович велел передать: полукольца мусоропровода смещены разносторонне, множество щелей...

— Не кричи ты...

Он зашептал: "

— Не можем расчистить, Ларионова Владимир Степанович отправил дымовую шашку искать. Я хотел вас спросить... Тогда, у мясокомбината, если бы вы или кто-то вот попал им на тропу — что было бы?

— Да кто ж полезет? Водопойная тропа видна, на два шага отступил и — в стороне. Если только молодняк сдуру по штанам попрыгает. Другое дело, если они переселяются...

— Вы видели?

— Не, я не видал. Граф Алексей Иваныч Мокроусов в прошлом веке видал, в его бумагах описание, как из горящей усадьбы шла стая: кошки прыгали на плетни, а мужики на елки. Хотя сколько там с одной усадьбы? Под тыщу. Угроза не в числе, в сплоченности. Когда поджимает — люди уносятся россыпью, а крысы пробиваются потоком: доминирующие самцы в головах, впереди всех — разведчики из подчиненных*. В середке ведут баб, немощных и слепых, крысиного короля, если имеется; подчиненные замыкают. Тогда опасно, надо слушать.

— Что?

— Крысы же разговаривают. Кашляют. Шипят, если ты ее шваброй под батарею прижал. Хрипят, когда дерутся за бабу. Самое тошнотное — чистый визг. Навроде «мама» кричит. Давилка ей хребет перешибет... Прошлый год на Арбате стройку чистили, экскаватор ковшом сразу три гнезда выворотил, мамаши прыг-прыг из ковша, а крысята с грецкий орех, в пуху — знаешь как орали? Я не могу слушать. Поэтому больше ядами работаю. Вот, а еще есть свист. Граф Мокроусов вывел: прежде похода альфа-самец, доминирующий, обязательно свистит. И не тихо. Услышишь — сразу тикай.

— Если не успею?

— Никто тебя не слупит! Я вон сколько воюю, про одну только смерть слыхал: дворника после войны

---

* Подчиненный, или подавленный, также омега-самец. Характеризуется полной утратой агрессивной реакции, пугливостью, скованностью в движениях, постоянной готовностью убежать. Избегает контактов с другими особями. Перемещения ограничены. На самок не обращает внимания.

загрызли. Он утром мел под высоткой на площади Восстания, а одна старая грызла угол мусорного бака. Деревянные баки были, Старый помнит. Он метлой замахнулся — тварь завизжала, на дворника попрыгали. Говорят, даже с дерева прыгали. Он, как бочка, покатился. Народ кричал, приехали пожарные, а только кости отбили. Но это после войны. Это время надо представить: две тыщи укусов в год. Во дворах — «ворошиловские дачи», сараи с курами, всегда зерно, вода. Девяносто пять домов из ста закрысены. В ЦУМ перед открытием пускали фокстерьеров — каждый выкладывал по двадцать пять хвостов. Во! Хотя Старый в дворника не верит ни хрена. Да он и Мокроусову не доверяет. Как мужика уважает, а как ученого нет. Граф работал любительски, с закидонами такими...

Я покосился на порученца — пластался покойником, загородив глаза траурным биноклем, — и добавил:

— Меньше слушай. По правде, это вопросы зоопсихологов. Мы — дератизаторы, истребители. С узкой специализацией. Старый волокет в объектах общепита, жилые помещения; я — заводы, склады. На открытых территориях — на рисовом поле, вдоль теплотрассы — уже поплаваем. Да в России почти никто не тянет открытые территории — плохо финансировали это направление, школы своей не сложилось. В прошлом веке ты один и ловишь, и яд, и психологию... А я сейчас и не вспомню, сколько у пасюка чешуек на хвосте. Штук двести. Ухо — в треть головы. Пойду найду тебе сменщика. А?

— Я еще хотел спросить, — давился словами парень. — А вас, самого... Никогда не тянуло?

— Чего?

— Войти. Когда они двигаются. В них. Слышите? Вы здесь?

— Смешно. Мокроусов вывел такую идею: крыса не умирает сама по себе. Когда седой наскучивает хищнический образ жизни, она отдается кошке. Но кошка не дура. Поиграет и бросит, как бы ни скучала. Граф многое предсказал в дератизации, но иногда блудил по-глупому. Написал: крыса живет семь лет. А она — две зимы. Увидишь крыс, кричи «ура».

И на крыльце врезался в его невесту — как пахнет! Крепко встряхнула меня за плечо.

— Вы зачем сказали ему?! Про балкон? Что я...

— Не хочу общего с тобой. Какие ж духи у тебя! — Я торопился дальше по бульвару.

Она не отставала. Задыхаюсь, если вижу ее губы.

— Поговорим!

— После, мать.

— Сейчас! — Хватанула меня за шиворот, рубашка резанула горло, я замахнулся локтем — она не отпустила, вздрогнули брови, подбородок, ресницы, заплясали губы. Я отвернулся — ну вот.

Говорила она медленно, убирая слезы свободной рукой.

— Сейчас. Успокойтесь, я никогда больше вас не замечу. Мне так неприятно... Обращаться к вам. Только раз. Прошу вас. Помогите двоим.

– Нам с вами не помочь.

– Помогите Вите. Он и так впечатлительный – эта работа не для него... Он рассказывает такие ужасы. Не может забыть. Смотрит сюда, под ноги. Он даже ходит – у него уже другая походка! Он боится. – Она совсем разрыдалась, рыдающая рука потряхивала мой ворот. – Другое лицо!

– Бывает попервой. Купите ему крысу. Белую.

Она бормотала вслепую:

– Я так испугалась сразу, что Витя теперь будет так же, как Иван Трофимович, – так же мучиться, а Иван Трофимович, вы его не знали раньше, все, кто... потом – развалины, я прошу, помогите, если можете, и ему. Как-то его отвлечь... Он мне дорог очень, они дружили с папой... Я привыкла, что Иван Трофимович – он всегда рядом.

– Да ну их.

– Буду делать все для вас. Деньги. Соберу, сколько скажете. Помогите им, для меня. Может, какие-то лекарства в Москве?

– Не. Даже если б мог тебя поиметь, и то – нет. Живите сами. Издали ты красивей. И одетая – лучше.

Она не слушала. Осталась, где стояла, с высыхающим, костенеющим ликом.

Банк охранял седой милицейский сержант. Именинница по столикам разносила блюдца с ломтями пирога и обернулась на засвистевший самовар. Я осматривался – ни белых кудрей, ни потрясающих сложений тела, сунулся в окошко «Контролер».

— Где ж моя любовь?

— Этого я знать не могу. — Тетка кривилась на мою запаршивленность, но пригляделась. — А-а. Крыс, что ль, морите? Хоть переоделся бы. Идете в учреждение. У себя в Москве бы небось...

За дверью «Вход воспрещен» вилял коридор с туалетными дверьми, милиционер тащился следом, желая поговорить при остановке, поэтому я озирался на ходу. Она нашлась за дверью «Управляющая Светлоярским отделением Сбербанка РФ Алла Ивановна Денисова. Дни и часы приема...».

Она смотрела на цветочные горшки низкого подоконника синими детски-серьезными глазищами — брови высоко разлетались к вискам, тесный округлый рот кусал моченое яблоко.

Она пухлой ладонью с некрашеными ногтями держала блестящее яблоко над блюдцем — сок плакал туда. Она укрыла волосы синей атласной повязкой — освободившиеся белые кудри не доставали бровей, оставили на виду гладкие щеки, плавно уходящие в шейную мякоть за подбородок, тяжело расплываясь на плечах, стекая в грудь, разбухнув буграми.

Я обогнул стол. Она смотрела на подоконник — на нее глядели красные, белые, фиолетовые цветы. На меня смотрела схваченная колготной сетью белобрюхая рыбья плоть в глубинах юбочного разреза; придвинулся ближе.

Она выпустила огрызок в блюдце, губы сомкнулись и подобрались, уступив подбородку, широкому, мягко раздавшемуся, отобравшему у губ излишек, усиливавшему каждый взгляд, — она повернулась ко мне, подкрепив подбородок ладонью.

— Извини. Только освободился. — Я покосился на милиционера. — Едите на рабочем месте, по столам хлебные корки. Простенок в коридоре уже зеленый. В отмостке такие щели, что нога проходит. Дверная рама изношена, а крысиный клещ...

Милиционер ушаркал на пост. Она увидела его спину и мою руку, сжавшую ее плечо.

— Крысиный клещ, Алла Ивановна, тварь незаметная. Пилит ходы. Его уже нет, а чешется две недели.

— Отпусти ты.

— Может, встретимся? Все будет.

Она встала собираться, сбрасывая мои руки.

— Так, ну ладно тебе, малый. Иди вон себе девку найди...

— Встретимся?

— Встретимся, встретимся. Дай пройду.

— Тогда сейчас встретимся.

Она отступала в угол, усмехалась, морщилась, чтоб не захохотать, слушала шаги за дверью, поставила перед собой стул, не подпуская, запрокинула голову, оставив мне подбородок, толкнула больно, когда уже сунулся к юбке:

— Здесь не место. Если каждому, знаешь, давать, то сломается кровать. — Бросала в сумку кошелек, помаду, ключи. — Не мальчик, а все не наигрался. На кой ты мне? Мы без крыс, север... Как шофера твоего зовут? Константин зовут?

— Не помню. Зад мне твой очень нравится... Что шофер-то?

— Муж мой. Не гоняйте. Чтоб машину не разбил. Иди-иди.

— Скоро меня позовешь. От крыс завоете.

— Как ты можешь это знать?

У подъездов толклись. Я потерся за спинами, галдели про тушенку и матрасы. Нагнулся к белому платку.

— Мать, что за базар?

Старуха махнула корявой рукой, другую немо держал внук.

— Бумаги наклеили. Што можут на природу взять. Вывозют на природу, — она крикнула в толпу: — На сколько написано?

— Трое суток без дороги. А числа не вижу.

— Как не видишь, — аукнулись в народе. — Написано... где?.. во: отъезд по команде.

Внук замямлил:

— Бабуська, а щеночка?

Старуха двинулась в сторону, забубнив:

— За хлебом выйдешь не каждый день. В висках стучит. А ехай в лес... Иди ногами! Што бабушка тебя тащит?

Внук озирался на мои разнообразные рожи. На бульвар не пропускали патрули. Опознанный прапорщиком, я бежал меж голых лавок. На ограде сидел человек, словно больная ворона.

— Что расселся? Бросил и ушел, что ль?

Витя сполз на землю и скучно взглянул в упор на меня, отряхивая зад.

— Уже не надо.

— Что-о?

— Ну ясно. Они пошли. Поп-прыгали.

— Да? — Я рассмеялся небу, лохматой траве и прихлопнул в ладоши. — Гуляем! И ты видел?

Он глубоко кивнул бледной рожей и полез обратно на ограду, указав мне длиннотелого человека.

— Ждет давно.

Я пригляделся, губернатор Шестаков таращился навстречу, вцепившись в лавку, будто ускользающую из-под зада.

— Как? — сипло выдавил он. — Нет?

— Нашли! Завтра травим. Все хорошо. В любом случае.

Шестаков вдруг шумно вздохнул, мазнул ладонью от переносицы к затылку, поднялся и неровно пошел к машине, окруженной его людьми. Запнулся.

— Вы сказали: в любом случае. Если я правильно понял — двенадцатого сентября, с одиннадцати до семнадцати, не падают?

— Так. И за те же деньги. Но и в любом случае все будет хорошо.

Протиснулся меж пожарных машин — они приткнулись к дымящей мусорокамере. Старый нашелся в зале. Солдаты собирали оступившихся в бегстве крыс.

Стая паслась в мусоропроводе, когда Старый начал снизу дымить, в давке они сбрасывали друг дружку на узкой переправе, да еще, придурев от дыма, пометались на подвеске, выталкивая в щели старых и крысят. Я поворошил курганчик хвостатой падали. Крупнейшая — грамм на семьсот. Беременная самка.

Старого сопровождали Гриша из колбасною цеха — привез «на зуб» ветчины — и пьяный техник-смотритель.

— Дальнейшее продумал? Товарищи, павших грызунов собрать в мешок и нашей машиной везите в санэпидстанцию, пока не остыли, посмотреть на предмет членистоногих. Товарищ, — Старый остановил качавшегося техника-смотрителя в среднем положении. — А что ты делаешь, когда лампочка на подвеске перегорает?

— Подымаю туру. Вроде башни.

Старый воскликнул:

— Вот и нечего мудрить! Подымаем туру, разбираем — раз, два… Шесть секций напротив хода. На шесть метров они не прыгнут. Ход бетонируем. Уйти некуда, жрать нечего, воды нет. По краям подвески работаем острыми ядами трое суток. Заключаем для спокойствия антикоагулянтами. Под ноль! Ты чего улыбаешься, молодой человек?

— Жрать пошли.

Старый скомандовал завтрашний распорядок, мы живо шли через площадь, я думал про банк, весенние картины, Старый рассуждал. Посветлевший Ларионов обрадованно семенил за нами, сколь мог, и отстал отдыхать.

— А-а… Не поспеваю я! Привык не торопиться. Мы все с Алексеем Иванычем. Он — не торопясь. Протез вот так, ступни левой лишен был.

Мы толкали ногами площадь, город подымал, показывал нас небу в каменной угловатой чашке, согретой закатом.

Руки мыть! Ткнулись в ванную — там ожидали три мордоворота с опечаленными лицами, и желтый свитер... какие ж натруженные руки...

— Здравствуйте, девочки, — поздоровался я. Ближний мордоворот засадил Старому кулаком под бороду. Старый шлепнулся на зад, обхватил бороду руками, простонал и повалился на бок, подтягивал к брюху колени.

— Здорово вы ему! Кто у вас старший? Вы, наверное? Товарищ старший, можно я ему тоже разок врежу?

Два скота паскудно двинули на меня, третий стоял неудобно — спиной, а сам и саданул локтем в зубы, на развороте. Совсем неприметные, вонючая туалетная вода. Присел у стены, облизал посолоневшие губы, собаки паршивые, все вместе, по очереди — еще раз! — сжимался кулаком, где ногти до крови впивались в ладонь — не разжать.

Скоты ошибочно обступили Старого.

— Тебе что-то в кафе не понравилось? А колбаса наша понравилась? Будем в расчете. — Улетучились, харкнув в старую бороду.

Час миновал, я снял с морды ледяной компресс и пригорюнился у зеркала. Губа не кровила, но напухла с надувной матрас.

— Ты похож на верблюда, — заметил Старый, он лежал пластом, часто разевая рот, не веря, что челюсть цела. — Я вижу, ты влюбился.

Клинский под окнами кричал вдоль строя, поскальзываясь в визг:

— Дышать надо в спину! Дышал?! Лучше молчи. Спать с ними! Есть рядом! Научу — запомнишь. Тошнит тебя? Я тебя служить послал, а не блевать под забор! Не моргай мне. Как прошли? Кто? А ты? Не видно из машины? Ты кого слушаешь? А ты? Отстал, не можешь быстро? За пенсией будешь бегом! Уважаемые, у меня глотка слабая кричать. Завоете! Если увижу хоть одну небеременную тварь без пропуска! Убью!

Зашел. Развел руками.

— Быдло. Вина моя, что могу... Ублюдков ищут.

Участливо наклонился к Старому, тот, не отлипая от подушки, попросил:

— Мы вас особо поблагодарим, ежели поиск прекратят. Мы неясно запомнили внешность — не узнаем. И нет желания видеться еще. Возможно, и мы к ним не проявили достаточного уважения...

— Я понял. Да, неважно. Одно хотите: вокзал, московский поезд. Естественно. С нашим быдлом не споешь. Ему служить, а он за пивом уехал. Эх, черт! Останьтесь! Вы нам позарез — да вы знаете. Черт с Президентом, черт с Золотым кольцом — не это. Другое! Простите, свой пример: я всюду ездил, а сам коренной. Зачем ездил? — искал! Человек сам не круглый — края неровные, шестеренка. И я мотался, искал свой город — такой же неровный. Чтоб его края совпали с моими. Не нашел. Зато додумался: такого города нету. Если ты вовсе не опух, надо родной город сделать под свой угол. Вам видно:

грязная свалка, мужичье копошится для параду, чтоб получить теплые лавки и ложку в рот. И это есть. Но чего ж вы другое не видите? Людям головы надо поднять! Вот! — можем грязь вычистить, отпраздновать можем! Стоит под ногами копнуть — вот тебе родная история! Вот тебе предков курганы — не на голом же месте! Видите, как много? А потопим из-за одной крысы — упадет на пол... Погорим — в кровь навек войдет: сиди в болоте. Так неприятно вышло. В обед Иван Трофимыч отставки попросил, вас от Баранова ко мне перекинули, а тут — разбойное нападение... Вопрос с деньгами? Мы решим с деньгами, поскребем. Ребят?

— Плюс десять процентов, — равнодушно заключил Старый.

Клинский по-сыновьи обнял его, меня — по-братски и умчался на завывшей машине. За дверями охрана подначивала беременных.

— Старый, для славы нашей артели крайне сгодится, если кого-то из нас прирежут на работе. Я уже знаю кого. Где фонарь?

Старый разлепил болящие глаза.

— Куда?

Константин раскладывал в автомобиле одеяло по сиденью.

— Езжай спать домой. К жене. Только организуй мне к пяти утра цистерну воды для дератизационных мероприятий. Можно технической.

Хотелось подышать, да с мясокомбината надуло вони — ветер лазил по деревьям, обламывая сушняк легкой ногой, обдувал битую губу — в ней билась кровь. На балконах выкрикивали петухи над остывающим автомобильным дыханием, похолодевшей травой, притягивающей листья. С лопающимся гудением улицы облапала электрическая паутина, потеснив ночь. Отец возил коляску, покачивал и пел — я улыбнулся ему. Он, нагнувшись над коляской, проговорил:

— Вот один идет из корпуса. Неопределенно. Сопровождаем.

Прошел улицу. Не входя, сначала пнул подъездную дверь — бегите, крысы! В квартиру звонил кратко.

Иван Трофимович всмотрелся, вздрогнул.

— А-а. Ничего, давайте сюда, мой кабинет. Жена отдыхает. Вера, не вставай, один товарищ. Что, я сам чаю не сделаю? Да ничего не делал, теперь на пенсии. Сидел, ждал.

— Что?

— Ну, может, кто придет. — Он присел на зачехленный диван, не откинувшись, — за спиной возлежал выглаженный парадный костюм в тяжко блестящей наградной чешуе, пояснил: — На завтра. Немного отметим. Я вообще планировал скромно, без кинохроники. Чтоб из области не ехали. У нас один пристал: напишу портрет для музея! Там и так целая стена — фотографии, моя планшетка. Нет, если нету перехлеста, я не отвергаю, память в людях осталась добрая. Все на глазах. Отец — возчиком на стройке, ударно, фронтовик. Мать — грабарем, ударно. Стена в бараке — я помню, вся в грамотах. Я, шестнадцать лет — на мне колхоз, вот тут, «Озерский», как ехать к Крюковскому лесу. И поехало: город строим, озеро осушаем, комсомольская стройка на комплексе крупного рогатого скота. Тебе интересно будет, когда выбирали...

– Нет.

Мучительно помолчали. Иван Трофимович обронил под нос:

– А-а, теперь порыбачу. Озеро осушил, ездить далеко, так машина есть, на каникулы – внуки, было б здоровье! Пойду за чаем. Не будете?

– Как себя чувствуете?

Он глянул в лакированный пол, дважды что-то начинал, произнес только:

– Слабость...

– Я шел – в подвале свет горит. Каждую ночь зажигаете?

– В общем-то круглосуточно... Но, в общем, не лично я – домком решил. Для отпугивания. Есть дежурная квартира, а...

– Но ключи от подвала у вас.

– Кажется, ну, в общем, у меня.

– Пошли.

Я мигом нащупал выход по дырявящему насквозь мрак дверному глазку. Иван Трофимович остался сиднем сидеть. Я прождал минуты две и прошептал вдоль коридора:

– Мужик ты или кто?

ГАНДИ И ДЕВУШКА КОРМЯЩАЯ
Время «Ч» минус 12 суток

Снарядился он, как на рыбалку: плащ, высокие сапоги. Опирался на лыжную палку без пластмассового кольца. Ей небось крысенка и приколол. Палку я вырвал и кинул в траву.

— Иван Трофимович, это всего лишь самый распространенный отряд млекопитающих. У серой — длина до двадцати четырех сантиметров. Хвост короче туловища. Пара резцов долотовидной, скошенной назад формы. На меня смотри! Большое число чешуек на хвосте. Толстые ноги. Голова без выраженной шеи. Неуклюжее тело. Довольно длинный язык. Буро-желтая, спина — темнее. Брюхо — желтовато-белое. Окрас брюха и спины разграничен. Волос крысы, ежели выдрать, — радужный: основание серое, черный вершок, посреди — желтое кольцо. Да что ты морду все опускаешь?! — Я пихнул его в плечо. — Я кому?

Я бухал слова впритирку, покрикивал, заглушая присущие моему рабочему времени жирно звучащие звуки, — нас обступали обвалы чешуек штукатурки из-под когтей, скребучие ворохи в мусорных баках, кашли водосточной трубы. Пробежки под кленами в спутанной траве, рывки в травянистых колтунах. Я уже высеивал голоса: всхрипы, писклявые столкновения, иной раз гадая: ночь слышу или себя. Вот ветер задул! А, черт! Теперь листья закорябали по дороге за его спиной. Не понимает меня. Ветер тащит листья — царапают асфальт засохшими, окоченевшими, коричневыми когтями.

— Это листья! — Повернул лицом к листьям, спиной к дому, мусорным бакам, траве. — Подыхать хочешь? Давай! Одно тошно: выдумал себе хворь... Крыса хищник для кого? Загрызает мелких домашних животных! И то такого не вспомню. Крыса не дернется на человека! Простое животное. Я могу хоть это тебе в башку засадить?! Вроде голубя. Единственное отличие: человека боится. Бегает, когда спят. Голубей боишься? А почему крыс? Противно? Не смотри! Тебя не воспитали, у тебя порог терпимости в башке лег криво. До синантропных грызунов. А при нашей жизни надо после! Психологи написали, ежели ребенка воспитать верно, для него разницы уже не будет: крыса или белка. Как в Гвинее. Восемьдесят процентов народа пасюка жрут. Охотятся и жрут. Дармовое мясо, рядом. И наши жрали в блокаду! Посмотришь так, и жизнь переменится. Поставил в подвал две верши, утром — на сковородку. А шерсть? Знаешь, какие варежки?

— Замолчи! — взмолился Иван Трофимович.

— А что? Ты свинину ешь? А свинья какого только дерьма не жрет! Крыса же — только первый сорт! Зерно, молоко, сметану, копченую колбасу!

Только если подтравленная, ориентация свернулась, вылезет днем под ноги умирать... Такая сразу видна — шатается, движения неуверенные. Но даже тогда не укусит. Пока ты ей в бок ногой не пхнешь, а потом руку к загривку не потянешь. От кого ты дрожишь?

Я перевел дух, заглушая ночь шмыганьем, харканьем и воющими зевками, посматривал — действует? Вроде морда потеплела, плечи обмякли. Уже уверенней говорит:

— Видел большую. Как кошка.

— Да ладно брехать! Темнота увеличивает. Старый вон двадцать лет воюет — столько таких басен послушал, а сколько ни проводил полный вылов — ни одной крупней ладони! Есть в тридцать пять сантиметров. Но где? На Вандомских островах. Много брешут. Сами брешем. Без брехни стыдно сказать, чем занимаемся. Здесь мы с тобой вдвоем — чего мне врать? Была фотография в итальянском журнале. Мужик держит крысу за хвост. Туловище под метр. Но мы-то видим, что это ондатра.

Всмотрелся — готово? — велел:

— Ключи. Благодарю. Пойду осмотрюсь. Постоять сможете один?

Он, что-то думая, кивнул.

— Станьте под фонарь. Повнимательней вон там, к деревьям, там у них летние норы. Зажметесь — хлопните в ладоши. Шевелитесь, у них зрение плохое, при таком освещении неподвижные предметы могут не замечать.

Я отправился к подвалу, вызванивая ключом, и оттуда:

— Иван Трофимыч.

— А?

— Свободней встаньте. А то набычились. Как мелкое домашнее животное.

Осветил фонарем порог и дверную коробку: прилично. Отпер. Потянул дверь, поджимая вверх от лишнего скрипа.

Каменные ступени, присыпанные по краям известкой, вели вниз до побеленной стены, украшенной чертежом любовной стыковки. Вправо от стены уходил коридор с утоптанным земляным полом. Слева — ржавая дверь, замкнута винтом. Изодранная в лохмы жесть понизу. Россыпи бумажек, лепестки картофельной шелухи. Банка из-под тушенки. Ага. А что вниз направо?

Должно быть, общий коридор и рукава вправо, влево — закутки поквартирные? Необязательно. Дом начальства, картошку они не растят. Для велосипедов и лыж годятся лоджии.

Под первой ступенькой углы неповрежденные, помета нет. Я ощупывал каждую, косясь на ржавую дверь. Холодает. Дырявый дом — затылок лижут сквозняки. Где-то в воду залез — тапки скрипят. Ступени в хорошем состоянии. На пятки наступаю — скрипят. На носок — один хрен. Последняя ступенька. Я присел, муторно проскрипев, — рванула в голову кровь, сразу согрев. Скрипели не тапки, я дурак! — это твари пищат, рядом. Откуда?

Дверь? Не отсюда. Справа? Пищат немного, может, одна? Во, а теперь слышна куча. Самое время. Первый час ночи. Самка демонстрирует позу лордоза, а самец осуществляет садку. Недалеко. Но не сразу же за углом? Сомневаюсь, что норы за дверью. На ней цифры намалеваны, какая-нибудь щитовая. Похоже, здесь столики, жрут, зубы точат о жесть. Два миллиметра в день. «Иначе нарастут и сдохнешь с разинутой пастью» — как говорил Ткачук, голова московской санэпидстанции. Не волок он дератизацию жилых объектов, и диссертация его по туркестанской крысе — ее-то он изучал, любил выезды в жаркое поле с уступчивыми лаборантками. Вот он и вышиб Старого после Олимпиады, стоило заикнуться о заниженных цифрах закрысенности.

Пол — свеженатоптано. Основные дорожки, застолбленные запахом, по стене. Под нижней ступенькой — дыра, отверстие в твердом грунте, шесть сантиметров; я закряхтел: неграмотно оставлять за спиной открытую нору. Время пастись. Первая же гулена обойдет меня сзаду и застучавшим сердечком, запахом смертного страха разгонит пищащие песни и пляски по щелям — забьются и умрут, извергая ужас потопом на весь подвал. Залягут все, придавленные могильным — чужой. Не выйдет тогда выставка. Ничего деду не покажу.

Едва ступая, я взлетел на улицу.

— Иван Трофимович, иди сюда. Ну? Отмечены факты нападений?

Он громко отозвался:

— Никто.

— Не ори.

— В траве целых две, так носятся — как котята. В мусорке все время царапали, но не видал.

— И что?

— Ничего. Я ж говорю: не вылазят.

— Я спрашиваю: что, трясет, как всегда?

— Терпимо. Я ведь раньше не пробовал один стоять. Неловко. А постоял — как так и надо. Руки только потеют. — Он помахал ладонями и хохотнул. У меня заныл живот — так и свихнется.

— Тихо пошли. Все, как я. А? — Уловил заминку. — Теперь чего боитесь?

— Готов. Уже терпимо. — Осекся и хрипло вздохнул.

Я показал кулак двум мужикам, курившим у дальнего подъезда, запустил отставника в подвал, притворил дверь.

Первым делом я стребовал носовой платок, чтоб не обжечься, разложил на ладони и вывернул лампочку над дверью.

От внезапного затмения никто в нору не рысил.

— Слышите характерный цокающий звук?

Иван Трофимович стыл с известковыми щеками — сейчас заплачет. Выходит, кодла гуляет под другой лампочкой. Пойдем. Под ступенькой нежилая нора? Разве удобно — все ходят. Начали копать и бросили? Они бы не потерпели рядом с жилой норой столик и туалет. Хотя...

Спустились, я ткнул направо:

— Что там?

У него подрагивали губы: «Коридор». – «Я понимаю, что не женская баня. Продольный? Вилкой? Глухой на один подъезд?» Он трясся: «Ни разу не был. Да, как заселились, – ни разу». Благодарю. А если нора жилая? Двенадцатиметровая с тремя гнездами и двумя родильными камерами? Тогда тварь выскочит прямо на ноги. Отвлекает меня. Где?

Я нашел ощупью банку из-под тушенки, вдавил ее пяткой в дыру под нижней ступенью. Все. Высунул морду из-за угла: коридор. На весь дом. Лампочки пятнами. Не люблю я такие коридоры, ты всем на виду. Трубы высоко на костылях. Слева и справа, что тоже гадко. Явно ничего не свешивается, не бегает. Слева. Справа пока не скажу. Послушай. Козел, дышит, как паровоз. Оглянулся: седой, сквозь лицо прорастает череп, глотает, – зря я. Стоять здесь? Нет, поговори с ним.

– Иван Трофимович, мы хозяева. Покажу, как они гуляют. Потом топнем, и нету их. Для наглядности. Для закрепления.

Как-то он вяло. Хоть повторяй. Я выступил в коридор и сразу к стене: правые трубы внешне чистенькие. Прямо, в десяти метрах, в стене широкий проем, метра на три, в нем свет. Неужели за ним площадка – они гуляют там?

Я глаз не спускал с ближнего к нам угла, где обрывались стена и свет, зверь выйдет оттуда. Мелькнет и уже в темени, гладя вибриссами стену, упрется в мой носок. Я, гладя спиной стену, двинулся к проему, поманив Ивана Трофимовича.

Крысу увидел поздно. За всем не уследишь. Волоклась примерно посередке коридора — навстречу. Надземная текучая шерсть. Что бы ей не завернуть в проем? На хрен мы ей сдались? Сжал Трофимычу плечо: он пока не видит. Что? Замялась. И стала боком. У стенки. Черт! Не может она стоять боком к голой стене! Кому она проявляет недовольство боковой позой? И там кто-то сидит? Темно, не вижу.

Трофимыч весь передернулся, я, нехорошо растерявшись, озирался в последовательности: трубы — проем — коридор. Вот что: по коридору текли еще твари, взрослая и два щуплых крысенка, зачесалась башка — так и вся стая посыплется? Потрогал кнопку фонаря. Семенят точно нам в ноги, разбегаясь и собираясь. Неужто в ту нору?

Все, замедлились у проема, кучкуются, смотрят туда — ну, туда! — насторожены, твари.

Все, серой лентой в проем соскользнули старшие — три, откуда три? Крысята помелись следом. Странно, все перешли на рикошетирующий прыжок. Я отчетливо услышал глухое «тах! тах!». Сыпучий материал, вроде гравия. Куда они спрыгивали?

Разом разгулялись, заносились живей, шорохи сыпались по стенам, мнилось — рядом! Я позорно пошаркивал тапками подальше от греха, горбясь в предчувствии когтистого перестука по трубам над головой и крошек, летящих на шею, злясь, поскольку главное правило — работай, когда спят. На их территории, но без них. Зеленоватые глаза не должны видеть истребляющего агента, а ему не годится мудрить, куда поставить ногу.

Выждали и прокрались к проему в стене. Зажег фонарь и мазал светом вдоль коридора, чтобы никто не шел, наш черед.

Угол. Я, показав не вонять, усадил Трофимыча, как пса, впереди, придерживая за ворот. Нависнув над ним, еле высунулся за угол... Яма, железная лестница. Тюки, щебенка, крысы, не убежали — здесь! Я пихнул Трофимыча: зри!

Нам открывалась площадь в шесть квадратов, ниже коридора на сажень, стенные плиты в множественных трещинах — слеплены из материалов с разным коэффициентом расширения. Утеплитель в тюках разодран, щебенка — они прыгали на щебенку, банки-склянки, пол бетонирован, гнезда поверхностные? — да зачем мне...

Я отвернулся в коридор. Иван Трофимович уставился на гулянку, как в адскую печь, лицо передергивалось багровыми отсветами.

Я томился. У меня такой зоопарк каждый вторник — в санэпидстанции на полигоне отрабатываем яды и приманки.

Мы глядели из черного коридора. Крыс слепила лампа, освещавшая яму. Гуляли, многовато для обычной семьи, для последнего летнего дня, когда парцеллы* еще на дачах — в газонах и по-

---

* Парцелл — внутрипопуляционная ячейка, состоящая из встречающихся друг с другом особей, связи между которыми поддерживаются социальным поведением.

мойках; на трубе гроздьями грелось старье и подчиненные, косичками свесив черные хвосты. Кто поживей — клубочками сидели окрест. Троица крупных субдоминантов* или самок грызла ветошь — нет, не ветошь — меж осколков кирпичей: чего они жрут? Похоже на крысенка. И все напряжены.

Самка, вижу, одна поспокойней — ее вычесывает рослый сын или любовник, подрагивая мордой, хрипя, поднялся на задние лапы, чтоб достать до хребта.

Что-то напряжены — а с чего? Один шелохнулся, все хвосты вытянули! уши вперед! Сосед пересел — боком к нему! зубы наружу! Злобны. Многовато их? Участки, меченные самцами, пересекаются — и злобятся? Может, что другое? Голод? Так скучены, что нечего жрать? Для домашнего подвала не характерно. Для Светлояра сойдет. Что меня раздражает?.. Не вижу доминирующего самца. На ком замкнута гулянка? Вон, на борове, что пежит самку под трубой? Здоровый. Самка не огрызается. Но стали бы те трое при доминирующем свободно жрать? Самку бросил — побежал... Вообще-то на встречных рыкает. Сел, чистится. Крысенок рядом — хоть бы хны. Можно обосновать деспотическое доминирование? Не особо. Вот самого подавленного я обнаружил сразу.

_____

* Субдоминант — крупный, сильный самец, сходный поведением с высокоранговыми особями. Скованность в движениях проявляет только при встрече с доминирующим.

Подавленный торчал меж тюков утеплителя, редко подымая морду на троицу, раздиравшую добычу. Его легко засечь — редкий окрас: рыжий «капюшон» на опущенной морде. Подглядывал, но не высовывался. Троица дожрала и разбрелась на все четыре, оставив «на столе» неясные лоскуты. И ведь — торопливо разошлись! Все напряжены.

Крысята сбились дружней под лампой, затеяли играть: пятеро пронеслись, столпились — лазили друг у дружки под брюхами, толкались, повалились в кучу малу — я успокаивался, кусают за хвосты, прыгают на спины... Вдруг разлетелись и присели по углам. Не играется... Нас чуют? Трофимычу хватит.

Подавленный все же выцарапался из своей щелки, шатался, как бухой. Будто болит левая задняя. Если она есть. Шерсть паршиво клочковатая, обнажает плешивые пятна. Все-таки двинулся, дурак, зад подтаскивает — ползком. Целится вниз.

Среди семьи подчиненный пробирался, как меж враждебных людей смертельным белым днем, переполз, затаился, осмотрелся, переполз, затаился, осмотрелся — куда? Куда несет калеку? Не хочется думать, пока он далеко от «стола»... Да неужели к «столу»?! Меня все бесило: вот так в присутствии доминирующего подчиненный не мог пробираться к остаткам жратвы. Нет доминирующего? Или не выделяется он из-за общей озлобленности?

Боров, ублаживший самку, снялся с места, перелез через запищавшего собрата и сунулся с размаху в нору, вертанулся в ней, помогая себе передними лапами, — хвост мелькал мельницей! Покрутился, отскочил. Побегал возбужденно меж затаившихся тварей и сунулся в нору заново — завертелся! Трофимыч вскинул на меня меловое лицо. Пляшет боров, как доминирующий. Он?

Семья цепенела. Подавленный, вжимаясь в пол, дополз до брошенного «стола», залег и водил вибриссами по кирпичам, и хватит; я приказал:

— Хватит.

Трофимыч просунулся вперед, зажмурясь, — как дам сейчас по заду!

И словно тень накрыла яму. Страшно, тихой простынкой. Сжав в кулачок шелохнувшееся барахтанье — стоять.

Я встряхнул занемевшие руки.

— Глаза откройте! — И поперхнулся.

Крысы встречали не нас.

Я увидел настоящего доминанта.

Пружиной рыжая, ражая тварь сиганула из высокой трещины и нырнула в истошный, сыпучий визг утекающих россыпью крыс. Я схоронился за стену, вожак, приземляясь, не устоял, его бросило на бок, на удиравших крысят, но через миг он уже впился в землю, в прыжок достал нору и, перекрыв всех коротким рыком, сунул в бок заверещавшему борову — тот провалился сквозь землю, камнем в бездну. И дальше вожак помчался каруселью: кусал, толкал, валял на спины, облетая участок, пахнущий его мочой; с труб, тюков, из щелей слезали, спрыгивали, шмыгали крысы и расходились в гнезда, пропадали с глаз, подавленный — и тот что было сил безного отгребал к своей ямочке, вслепую и — врезался в бег вожака! мордой в морду! Так и полетел рыжий «капюшон» кубарем и застыл, долбанувшись о кирпич, открыв брюхо, раскинув сдавшиеся лапки, одна — корявая, больная — загнулась к стороне; я все моргал, не думая, а вожак довольно спокойно уже подошел прямо к этому беловатому брюху и тяжело запустил в него морду, как усталый зверь опускает пахнущую кровью пасть в ледяную, желанную воду, — визг взлетел, полез, рассверлился, резано распался, потянулся и лопнул, снизойдя в утробный, усталый, отдыхающий стон. Я выдернул Трофимыча обратно и оттолкнул в коридор — обычное дело: к тяжко ворочающемуся вожаку уже подкрались пяток прихлебаев и уткнулись затрясшимися мордами в месиво, меж их хвостами торчала запрокинутая морда подавленного с блестящими глазами и беззлобно разинутой пастью, чуть свернутой набок. Они словно щекотали, а он зевал — я отвернулся.

Обождал. Нащупал ногой кусок штукатурки и швырнул за стену. С вопросом глянул на Трофимыча. Он сходил, ввернул лампочку, охнул, увидев часы:

— Ничего себе! Жена небось уже на телефоне. Как меня испугались, а? Тараканы! — Он усмехался. — Только показался на небольшую продолжительность времени, а результат. Дай гляну, что за утеплитель. Живем на семи ветрах, ни до чего руки не доходят. Зимой на кухне — ледник, внук прошлый год воспаление легких в один день, а утеплитель — вон где. Ты что не в настроении? Устал?

Да. Он спустился по лестнице в яму, посчитал тюки, залезал на них, довольно походил по щебенке.

— Всех на субботник выгоню! Сколько места... Спортзал! Шампиньоны выращивать. Руки не доходили из-за дефицита времени. А теперь!

Он сходил успокоить жену и вынес бутылку утешить меня — разместились на лавке. Трофимыч много смеялся, подымался и бегал в траву, желая наступить твари на хвост — прищучить, вдруг схватил меня за шею, пролепетал:

— Спасибо, сынок, я — живу. — Расплакался на всю улицу, всхлипывая: «Как мне было, сил моих нет никаких».

Из кустов выступил стриженый лоб.

— Товарищ лейтенант, помощь нужна?

Потом Трофимыч плясал вприсядку и звал меня, жена, вытирая глаза, шептала: заходите, что вы на улице, — я улыбался и жмурился, чтоб не пустить слезу в последний день августа, лета.

Плелся — задубел. А пробежаться нельзя: разгуляюсь и не усну. Пустой — как из чужой бессонной кровати на первый троллейбус, автобус, к открытию метро среди согласно молчащих дачников и работяг. Хорошая цистерна. На десять кубов. Водила спал на руле: поедем, отец.

— Кафе. В погребе, у школы. Знаешь?

Очнулся. Водила спросил:

— Сюда?

— Да. Видишь, труба, вентиляция в подвал? Вот в нее воду сольешь.

— Командир, ты издалека, а это кафе держат серьезные ребята...

— Приказ. Для дератизационных мероприятий. Дай распишусь в путевке. Время сам поставишь. Лей. Уши прочистить?!

Шел, через площадь мужики в черных спецовках катили тележку с подъемной люлькой — вот, оказывается, тура, выматерили меня, бросили катить и спорили, на сколько подымает?

В санатории закрывала зевок изношенная буфетчица, стонала сквозь:

— Кушать будете?

Нет. Мокробровый Старый рассчитывал в тетради для дочек-матерей санэпидстанции расход ядов, вскинул бороду:

— Командую. Поскольку истребляющее начало мы выносим на территорию грызуна, то работаем фосфидом цинка с овсянкой. В кулечках по сто грамм. Монофторина они не имеют. Через сорок восемь часов выкладываем ратиндан в концентрации пять тысячных.

Годится. Стянул свитер, рубашку, штаны. Старый пропал и бабы в халатах. Всплыл прапорщик:

— А кульки с газеты вертеть?

— Нет. Нельзя запах краски. — Обкрутился одеялом, ткнулся к стене; черт, не задвинул шторы. Посмотрим.

Не приснилось. Вставать мыться, уличный радиоголос хрипел: «Раз... Раз... Раз-два-три − проверка», − шторы позванивали колечками − ветер; вспомнить приятное: обед, баб, футбол по телевизору − и вставать. Я сдвинул шторы с пути сквозняка. Зацепились. Дернул сильней − на руку шмякнулась крыса!

− Паскуда! − Ослепнув, я всплеснул рукой, стряхивая цепкую тяжесть, скакнула за кровать, чиркнув хвостом по плечу, я слетел на пол, сдернул одеяло, пинал кровать. − Что за мразь?!

− Да ты что? − вбежал Старый. Витя частил за его спиной:

− Она ручная! Это я принес, из Дворца пионеров. Самец, Ганди. Ганди-Ганди... − Он пополз под кровать.

− Убери ее на хрен отсюдова! Больше места не нашел, придурок, баран. Погань!

− Да что с тобой?

Остудился в ванной, смирив сердце: вот паскуды, что за люди − я не знаю...

Они ждали обедать на балконе, заткнувшись, только вошел. Без невесты. Окрошка, крупно резанная картошка жареная. Курятина, помидоры, небольшие огурцы, головастый лук, вишневый компот и булки какие-то. Я порыскал взором:

− Чего ж ты своего Ганди в банку загнал? Пусть бегает.

Полегчало. Витя извинялся:

− Я − чтоб веселей. Интересно понаблюдать. Я же теперь столько знаю благодаря вам.

Я доложился за ночь. Булки оказались с рыбой. В окрошку бы льда.

— Да-а. Вот скажите: вы говорили — доминирующий, подавленный, — проговорил жевавший уже без радости Ларионов. — Подавленный, это что ж? От природы так?

Старый признался:

— Общественная жизнь грызунов изучена недостаточно. Но предопределенности нет. Я на полигоне устранял из семьи доминанта. И его сменял не всегда субдоминант. Иногда — подавленный. Так что расслоение случайно. Судьба. Однажды крыса делает шаг обычный, а он вдруг вызывает исключительные последствия. И ее подавляет. Например, идет человек по мосту, делает шаг, и мост от старости разрушается. Хотя шаг обыкновенный. Ты не согласен?

— Нет. Ему самому кажется, что мост провалился.

— Вздор! Короче, предопределенности нет. В открытых биотопах* свободней — соблюдается примерное равенство. Высокоранговое положение, подавленность возникает в скученности. Мало земли.

Ученый и архитектор отправились закладывать кульки с отравленной приманкой на разобранный край подвески. Я доедал булку. Витя убирал тарелки и образовывался:

---

* Биотоп — участок водоема или суши с однотипными условиями рельефа и климата.

— А крысиный король? Это доминирующий самец?

— Не, это сросшиеся хвостами крысы, клубок. Самое большее отмечено двадцать семь.

— Как же они срастаются?

— В гнезде. Новорожденные сплетаются хвостами. Хвосты нежные, хрящевидные, легко поранить. Гной, кровь, грязь. Чесотка. И срастаются. Я сам не видал. Только американцы смогли один раз на полигоне наблюдать, но у них в сцепке разновозрастные крысы оказались. Так что черт его знает. Король дохнет в норе. Мы падаль собираем на поверхности — не видели.

— А он что ест?

— Стая кормит. Крыса вообще не делает запасов. Прижмет, жрут отцов, экскременты, детей. А короля кормят. Оттого и басни, будто в середине клубка сидит большая крысюга — король, а вокруг — его колесница. На самом деле срослись хвостами в грязи. Тянутся кто куда, а — ни с места. А соседи кормят... Так поводишься с нами и засосет. В Москву поедешь. Кремль посмотришь.

Ганди начинал с хрящей подгрызать куриные кости — привык. «Ты — хорошо, и она ласкается. Ты нахмурился — она оскалилась», — учил меня кандидат наук Тощилин, высекший пасюков в Кстово Горьковской области, пересиливший славу волгоградского уничтожения шестидесятых годов. Жив ли еще?

— И нет другого крысиного короля?

— Еще бы, твои земляки! Корпорация! Посулили очистить район за ночь. А ваши князья слюни распустили. У меня пока времени нет, я еще прищучу ваших придурков.

— Вы думаете, они не смогут? Невозможно?

— Разные вещи. Конечно, врут. А насчет невозможного — почему? В убийстве крыс важнее всего не время. Меня ваше время не касается. Размах истребления зависит только от смелости углубиться в живое. Есть такая формула, вывели наши классики — Дэвис и Христиан: уничтожение достигается снижением возможностей окружающей среды. Это значит: вот Светлояр, бывший Ягода. Хочешь положить городских крыс? Снижай возможности города. Можно отравить одного. Можно всю парцеллу. Можно мерус*. Или замахнуться под ноль. Зависит только от смелости. На сколько хватит руки?

Витя остановился и уточнил:

— То есть убить?

— Углубиться в живое. Это серьезнее. Надо понять, что город — это вот все. И прошлое, и ты тоже. Закапываешь и себя. Уверен, у ваших придурков слабый замах. Пойду гулять.

Он упрямился.

— Есть какой-то другой крысиный король.

Ага. Деревня! Поселок городского типа.

К воротам пятился по свежему асфальту каток, чадила печь смоляная. Работяги оперлись на грабарки, заметив меня, сховали бутылку за фонарный столб.

---

* Мерус — группа крыс более высокого порядка, чем парцелла.

Вкруг площади со скуки сдыхало оцепление в парадных ремнях, науча овчарок ложиться-вставать, я сунулся наискось площади, имея в виду бульварную тень, ведущую к банку.

Средь площади на деревянном ящике виднелся чин в фуражке и дул на пробу в мегафон, под ним табунилась толпа. К ней на соединение отрешенно брел осанистый священник в черной шапке ведром и с круглой блямбой на цепи под седой бородой. Почтительно отдалясь, семенили следом румяные служки в накидках золото-голубых — несли икону, кадило, крест, хоругвь.

— Готовность один! — через мегафон. — Затуши сигарету! Кто там на пол плюет? Свиридов, гости — кто гости?

— Товарищ лейтенант, това... — подкатился смахивающий на борца легкой категории круглый прапорщик с потными бровями. — Семь секунд. Я прошу. — Подтащил, ухватив влажной ладонью запястье. — Вот гость, товарищ полковник. Размер похож.

Гарнизонный командир Гонтарь осмотрел меня с ящика.

— Та сойдеть. Для сельской местности. — Разгладил бумагу, взлезший на ящик капитан держал обеими руками мегафон у его рта. — Готовность ноль. Товарищи, сводная репетиция. Напоминаю: неразглашение, ответственность. Задача: закрепить кто за кем. Довести общий вид. Ну шо, на исходные. Прогоним, и шабаш. Свиридов, кто гость-два?

Народ пошевелился, став рядами. У подножия ящика очистилась надпись мелом «Ковровая дорожка».

– Попрошу, – прапорщик толкнул меня к ящику. – Вы пока в машине. Кого ж еще... Товарищ полковник, я и буду гость-два! Я и буду. – Прошмыгнул и утер с бровей капли.

– Смир-на. Слушай. Двенадцатое сентября. Полдень. Солнце позолотило... Так, всего не читаю, так, вот: Президент и Генеральный организации наций... из машины – прибыли!

Прапорщик провел меня вперед на два шага и установил: тут.

– Наш слева. Тот справа. Кто там крутит башку? Потом не у кого будет спрашивать! Запоминайте кто где. Подсказка: тот араб. В общем, цыган. Оркестр! – Гонтарь махнул фуражкой – на бульваре бухнули в барабан. – Благословение, благословение – чего ждем?! Музыка не кончилась – уже пошли, не дать оглядеться.

Прапорщик отодвинулся и скорчил постную рожу. Надвигался священник, завернувшийся еще в подобие плащ-палатки – золотое, шитое жемчугом полотно, жарко облепленное цветами голубыми и алыми в шесть лепестков, драгоценные отблески кололи лица смиренных прислужников, – священник кадил на толпу, басовито напевал, посматривая на меня, народ кланялся, широко крестясь. Я встал поровнее и также кивал. Прапорщик чванливо подбоченился с видом: не разумею.

— Благословение. Поцелуй руки, — вполголоса подсказывал Гонтарь.

Священник отдал кадило служке, взял мою руку и почтительно поцеловал.

— Кравчук! Этак-так-перетак! — сорвался полковник. — Куда суешься козлиной бородой?! Кто епископ? Ты ж епископ! Ты благословляешь. А он — целует. Он — руки лодочкой, морду опустил. Ты — на его лапы свою. Он поцеловал, ты маковку перекрестил. Не дергай ты бороду! Жарко? Свиридов, сегодня-то можно без бороды.

— А если он не схочет целовать? — зло поинтересовался епископ.

— Схочет! Руку бритую, надушенную... Ему ж тоже подскажут. Замнется — перекрести рожу его и — к стороне. Дальше. К-куда?! А гость-два? Цыгана осеняй, сто чертей твою мать совсем, крестом — и ушел. Девка — хлеб!

Взыграли рожки, гусли, сопелки, ядреная девка с лицом красным, какое бывает только у милиционеров, весело подбежала с пустым чеканным подносом.

— Девка: откушайте нашего хлеба-соли. Протянула — сама не разгибайся, пусть смотрит за пазухи! Глаз не опускай. Улыбнется — подмигни. Правым глазом. Один раз. Он откусил, жует. Хлеб передал цыгану. Девка, не разгибаясь, с пазух достает подарок. Слова: лада моя, я всю ночь сидела, тебя ожидала — ширинку вышивала. Ширин-ку?! Так? Что? Свиридов!

— Так точно, товарищ полковник. Так в книге. Ширинка — подарочный платок.

— В кни-иге? Свиридов, хорошо летаешь. Скоро сядешь! В книге. Он их читает? Ширинку всю ночь зашивала — что он, твою мать, подумает? Что мы к нему, извините за выражение, нескромную женщину налаживаем? Кто от музея?

— Я, товарищ полковник, — аукнулись из толпы. — Вместо ширинки можно — утирка. Утирка.

— И то. Девка!

— Лада моя, я всю ночь сидела, тебя ожидала — утирку вышивала. — Девка словно обжигалась словами, прогладила языком влажный рот и погрузила руку в тесные пазухи, прогнувшись вперед.

Полковник чвакнул, проведя по глазам рукой, выдохнул:

— Молодца, молодца... Дай бог всем. Девка убегает, подол приподнимается, видно белье... Цвет не указан, а надо. Свиридов, проверь, чтоб на утирке-ширинке вышили телефон, имя-отчество. Так... Казаки. Пошли казаки!

С бульвара тронулись и обогнули с гиканьем толпу два милиционера на саврасых лошадках.

— Выбегает девушка кормящая. Где кормящая?

— Тут! — В белых тапочках выскочила гимнастка лет двенадцати с острыми локотками и прогнула колесиком грудь. Гонтарь смахнул с губ мегафон и просипел:

— Свиридов. Здоровей нет?

— Кандидат в мастера, — развел руками уязвленный прапорщик. — Чемпионка области.

— Чем она будет кормить? Президент станет ждать, пока у ей сосцы вырастут? Написано ж: девушка кормящая... А, извини, тут — кормящая голубей! Давай: покормила, сальто, мостик, колесо, взлетают тысяча голубей — возраст города. С памятника «Исток Дона» падает покров, струя воды возносит над площадью Илью Муромца со знаменами России и Объединенных Наций. Оркестр. Ликующие горожане оттесняют охрану, к гостю-один — не путать с черным — прорывается женщина со слепцом. Марш!

Толпа навалилась, над качнувшимися плечами образовавших цепь охранников женщина с изнуренным лицом подняла мальчика в синей майке, рыдающе заголосив:

— Коснись, избавитель! Прости маловерие мое, молю... — Малыш мучительно смотрел вверх, словно в переносицу ему упиралась невидимая рука, и так колотил ногами, что слетели сандалии.

— Ну. Задавят же бабу, — процедил Свиридов.

Я ошарашенно тронул малиновый лоб малыша — он трепыхнул головой и зычно гаркнул:

— Визу! Мамочка, я визу глазками! Солнце, травку, нас любимый город! Кто этот дядя?

— Спаситель твой, — захлебывалась, прижимая его и гладя, мать. — Сама не верю еще, молить будем за него...

— Ее оттесняют, — медленно читал Гонтарь. — Жми к себе шибче, чтоб не фотографировали. Главный врач города удостоверяет. Случай исцеления. Скорая помощь увозит. На углу Садовой и Первостроителя Мокроусова лилипута высаживаете, ребенка всаживаете и — на квартиру: ждать журналистов. Из народа выпадает старуха. Лариса Юрьевна, прошу вас, выпадайте.

Под руки охраны подлезла напудренная тетя в бархатном пиджаке и серебристо-шелковых штанах. Постелила у моих ног газету и тяжело опустилась на нее коленями, опираясь на руку раболепно нагнувшегося Свиридова. Подняла толстую руку в перстнях и браслетах мне под нос.

— Гость пытается ее поднять.

— Ай, не трожь, я тебя старше — ты должен меня слушать, — слабо улыбнулась тетка и поправила воображаемый платок. — Уж не чаяла вдосталь зреть ангельский лик — теперь и помирать можно. Расскажу в деревне — не поверят, задразнят балаболкой. Я одно, слышь ты, скажу: ты — надежа, украшай землю нашу, не зырь на блудяшек, не приставай к кабакам, уйми самовластье, утирай слезы народа. Не забывай, ты — русский, помни, откуда есть. Обойдешь землю — она не простит. Не гордись пусто, не стыдись каяться, не ищи чужой шкуры, не чурайся своей, ждали тебя долгонько. — Тетка захлюпала, закачала высоким шиньоном, прихваченным сеточкой, и протянула мне почтовый конверт, насыпанный песком. — Ладанку тебе, родной земли сгорнула с курганов Крюковского леса, не гребуй — спасет тебя в черный час ночной.

— Старуху уносят, — подхватил Гонтарь. — Слезно, Лариса Юрьевна, если быстрей только... Гость вдыхает землю, доносится песня «О, Русская земля, уже за холмами, еси...». Какая-то «еси». Буква пропущена. Неси? Меси?

— Соси? — предложил капитан, держащий мегафон.

— Пять суток ареста с содержанием на гауптвахте. Нюхай землю. Как ты нюхаешь? Тебе не дерьмо на лопате поднесли. Вот так, вот так — родную землю! — полковник спрыгнул с ящика, взял у меня конверт и сунулся в него всем носом. Вдохнул глубоко, блаженно прижмурясь, крякнул и неожиданно выпалил: — Свиридов, откуда брали?!

— Вы ж велели... Песочку, — зашелестел испуганный Свиридов. — Я из песочницы со двора... Дайте понюхать.

— Бегом! Переписать собаководов, просеять песок, обнаружить, кто поганил, и — на ветстанцию: усыпить падлятину такую! Исполнять. Всем: через три дня в костюмах и полном составе. Слова знать. Первая рота напра-! вторая нале-! -во! Бегом! По команде «бегом» руки сгибаются в локте на угол девяносто градусов, корпус подается вперед с переносом центра тяжести на правую ногу. Марш!

Прапорщик Свиридов борзо засеменил по делам, то поднося землю к носу, то отстраняя на вытянутую руку. Я наконец опомнился. Все протекло так складно, что ни смеяться не поспевал, ни думать — дух захватывало.

Успокаиваясь, я достиг банка. Поцеловал замок и ушел: закрыт. И до сумерек искал окраину с палисадниками, березовыми чурками, куриным пухом в траве и ведерками яблок, выставленными к дороге — покупайте. Но за бараком сызнова торчал барак, у подъездов курили, в окнах выглаживали школьные наряды и ужинали без рубах, малышня трогала штык-ножи армейских патрулей, вороны ляпали на дорогу — на другой стороне улицы загибались бетонные заборы с обвислой колючей проволокой на ржавых штырях. Очутился на автобусной станции, купил у бабуньки семечек — крупные, но сыроваты; отцепил цыганкину руку, гадать:

— Молодой, пригожий — тень за тобой...

— Пошла ты!

Цыганки таскались оравой вдоль торговых лавок босиком по бархатистой пыли, сторонясь одного окошка — у него дебелый милицейский голова Баранов царил меж распаленных кавказцев. Всхлипывали две крашеные девки.

Я отсыпал семечек водителю, таращившемуся из автобуса на разборки.

— Чо там за дела?

— Ложки серебряные слямзили с ларька. Одна продавщица: я не брала. И вторая: не я. Работают в смену. Чернота-хозяева серчают, до убивания.

— Какой ларек?

— Да вон.

Обойдя ларек, я позвал:

— Командир, пусть подымают краном ларек. Наверняка крыса утащила. Лежат в гнезде.

Баранов покосился на меня, как на малосмысленное дите, и отвернулся к притихшей черноте. Я доканчивал в рыжий затылок, облизав опухшую губу:

— Забываю сказать; подвал глядели гостиницы — там какое-то пальто, где блоки свалены... Лежит, как человек.

Город оборвался, так и не свалившись в деревню. За очередной автобазой простерлось поле с черными костяками грузовиков. Подальше — набухла насыпь железной дороги; я расположился на черепе усопшего автомобиля, разглядывал первые звезды и ворон, ватажившихся в опиленных тополях, находил в кармане последние семечки с оглядкой на чудного живописца: дядя поставил ящик под забором и малевал впотьмах: что? Жрали комары, не высидел боле, вдарил бечь — живописец угнулся, но я угадал:

— Товарищ Клинский?

— Набродился? — Он складывал ящик. — Люди наперечет, сам за тобой хожу. Чтоб не тронул какой мазурик. Согласен на «ты»?

— Годится! Дай рисунки позырить.

— Да ну, к черту, я природу слабо. Люди — ранимей. Вот наброски с собой. Первостроитель Мокроусов. Наш, местный, покойник уже. Я его по пояс, чтоб деревянную ногу не захватывать. Вот, узнал кто? Илья Муромец. Легендарный покровитель Светлояра. Когда с печки слез, он в Киев ехал напрямую через нашу непроезжую землю вятичей. И срубил избушку на озере. Озеро-то, что Трофимыч после войны осушил. Богатырь купался, наши девки подсматривали. Князь их спросил: как мужик? Они: светел телом, мордой яр. Светлояр! В Киеве Илье не поверили, что ехал напрямую. Начали: в очах детина завирается...

— Что у него на штанах?

— Лампасы! Ведь как писали — «старый казак Илья Муромец».

Возвращались молчком. Клинский вздыхал, не подымая небольшой черноволосой головы, источая спиртовые дуновения, и глотал зевки, уставясь в землю.

— Случилось что?

— Мы случайностей не допустим! Обычная маета. Письмо пришло: Президента убьют. — Приостановился. — Не ты писал? Шучу. И не знаешь кто? И краем уха? Смеюсь. — Он язвительно хмыкнул. — Убьют. В Светлояре. Где чихнешь, а жена уже знает, кто пожелал «будь здоров». Сократите хождения. С крысами у нас — ты понял. Особенно на мясокомбинате. Покусы детей. Народ обступит и — необоснованные надежды, завышенные требования. Людей нехватка вас ограждать. Съезди для роздыху к археологам в Крюковский лес.

Старый дрых, Ларионов и Витя чаевничали с буфетчицей. Архитектор донес:

— Поутру снимаем первых павших. Заказали вам билеты назад.

Клинский тотчас добавил:

— Озаботьтесь мешочек для денег побольше. Ка-вар-дак... — Он жалился, пропадая на лестнице в тепло-синей ночи. — Затеяли проводы Трофимычу в кафе — там подвал залило, крысы по гостям, крысы по мне, крысы Трофимычу по галстуку. Хотели душевно наградить, а старика — в больницу. Синий. Милиция кафе трясет, а что толку? Гибло

117

живем... А сыну завтра в школу. Живодеры, слышьте? — я надеюсь на вас!

— Выпил, — тихонько сказал Ларионов. — Вы и не знали, какая каверза-то с Трофимычем? Такое и вам небось удивительно?

Я пожал плечами.

— Нет. Я хорошо представляю. Подтопление подвалов талыми или грунтовыми водами. Событие трагическое для грызунов.

Осоловели, разошлись.

РУССКАЯ ТРОЯ,
ИЛИ
ТРИДЦАТЬ ТРИ СТРУИ
Время «Ч» минус 11 суток

— Лейтенант. Сюда иди.

Я замялся у ворот, силясь вглядеться: кто? Да какая разница — люди.

В черной легковушке ожидал Баранов — один. На сиденье белела газета. Хлеб, огурцы, бутылка.

— Залазь. Что ж я один. Мастер! Подняли киоск — в норе ложечки. А вон друг твой из подвала в гостинице.

Я глянул туда. У гостиницы мордой в морду светили милицейский газик и синий краснокрестный фургон — между ними толклись милицейские и штатские. Мужик в белом халате нагибался к земле, к черному клеенчатому свертку, похожему на укутанную елку.

— Дед. Небось бомжатник, бомбил на рынке. Сыплется в пуках. Нога до колена — вообще свинтила. — Баранов разъерошил рыжий чуб. — Так не вовремя. Следов насилия нет — я его задвину втихаря. А то область отбузует. Перед гостями только и ждут, за что накрутить. Без этого гадюшник. Трофимыча проводили... Мужик! Сорок пять лет пахал. А в колхозе — с одиннадцати. Пять орденов, герой! Сиял, как пацан, танцы затевал. Музыка пошла, и крысюки начали сигать — по галстуку к горлу. Не зря ведь он свихнулся на них. Погань его и схарчила. Так живем — хлеб жуем. — Он раздавил слезу. — За что сдохнет? Ты пошел уже?

Скуки ради я выбрел на единственный освещенный подъезд с притулившимися каретами скорой помощи. Постирался. Санитарка отмахивала с лежака: ступай! Дождешься — в милицию звоню! Не жди ты, Верка спать пошла. Не ее? Ложусь спать, а телефон — вот он, милиция рядом. Морда твоя не тутошная.

Холодно сидеть — не дождешься света. Кошка дремала на лохматом венике, щурясь на меня — не сгоню? Ушел к березам найти лавку, но примостился в траву — трава. А вот я. Сижу в себе, как влитой. Такой вот. Вдруг странно.

Качели чернели виселицей, оттуда расслышал плач — разом догадался кто. Доброй ночи.

— Простите. — Невеста отворачивалась в платок. — Мы вам так надоели! Маленький город: из дому выйдешь — всех повстречаешь. Он — вон окно.

Я не посмотрел.

— Вы пойдите к нему... Встречаю утром — идет в парикмахерскую, уже в орденах. Помахал мне вот так: спасли, меня спасли. Засмеялся. Я к вам кинулась так, от бессилия. Вы почти смогли. Витька разогнулся. А Иван Трофимович вас ждет.

Я зевнул, ну его на хрен.

— Повторяет: я неправильно понял что-то. Болезнь смешная — упадок сил. Он теперь...

— Да ладно вам. Разнылась...

— Сказал: умру, я это понял, теперь и ты пойми. Я пробую. Но это совсем чужое. Не приложишь к себе. Я не знаю: боюсь крыс? А вы?

— Да ну. Они такие беззащитные. С трубы хвост висит, цапнешь карцангом — барахтается, а пузо все наружу. Когда устаешь — раздражает.

Она трогала траву у ног, раскрыв дольку тела на спине, туда легла моя ладонь — лишь тепло.

— Теснота раздражает — нигде не один.

Поднялась. Надо бы ее посмотреть с заду. Но не уходила.

— Вы не спрашиваете, как меня зовут.

— Скучно, мать. Красивая девка. Ноги. Другие выдающиеся детали. — Когда пойдет, пропущу вперед. — Жалко тебя тратить. Что за пакость, когда такой зад будут звать Машей или Наташей. Уже что-то убудет. Хорошо подходит: невеста. Значит неведомая. Хрен знает какая. Дуй давай. А вообще — я тебя провожу.

Опять ночная смена!

Она ступала близко, толкаясь пахучим плечом, не давая отстать для обзора. Но я чуял весомый, крученый размах у себя под боком, она словно сдерживалась, медлила, чтоб не раскачаться, чтоб не удариться в меня, я бубнил, чтоб не замлеть от красы, притягательного ротешника — тащусь с такой картиной по заворотам Светлояра!

— Здоровый должен бояться. Такая наша участь. Человек идет, и тень ползет. Тень еще приближается. Давние боялись бури, молнии. Следующие — морских змеев, драконов, русалок — уже человекообразных. Дальше пугала уже собственная работа: мельницы, заброшенные колодцы, кладбища. Дальше напрямую начали бояться людей: татей, вурдалаков, нашествия. Тень вплотную приблизилась — чего страшились? Скелета. Смерти. А крыса — шаг уже внутрь, к сути. Самое человечное. Надо бояться! Но не страх. Страх — слово детское. Боюсь, дождь ливанет, встретят, догонят и морду набьют. Разве сойдет «я боюсь» к смерти? Другое. Явление господина. Оцепенение, словно видишь любимые ляжки. Рядом сила и может все! Это не страшно, это смертельно. Когда бодреешь от девяти девок, а от десятой вдруг дрожишь, в ее глазах мед и черемуха. У каждого в сердце, и у вас, вот тут, если позволите...

— Не трогайте меня так.

— Есть незавернутый винт. Мужик клюнул, вот как Трофимыч, отвертка попала в прорезь — винт ввертывается. И протыкает сердце. Это близко дератизации. Не думали: почему именно крысы? Почему сейчас? Почему нам? Греки их не замечали, у них золотой век. Тринадцатый век: в Европе крысы, у нас татары. Ненаучно. Я просто объясню: человек смотрит одинаково с наукой. Наука говорит: вот собака. И человек не спорит. И только в одном случае, с крысами, — разошлись! Народ из тысяч видов грызунов вдруг заметил каких-то, назвал крысами и забоялся. Бестолково! Бояться несуществующего! Наука не в состоянии выделить крыс; где? — где они начинаются, где кончаются, на каком сантиметре, на какой чешуйке хвоста. Почему мышь — не крыса? А хомяк? Землеройка? Ведь одно и то же. Кто именно споткнулся? Кто их придумал? Как первую любовь губит удвоение: за лицевой стороной вдруг видишь изнанку. Сперва это в радость, и землю видно, и крысу, на которой земля стоит, — взлетел. А начнешь падать — ни одна сторона не посадит. Так и долбанешься о косяк. Промеж глаз. И ног. Ваш подъезд? Кто-то у вас в подвале с фонарями лазит... Ну что? Родители на даче? Небось страшно одной? Чай будем пить?

— Все хочу спросить. Вот когда впервые увидели меня, почему вы так сказали... Ну, что я влюблюсь в вас?

Я посматривал на светящиеся подвальные оконца, что за притча? Из-за лавки поднялось служивое рыло.

— Да пойдемте до дому, товарищ лейтенант, да поздно уже.

Невеста встрепенулась.

— Да. Спасибо вам. Ступайте.

— Я зайду. Вдруг в подъезде широкие подоконники. Посмотрим, что за деятели у вас шарят...

— Да ну, вы гляньте время. — Рыло подступило, взяв за рукав. — В шесть утра подъем, надо ж вам отдыхать. Разве ж так можно себя уродовать? — восклицало рыжеволосое, грубоносое, веснушчатое рыло.

Так, я понял: не пустит. Невеста живо прошла в подъезд. Рыло, спотыкаясь и потому подпихивая меня плечом, сопровождало, плакалось:

– Обед не кушал. Ужин не кушал, в кустах сиди – никуда не отойди. Товарищ лейтенант, вы поверите – некогда отлить!

– Напомнил. – Я полез в сирень, раскупоривая штаны. Рыло отбежало за липы, зашипело с алчным стоном, хыкало, хакало, вдруг провопило:

– Куда?!

Но я уже порядком отмахал и далее понесся без утайки. Успел: два солдата как раз запирали подвал, не приземляя холщевого мешка. Уставились на меня, как родные дети.

– Здравствуйте, товарищи. – Я пнул мешок, там ворохнулось и визжало, рванул из покорных рук мне понятный прибор. – Живоловка. Шаховского завода. Что ж вы ее несете настороженной, знамо дело, не свое. – И заорал: – Кто командовал?!

– Губин.

– Какой на хрен Губин?! Где он сидит?

– Да мы откуда знаем? Сказали: снять крыс, которые живые, доставить в штаб. В распоряжение Губина. Сразу орать... Идите в штаб и разбирайтесь.

– «Крысиный король»?

Солдаты взглянули на меня как на придурка. Я обернулся на топот рыла.

– Ты как поливальная машина. – Оценил его штаны. – Бежать надо спиной вперед. – И шел всю дорогу с улыбкой.

Палата рабоче светилась. Злобная санитарка сметала на совок брызги стекла. В разгроханное окно дула ночь. Старый скучал.

– Кирпич письмо принес.

На листе календаря за одиннадцатое сентября сего года разборчиво начертали: «За кафе» — и подрисовали крест, под окнами немо головокружили мигалки, милиция бегала за овчарками, придерживая головные уборы, — я убрал свет.

— Я тут подумал, — тихо произнес Старый. — Возможно, тебе не следует цепляться к этой девушке? Даже будет лучше спаться — на сквозняке.

— Старый, на хрена им живые крысы?

— Какая разница. Сделаем и уедем.

Значит, первое сентября, если малышня тащит ранцы, радио спрашивает: «Где мальчики с мелом?» — тощеногие девицы телепаются в моднявых туфлях, два шага вперед — четыре обратно, и ветер подымает волосы. Тепло еще.

Старый велел — из строя выступил замыкающий, худой и маленький; иди-иди сюда, да не строевым, пилотку долой. Руки вперед. Ларионов, как детсадовцу, натягивал солдатику резиновые перчатки, рот перевязывал марлей.

— Вас поднимут. — Солдат следил за дланью Старого. — Сначала снимаем павших грызунов с краев подвески. Снял — бросил на пол. Тех, кого достанет рука. Затем — телосложение ваше позволяет — подтянуться и протиснуться на подвеску. Брать грызуна так: за шейные позвонки. Слышите? Возможно, часть грызунов еще сохраняет признаки жизни. Находятся в сидячем положении, пытаются встать на задние лапы — не пугаться. У них нарушена координация. Они уже пристывают. Не укусят. Вас как величать?

— Мелкий, — подсказали из хохотнувшего строя. Воин только Старому прошептал:

— Павел.

— Осторожно, Павел, времени достаточно. Правой собираете, левой — держитесь за железный прут, там они часто. Так. Внимание! Тура готова?

Тура понесла воина к подвеске, мы свинтили с нее шесть секций, отделив стаю от хода в стене. Воин, схватившись за поручни круглой площадки, глядел в пол, устланный брезентом, на притихших сослуживцев, на врачебные халаты, мундиры Гонтаря и Баранова, запрокинутое лицо губернатора и трогал через белую марлю нос. Поднял руку — шабаш.

— В отпуск поедешь! — крикнул Гонтарь.

Воин выхватил сразу с края темный комок, примостился и выронил, и дождался живого стука, чвакнувшего на весь зал. Народ одинаково опустил головы и снова околдованно уставился вверх, я сбежал, ухмыльнувшись Ларионову:

— Рухнула ваша твердыня.

И врезался в шофера, летевшего холуйским скоком.

— Товарищ лейтенант, Клинский приказал вас в Крюковский лес к гробокопателям. Меньше, говорит, народу — больше кислороду. Будет упираться — силой увезем.

Едва тронулись, а уже тише нутро — выломался. Уехать можно и, едва тронувшись, сидя попрощаться.

Осмотрев встречные голые коленки и просвеченные подолы, я потерпел, но все ж вырвалось:

— Константин. Как жена? В баню вдвоем? Небось ух!

— Ну, мы... Да.

— А кто «ух»? Она? Ты?

— Ну, в общем, так говоря... Оба.

Дорога побегала вдоль рельсов и заводов и серым холстом легла среди рощи; холмы, ложбины, зеленые поля, расчленяя серой строгостью, нанизывая домики путейцев у переездов, заправки, хутора; солнце просвечивало сырой лес до дна — потемнели стволы, проступили ели, кленовые подростки расстелили над травой золотые зубчатые платки, — мы катили, протыкая один дождь за другим, пока перед носом не прошмыгнул заяц, за ушами подтаскивая толстый зад, — я сразу вздремнул и почем зря приставал к невесте. Она особо не сопротивлялась. Дура.

— Эта дура у их для воды. Машиной возят. За день нагревается. Снизу загородки из досок, там моются.

— Чего?

— Говорю, бак у их в лагере торчит.

Костлявые волны дубов, сгустившиеся впереди, перетасованы елками и орешником, это Крюковский лес — а лагерь?

Полез, распихивая чертополох и разные травы, третьим шагом махнул мимо земли, хватанул воздух и шмякнулся навзничь на глину, тварина, с обрыва, — Костик мне вцепился в загривок, чтоб не сорвался вниз, я тер гудящий лоб, паскуда, и елозил пятками упереться.

— Телелюй! — кряхтел Костик. — Поперся. — И меня вытянул.

Земля обламывалась напрочь, незримо в траве, широким размахом проламывало поле неживым обрывом, сбегавшим полого только у глубокого дна — там выстроились палатки, поблескивали спины, дымила земля, вспархивая с лопат, торчал черный бак, здоровый, как яйцо, из которого вылупится паровоз. Я посмотрел на другой берег, вот он, снова трава, так-то по воздуху — недалеко.

Костик вычищал изгвазданный рукав и корил:

— Пентюх. Дочикался. Видишь, как палатки расставлены. Архитектор руководил. Римский, говорит, город такой.

— Карьер, что ль?

— Говорят, озеро было. Осушили, когда площадку под мясокомбинат искали. А земля никудышная: ползет и ползет. Другие говорят, не здесь было озеро. Каждый дед разное место показывает. Мой дед сказал, тут при давнишнем царе глину брали. Хотели ложить царю печь на весь город. Печь сложили, а тяги не было. Из печи сделали церковь. Не был, не знаю. Этих с птицефабрики нагнали копать. Давай. Вон малый с автоматом — он тропинку стережет.

Часовой махал веточкой на мух. Заметив меня, подобрал ноги с тропы. Я приостановил шаганье.

— Я пошел?

Солдат хмыкнул:

— А мне чо? Туда-то иди.

Я спускался в пропасть, похожую на гроб, подчас бегом — голая глина, раскорябанная зноем в бурые струпья, вдоль тропы щетинилась болезная паутинка травы и пятнели нашлепки высохшего мха, палатки протягивались и тучнели, распирая военные бока, — римский город начинался от тропинки, следующий часовой окликал:

— Курить привез? — Остервенел на мой ответ.

— Где ваш шеф?

— Шеф — у бандитов.

— Ну ладно. Где начальник?

— Начальник там, где трудно.

— Ну и воняй тут до пенсии!

Хлоркой несло будь здоров. Два мужика посыпали растворенное отхожее место на четыре очка под надписью «Финиш».

Главной улицей я выбрался к столовой — повариха с загорелыми плечами бросила чистить картошку и вцепилась в меня.

— Приехал? Пойдем сюда. Ты ж во всех понимаешь? — Завела в палатку. — А то сейчас набегут. Тебе ж старая, молодая — разницы нет?

— Как сказать...

— Сможешь на раскладушке? Я вот так лягу — тебе низко не будет?

— Как сказать, — как заведенный повторил я, во дела!

— Давай. Пока нет никого. У меня задержка. — Она возилась под фартуком.

— Отставить! — гаркнули в окно.

Ворвался взмыленный кряжистый мужик с восклицанием:

— Прибыл? Ладноть! Прапорщик Свиридов — раскопный комендант.

— Да мы ж с вами играли...

— Точно так. Тут отца родного не узнаешь. — Повариху выпихивал вон. — Он — не женский врач!

Та голосила:

— Тогда в город отпустите!

Свиридов снаружи кричал:

— Почему пошабашили? Да он — са-ни-тар-ный врач. Санврач! Это хуже, чем ветеринар. Не лечит, а травит. Бригадиры, ну приструните вы народ, человек с Москвы ехал... Стыдно!

И вернулся, не один — с близорукой дамой: шляпа-шорты.

— Прошу. Мой зам по... Прилично не выговорю.

— По археологии.

— По ней! Нездоровая обстановка на раскопках, товарищ врач. Некачественная вода произвела постоянный понос, то бишь выделение жидкого кишечного содержимого. Народ совсем не терпит, выделяет содержимое где попало. В тридцать три струи. Не считая мелких. Негде сесть. Объект режимный. Для пресечения самовольного покидания ввел комендантский час. А не можем соблюсти! Бегают выделять. Разрешил стрелять холостыми для начала, а народ не устрашишь — лазят перебежками, ползком. К сознанию стучался: как же, говорю, космонавты полтора года и больше крепятся? И ничего нам на головы не летит. А вы две недели не осилите? Слушай, глянь пока, что у меня вот тут-то во в боку прищемляет, когда рукой замахиваю, — Свиридов задрал рубаху. — Елена Федоровна, вы уж за мной.

— Я правда не лекарь. Я только убиваю.

— Да? Нет, без балды? Жал-ка. Побегли осмотрим тогда сокровища. Накопали мы кучу реликвий. Елена Федоровна!

— А!

— Не пугайтесь, я это, Свиридов. Дремется? Ляжьте сосните. В смысле — бай. Ну, кровать, отдых, подушка. Понятно?

— Очень понимаю.

Палатки занимали гладкую площадку, за ней берега провала раздавались просторней, глубже. Народу рылось — тьма; гнулись и разгибались кругом. Копали уступами, ступенями — ямища раскопа походила на цирк. На донном пятачке торчала железная дура и запятнанный соляркой движок на колесах.

— Бур, — причмокнул Свиридов. — Экскаватор не затянуть, а я промыслил...

— Че ж вы такое место неудобное выбрали?

— На людей я зря, люди — ангельские. Пара кандидатов, студенты-историки, а так — с птицефабрики. Все руками, и бережно. Древности хрупкие, лопаткой ширнешь и — утеряны. А находки всякий день. Да какие! Вон плакат, что нашли за сегодня. Кандидаты вечером про каждый горшок прямо сказку читают, а кончим, народ по хатам деткам знания понесет. Народный университет. Думают, в поле коммунисты город построили. Нет же — сыскались корни. Пока не объявляй. — Он схватил мое плечо. — На всю державу прозвеним. На мир! Трое немцев раскопали город один и слышны. Но что их три против двухсот пятидесяти двух русского народа и караульной роты с приданными пулеметами?! Хочешь, тебе шепну? Мы здесь не один город раскопали. Мы — все раскопали. Ты понял? Слазий, я тут сбегаю, семь секунд. Измуздыкал меня — содержание жидкого...

И шариком ускакал; по деревянным лестницам, с уступа на уступ, я спустился на дно, работники мешкали и оборачивались.

Солнце сочилось ровно над маковкой. И ни с какого боку дно круглое, вроде ведерного, не берегла тень, но от плотно-сырой глины сквозило погребной прохладой. За буром даже стояла лужа стеклянно ровной и пустой воды шириной в самосвальный кузов — студеная; я смочил пальцы и не углядел ключа, выталкивавшего бы наружу водяные бугры и пузырики, — нету, словно дождем набузовало по пояс; я почуял неприятность. Как и не уезжал. Один, а толком не шелохнешься — прижало, пасть провала набита небом, не продыхнуть, его не держат шершавые склоны, разинутые старческими деснами, тяжко стиснутый нажим прет вниз, где втыкают-просеивают лопаты, разгоняя напор по резьбе уступов, и все врезается в бур, меня, гладкую лужу, все смотрят — я докарабкался наверх.

Археолог Елена Федоровна следить за мной бросила, постелила на верхнем уступе тряпку и протянулась загорать, укрыв шляпой очки.

Свиридов перенял меня на второй же лестнице и увлек пройтись.

— Драгоценность в чем? Русский города строил нерадиво. На кой строить, ежели завтра наедут, пожгут либо переселют? Оттого всегда строились на голом, в поле. И страна расползлась, потерялась, родина вышла неявственной. Присовокупите хилую русскую память: никто ж не помнит, кто отцы. Посему безверие, непризнание переселения душ. А вы?

— Не верю.

— Отсюда вам гиблемость. Все разметали: дом тут, двор там, отхожее место — у соседа в малине: скифы, Киев, Владимир, Москва и дальше. А мы Россию выручим! Мы живую воду нашли. Тут, — Свиридов ткнул перстом наземь, — оказалось, здесь русские жили всегда! Вечный город. Рим! Только еще лучше. Светлояр — единственный неподвижный город. Мы — ей-богу! — нашли всю историю по векам. От неолита. Ступени — по векам, один на одном.

— Как гробы.

— Вам невдогад, — всплеснул руками прапорщик. — Как широко объявим и город завиднется — Россия не сможет бечь. Бегство наше нутряное пресечется. Начнем строиться! Россия остановится. Все равно что жениться. Блудить начали с Дона, исток Дона нас и возвратит. Президент понимает, я уверен, приезжает объявить. Дело не в валюте на местное благоденствие, конец яремщине! Мы вернем, воскресим ее...

— Слушьте... Но как вас звать?

— Прапорщик Свиридов.

— Да не, имя-отчество.

— Мое-я? — Прапорщик сморгнул и потрогал на рубахе карман. — Елена Федоровна. Тьфу ты, отставить! Евгений Федорович! Короче, Федька, чего нам фуфыриться.

— Федор... — Я поозирался: землекопы сели в стороне курнуть по очереди. — Слушьте, мне Иван Трофимыч все рассказывал.

— Все?

— Что вы копаете понарошку. На самом деле — нет ничего.

— Как? Дак... Откуда ж?

— Передо мной-то че выкобеливаться?! Откуда-то возите.

— Возим?!— взвизгнул Свиридов, лапнув ладонями щеки. — Трофимыч рехнулся! Дохлятинская жаба. И вы? Как же? Н-ну, вот... Вот эти люди! Гляди! Вон они копали. И ты можешь им? Ты хочешь сказать, я — их... — Он расталкивал обветренных землекопов, мужики расступались и сплевывали, отскребали лопаты одна об одну, бабы приседали на брошенные рукавицы, заглядывая снизу на меня, насупливая выгоревшие брови.

— Разувай глаза! Ладно, вниз не сунемся, неолит, вон черный, культурный слой. Керамику обнаружили, черепки, вот такой костяной кинжал. Три шурфа били. Кто отличился? Прохоров, ты?

— Я. Целый день лопатили, и пусто, — отозвался носатый мужик.

— Потом?

— Потом: слышу — цякнуло, только я...

— А там от дротика наконечник, да еще куски пальцев прикипевшие! Глянь, на той стороне погребения лужицкой культуры. Пятнадцать веков до Христа. Пепел в горшок, горшок в ямку, чуть одежи и жратвы, и так все поле. А ведаешь, что у тебя под тапками? Вятичи! Ты, хоть и русский, а помнишь, кто вятичи? А тут всякий! В семь секунд. Костромин, хоть ты. Лейтенанту про вятичей!

— От слова «венто» — древнего прозвища славян. — Лысый парнишка прекратил выкусывать с ладони старую мозоль и охотно докладывал: — Сказано в летописи: «...а Вятко седе с родом своим по Оце, от него же прозвашася...»

— Хоронили...

— Хоронили до двенадцатого века в горшках — в судину малу на столпе, на путях — на развилке. Вольнолюбы: присоединились последними, все из Киева в Муром завертали крюком через Смоленск, чтоб не терять живота в вятских чащах, и суть подвига Ильи Муромца — в прямоезжей дороге. Вятичи окали, просветил их Кукша, киевский монах, дань они платили хазарам дольше всех.

— Довольно! Молодцы вы, молодцы. Подсобник с кузни, скоро служить, а знает. И ты памятуй. Мы раскурочили городище: здесь — мысок, оттудова огражден валом, отсюдова — ров. Улица узкая, в три метра, а нале-, направо- такие полуземлянки, — Свиридов соскочил в размеченную колышками яму, я следом. — Остатки деревянных плах — трогай же! Стены. Угол, где ты — каменная печь. Тронь тут. Что?

— Доска.

— Ящик под зерно! А крыс у их не водилось. Я два кургана лично просеял от азарту изучать. — Свиридов загибал пальцы. — Крупные рогатые, свинья, лошади, собаки, бобры, лось, медведи, куницы, кабан, лиса, заяц, барсук, птицы, рыбы, северный олень — одна штука. Гора костей, крысы — нет! — Свиридов распахнул здоровенный фанерный короб. — Серп, жернов ручной — молоть, медорезка, гвоздь костыликом. Замечаешь ярлыки: кто нашел, когда нашел. В этом времени золота нету, и серебра почти. А так мечталось, кубок, — он прорычал, — кубище нарыть, из рога, и чтоб оправленный в серебро, у-у — зыришь исторические богатства? Почище кубка в руки полезло: скань, бусы, монеты, дирхемы. Да что я тебя вожу, как слепца. Как оправдываюсь. — Свиридов обиженно прихлопнул короб, погладил живот. — Бегу. Смотри сам.

Сам я сызнова перебрал находки в коробе по одной, на кувшинном черепке по плечикам перевитой веревочкой тянулся узор. Сидел мужик, изукрашивал. «Найден Ю. Костроминым, 2 августа с. г.» — ярлычок, я поднял взор.

— Лепная посуда, — пояснил лысый, стерегущий

мои затруднения Костромин. — Этот век без гончаров. Узор простой: ямкой, насечкой. Щепкой ковыряли. — Он спустился. — Хочу предупредить, пока вы один. Вы товарищу прапорщику не целиком верьте!

— Да? А я уж...

— Нет, он, ясное дело, нахватался, но путает. Вам сказал: каменная печь. А по правде — глинобитная.

Я обождал, но он улыбался молчком, лишь кинул вдогон:

— Мы уж все как профессора московские! Наглядно! Армию отбуду, и на археологию!

Елена Федоровна так и грелась черепахой поперек пути, твердо соединив коленки, — переступать? Я сломил единственную, выгоревшую в кость травинку и запустил даме под шляпу, произведя щекотливое движение.

Хр-рясть! В моей руке остался размочаленный огрызок. Я заглянул под шляпу. Археолог уставилась в меня, равномерно переминая зубами отчекрыженную травинку:

— Кто?

— Я санврач, Елена Федоровна. Сегодня приехал.

— Врач. Кто?

— Я. Я и есть. Про кого ж я говорю? Дератизатор из Москвы.

— Кто?

— Я из Москвы. Вообще-то мы вдвоем, но второй наш, мой товарищ, он там остался, в Светлояре.

— Кто?

— Товарищ мой! Тоже врач! Сотрудник. Знаете,

я пойду...

— Я кто?

— К-как? Ах, вы — кто? Вы — Елена Федоровна. —
Я возвысил голос: — Женщина. Археолог.

Она села и гордо отплюнула траву.

— Я доктор наук! У меня ученики. Задремала...
Находки?

Я сжал ее высохшее запястье — она неожиданно
улыбнулась.

— Елена Федоровна, сбился с толку, хоть вы
мне...

— Уже осмотрели городище? Выше открывается
город: посад, кремль-детинец, пристань. Пристань
означает: вода. Двенадцатый век. Тринадцатый
век. Мое любимое время. Хотите отдыхать — за лопату. Тоскую по лопате. Не могу. Требуется науч-
ное руководительство. Пока археологов четыре.
В ноябре академическая экспедиция. Мы открыли
самую Россию. Еще одну. Они начнут соединяться.
Не боясь слов, ценнейшее месторождение. Все отсюда родилось. Покопайтесь. Свежие люди удач-
ливы.

— Елена Федоровна!

— Да? Я вас слушаю, дорогой товарищ, спасибо.
Благодарю вас, всего доброго.

— Приятно балакать с тобой, хрен, хоть... Вон, последний круг, самое дно твоих циркачей, — там что?

— Чтобы вам доступней понимать, там — неолит.
Первое поселение, отработано. Находки теперь в городе, выше.

— Для какого рожна вам тогда бур?

— Бур. Нам не нужен бур.

— А вон то, что торчит? Хвост собачий?!

Она вытерла полой шляпы очки и вгляделась в мой указательный палец. Я процедил:

— На дно смотри, прости-тут-ка! Смотри.

— Ага, бурилка. Затея Свиридова. Глубже нет вещественных источников. Он хочет найти зерно. Беда везучих самоучек, выдумывают идею. Раскоп схож с древом: ствол, расходятся ветви. Он предположил — значит, в основании имеется зерно. Желает зерно добыть.

— Зачем?

— Пересадить в новую почву. Но там — мертвое материковое основание. И я-то знаю, — отняла руку у моих пальцев и скучно заключила: — Насколько оно мертвое. А вы. Не бегайте. Часто, что кажется низостью, всего лишь опыт. Вы приехали-уехали. Людям — жить. Всегда, — досказала здоровым, сильным голосом, отряхивая наголо показанные шортами еще плотные ноги, а я-то сперва... — А вы-то теперь... Нет, не надо бояться. — Я все равно подскочил, подхлестнутый автоматной очередью. — Зовут, обед. Тарелка. Санврач, — и посмеялась.

Я чуть не шлепнул ее по заду!

Ели честно: поровну и одинаковое. Я вклеился во вторую смену, чтоб в спину не дышали. Призывник Костромин разлил щи с мясными нитками — обожжешься. Я похлебал, слупив попутно четвертушку черняги, а во-вторых, смял две тарелки пшенной каши с масляной кляксой посередке, загребая пшенку с краев, где остыла, и заключительно приложился к сладенькому питью, поданному в кружке, называемой в русской армии «фарфоровая», жижи на два глотка, а дальше я пошлепывал по донцу, отбивая налипшие яблочные кружки, понуждая их следовать к месту назначения — в чрево.

После сонно посмотрел на раздатчика. Костромин надыбал еще кружку компота и шайбочку масла — я размял ее ложечной рукоятью по горбушке, и, уж после всего, когда задымили котлы посудомоев и поредели очереди к туалетам, сел я в тень, и охватила меня тоска: опять обожрался черняги! — точно измучит изжога, не даст спать; и проснулся я в таком же паскудном настроении. Так всегда, когда спишь после обеда. Под умывальником освежился и через туалет проследовал «в город».

Вот осень догнала в яме. Прежняя осень... Наверное, кухня ресторана «Узбекистан»? И дом семнадцать по Волгоградскому проспекту — сильнейший крысятник Москвы. Дом — кольцом, первые этажи: «Колбаса», молочная кухня, столовая, «Мясо» с одним торгующим прилавком. На остальных написали «ремонт» — я сразу смекнул: боятся подходить. Да. Осенью мы держали «Мясо», пока у заказчика хватило денег — а что еще? Что-то и еще. Ведь не только.

Когда я покинул лагерь — дорожка в две доски лампасами тянулась к лестнице, — я осматривался, надеясь подобрать лопату, брошенную в смурное «после обеда»; далеко, на стыке неба и пропасти, катила машина-водовоз. Солдаты потянули наверх по тропе наращенные пожарные рукава — машина пододвигалась задом, выпустив беззвучным хлопком двери чисто белое платье — приехала.

Платье пустилось вниз по тропе, солдаты уступали путь, застывая глазами вслед, я направился «в город», вздыхая через ступеньку — что ж такое: не мог сердце унять.

«Город» изукрасили, как пасхальное яичко. Явно он наряжался гостям напоказ: по обе стороны пластались широченные откосы с остатками посада, против лагеря они смыкались в площадь — там откопали кремль. Повсюду торчали щиты с разъяснениями.

Я намеренно отыскал гнилые сваи, на них покоилась пристань, от пристани шла выложенная бревнами дорога до горбатой насыпи с провалом ворот. Мужики раскатывали тепличную пленку над лачугой, сохранившейся исправней других. В лачуге показывалась печка устьем от входа и остатки кухонной посуды, полати для сна, коса-горбуша да топор-бердыш, сходный с полумесяцем. Еще стол и лавка в красном углу.

Посреди, на прокопченном медеплавильном горне в застекленном коробе выставлялся «костяк девочки», скрепленный в суставах медной проволокой. К вискам черепка суровой нитью подвязали кольца с лопастями-лучиками — «семилопастные височные кольца с орнаментом в виде креста с перечеркнутыми концами» — с объяснением: редкость.

Я выбрался на улицу и признал в мужике, прихватывавшем обойными гвоздями пленку, Прохорова, он — тут же ко мне:

— Видали девку? Втыкнул, а там — хрусть. А на ей еще было, во тута, в области шеи, бусы на конском волосу — в тридцать пять единиц! И серебряная гнутая штука. Гривна такая. Но это все в кремль отнесли сохранять. Ежели Президента на раскопки подманят, наши вручить ему думают, для Алмазного фонда, а только я думаю, — нагнулся ко мне, — по уму-то следует, чтоб он сам отрыл. Дать ему почетную лопатку с бантом, копни на память. Где подведем. Копнет на штык — сундук! Ему приятность, нам почет.

— Не поверит. Уж слишком... Обидится.

— Поверит! Он русскую землю знает, как ближнюю пивную, на ощупь. Знает, земля наша вся — одни клады зарытые. Я лично тут убедился. Каждый божий день копаем не пусто. Уж устаешь.

Я все оборачивался и оглядывался до стыдного часто на палатки — кто приехал? Неужто она? Вдруг смотрит. Если она ко мне? Хотя необязательно; хотя... Но. Не сложишь словами о вечере, как в земле разбухает, встряхивая округу, зерно, чуешь один, ступаешь по землетрясению, удары от земли переламываются в коленях, подкатывая до горла ожидание, подобное тревоге на вкус, присваивающее себе запах и цвет завоеванной земли, комкающее и растягивающее время — обычно сдавленное из мраморной крошки время; я прятался.

По хребтине вала торчали куски стены с поперечной перевязкой, там, где ворота, подновляли

основание башни, − я вал перемахнул. Мужики се-
яли серую землю сеткой односпальной кровати,
вереницей подымали из ямы кирпич-плинфу, осколки белого камня, розовые и голубовато-зеле-
ные плитки − соборное основание; я вынес три
кирпича и вынул из ближних рук лопату: отдохни.
Куда? Промежду колышков, по чуть-чуть? Лопату
качнул назад и − врезал нержавеющей сталью
в глину!

Разогнулся. Отдыхающий крякнул:

− Наработалси-ё?

− Топор есть? Тут вроде корень − рубану.

Мужик подпрыгнул:

− Какой-ё тут корень, в такой-ё глуби? Хироло-
гов звать, находка! Бань, ищи Федоровну! Ну, парень, выслужили мы по сту грамм. Уговор, ё-копа-
ли вдвоем − ё-двоим наливать. Летят!

Приземлялись кошками, на четыре опоры, на-
сыпалась полна яма ученых, болельщиков, тесно;
Елену Федоровну приняли на руки и погрузили
в средоточие, Свиридов прометывался поверху:

− Клад? Мощи?! Счастливая рука!

Над загривками взлетела пыль: шустрили мет-
лы, пальцы, совки, всплывала и окуналась дам-
ская шляпа, давясь на всплытии бессвязными ви-
дениями:

− Византийская парчовая лента. Погребение на
горизонте, на уровне земли. Покойник в долбле-
ной колоде, завернут в бересту. На спине. Кремне-
вые стрелы. Знак колдуна или высокого проис-
хождения.

— Князь? — ахнул Свиридов и ухнул в хриплую толпу, молитвы не сбив.

— Трупоположение северо-восточной ориентацией. Мужской. Шлем-шишак, по правую руку — меч каролингского типа, лезвие до метра, с ложбиной. Возраст — свыше семидесяти. Удивительная сохранность. Остатки волос в теменной части. В левой кисти — косточка миндаля. Два медных перстня...

Меня с подельником жали в глину почем зря. Я локтем отжимал хребты, а он толкался задом, опираясь мордой в ямную стену, — паскуды!

— Медный витой браслет. Иконка-мощевик. В области живота две половинки медной пуговицы. Товарищи, торговая пломба с клеймом рейнского города! Как в западных памятниках тринадцатого века!

Народ шатнулся, впечатав меня затылком в твердь, только всхлипнул; над затылками, плечами, спинами, ямищей, сапом оказалось белое пламя, платье, невеста, она складывала ладони перед собой — ниже, чем для молитвы, ближе, чем нырять, волосы нарастали на лицо, она клонилась над ладонями, я заметил, она терла ладонь о другую, будто согревая, — но много медленнее, и смотрела вовсе не на ладони. Она смотрела на головы, семечками забившие яму-подсолнух, — она словно шелушила колос и сеяла зерна; наблюдала, как они снежно сыплются — чуть влево, чуть вправо; затем потрясала руками, будто отряхивая налипшее, крошки и шелуху; насели еще, я заизвивался, но поехал-таки прямиком на соседа, он отхаркивал глину и под каждый натиск стонал:

— Ё-о! Ё-о!

— Товарищи, дайте ж мне простору! Важно! У похороненного отсутствует стопа левой конечности. Более того! — она отделена инструментом, а эти отверстия правильной формы и потертости явно указывают: обнаружен самый ранний в истории пример ампутации и протезирования. Что утверждает первенство древнерусских лекарей и медицинских техников!

— Тогда-ё, по бутылке! — вставил подельник и сорвался под ноги, я за ним.

Народ вспрыгивал, подтягивался, вылезал наверх. Опускали канаты подымать гроб; над ямой — чисто.

Свиридов обнял меня:

— Ты, сынок, почетный гражданин Светлояра, отца Русской земли, — и обернулся — подельник напоминающе теребил прапорщика за брючину. — Я помню!

Стемнело не разом — по ложке подмешивало чернил да тумана. До отбоя радио жевало и не могло глотнуть оперу на белорусском языке о польском студенте, махнувшем в Италию, — на весь лагерь гремело! Я спасался в кремле, свесив ноги в ров: все видать, только комарье, ощупью катал в плоском ящичке бисерные, хрустальные, мозаичные, красные, кольцом — бусинки. Брал бронзовые булавки подобием в березовый лист, застежки плаща — в девичью ладонь; вот из лагеря вытянулся дым, утопло радио, — отбой.

Невеста, медля на каждой ступени, сходила в чрево раскопа, укрывшись в черный балахон, немножко осматривалась, махая ладонью перед лицом — комары. Так не хотелось одной, а никого нет. И дальше решительней прозвучали шаги — на дно.

Меня отыскал Свиридов, шепчущий от измора, но трезвый — оплывшее, невзрослое лицо с выныривающими на выдохе, на слове глазами:

— Пошли до костра. Да и спать уже. День знатный. Ты вон как рванул. Три кургана отрыли. Один, правда, пустой.

— Почему?

— А значит, на стороне сгинул. Солдат, побродяга. Насыпают пустой, чтоб хоть память.

На лестнице я все ж ляпнул:

— Товарищ Свиридов. А когда ж бурить до зерна?

— Федоровна натрепала? — и плюнул. — Черепаха! Да я гнездо под мачту хочу забурить. С мачты троса растянем, по тросам шатер художники размалюют мотивами. Не охватим все, хоть над кремлем. Моя задумка, от всех таю, она в отместку про зерно начудила — фефела! Кгм, хых, а-а, мы... Тут как раз — про вашу маму... Откудова?

Невеста протягивала мне, ему миску, в ней пузырьки, пакеты.

— Лекарства для Ивана Трофимыча обмыла той водой. На что только не надеешься. — И вздрогнула. — Х-холодная вода.

— Эх-хэх-хэх, да-а... Эт, товарищ доктор, бабки говорят, в озере вода святая была. Даже дубов кругом не рубили. И, между прочим, не мылись. Только кто знает: лужа та озерной воды, — Свиридов дошептал, — или мужики нажурчали. А искупаться вон — полон бак, за день нагрелась, так что давайте, народ залег... Помыться или там что простирнуть...

У огня собрались часовые — Свиридов шуганул, и остался только Прохоров, хмельной; он облазил костер, жестами приглашая меня удостовериться: где б ни сел, дым валит прямо в морду; а вот прапорщик наладил его до палатки, и — дым столбом, в струну!

Невеста рассматривала меня над огнем, она освободила платье от балахона, она сушила руки у костра, словно протягивая мне — ладонями вверх, когда я отрывался от ее глаз, ладони сжимались.

Костер, немного поленьев и огня, отнимает все: ничего нет; я вздыхал, но не зевалось. Так днем поспишь — к вечеру башка чумовая.

— Такой смешной, когда стесняетесь.

Свиридов обеими руками заковырялся в ушах.

— Не волнуйтесь так. — Поднялась и подождала, подождала: потянула руки за голову — подбрасывала волосы, а пламя вылизывало в ее платье основную, синеватую, ветвистую, плотную тень, при сильном отблеске становящуюся розовой и золотой.

Она заглянула в палатку и быстро ушла, прижав что-то белое к груди.

Свиридов просипел:

— Эт-та, помыться? Давайте. Мы посторожим. — Утер задымленные глаза. — Мойка наша без запоров. Да хотя все уж спят. Я сейчас проверю. Чтоб спали. И ложусь сам, устал. Посиди с костром. А то и брось, ежели разохотишься пройтись. Гореть тут нечему. Мы каждую ночь так бросаем. — И пропал, прокричав в ночные выси: — Рябошапка! Где у нас дорога? А? Вон туда и смотри, понял?

ТРЕБУЕТСЯ ВЯТИЧ
С ПЕРЕЛОМАННОЙ РУКОЙ
Время «Ч» минус 10 суток

Утихомирились, словно торопясь, — пламень, ветер из трав, ветер от земли; сушится обувка — табором, ордой, ратными рядами и семьями, влюбленными парами, поругавшимися парами, изношенная; отдыхают лопаты; меня ждет постель меж боками чужих. А, уеду — ничего не будет. Вон как закручивает летучую насекомую шелуху в прозрачном дыму по-над жаром; еще должна луна явиться, какая-нибудь. Яйцом, стружкой, народившаяся, урезанная? А все уже — после лета. Хоть вот оно, еще. Даже земля не остыла. Прибрались, но не съехали.

В морду дым гонит. Поднялся от дыма, получилось, будто собрался... да не смотри ты туда. Глупо говорить себе. Выходит, как вслух, только хуже. Сразу таким дураком. Я беспокоюсь, меня мучает оттого, что я так чувствую себя; иногда мне кажется, что я чувствую сейчас, как давно; казалось, больше не будет так. Потому, что под это дело дана одна попытка. Получается, верней, только раз. А пытаться ходить по воде ты потом-то можешь сколько угодно и выжимать в крапиве свои и чужие трусы, стукать клыками «з-здорово получилось» и получать благодарный шлепок по мокрому заду.

Выдыхание. Все исходит из — не усну. Хотя, бывает, сидишь; пока не лег, бодрый, не тянет. А лег — глаза слиплись. Даже после обеда. Вот сколько раз поздно придешь, зарекаешься: не буду нажираться, а то не усну. А не удержишься, всю эту колбасу и хлеб навернешь, а только лег и замечаешь, что думал сейчас какую-то несуразицу, — засыпаю.

Место мое в палатке — на пляжном лежаке матрас и солдатское одеяло.

Да, это еще прохладно и не ужинал. По жаре бы или после вкусной жрачки... Или если б за руку повела. Ага. Скрипит, воняет куревом. Зато без комаров. Конечно, побриться бы, если точно там теплая вода. Ведь не поздно еще застать! Но как-то... то туда, то сюда.

Ларионов приехал с пайкой ни свет ни заря, потемному, но Свиридов уже подгонял кашеваров и разминал мышцы груди. Я заявил: больше не останусь. Они пошептались, и Свиридов выписал мне пропуск на «выход одного лица с пустыми карманами»; покатили, повалясь на заднее сиденье, я зевал:

— Степан Иваныч, ты что смурной? Я кайлом махал, ночь не спал, я должен быть смурной.

— Еще вечером снимали очередных. На меня... действует. Они постоянно падают и ночью. Солдатам приходится лопатками добивать. Они должны сейчас вот так? Падать?

— Конечно! Кишки печет — они носятся. Не позавидуешь, воды нет, хода нет, жратвы привычной нет. Есть новая жратва, по от нее мучительно дохнут. Крысят кормить нечем, жрут крысят. Вообще, острыми ядами нежелательно работать, нельзя допускать момент агонии у кормушки. Но у вас удобно: им деться некуда. Но это только двое суток. Дальше мы антикоагулянты выложим.

Ларионов неприязненно обернулся.

— Это зачем?

— Они уже принципиально жрать не будут, а мы им приманку сменим и выставим пойло: пиво там, грушевый сироп. Помидоры. Антикоагулянты не так явно: они еще два дня смогут лазить, а потом у них кровь перестанет свертываться и они загнутся от внутреннего кровотечения. Тут уж не будет прямой связи с кормушкой.

— И тогда... Перестанут падать?

— Еще больше. В нутрях жжет — он слепнет от боли. И нам лучше — меньше трупов снимать и наглядна действенность мероприятия. За неделю всех уберем. Степан Иваныч, а че ты от меня морду воротишь? Я ж от вас морду не ворочу!

— Едут за нами, — оповестил Костик. — Обгонять не хочет. И не отпускает.

Ехал «москвич», двухместный с кузовом, прозванный в русском народе за вид «каблучок» или «пирожок» по использованию при школьных буфетах.

— Двое сидят.

Ларионов поискал под сиденьем и вытащил зеленую каску.

— Константин, где ж автомат?

— Нету? Пацан заиграл! Или жена взяла. Сегодня деньги получает. В обед я им сделаю... козью морду.

Степан Иванович насунул каску по очки и зло моргал вперед; надо ж, как сразу осень: дорогу заляпали листья, попрозрачнели посадки, и листья сыпались еще, скользя и обрываясь у самой земли в неловкий кувырок. Я спросил:

— Костик. Ты ж знаешь, где живет красавица ваша?

— Ну. Дом знаю. Витьку туда подвозил.

— Давай проедем мимо.

— Тогда на проспект Ленина. — Свернул, «пирожок» следом. — Вон ее дом!

Вот он, в четыре кирпичных этажа, трогающий весь — не знаешь именно ее окон, — я лбом боднул стекло!

— Да ты что?

Костик рулил туда! сюда!

— Какого хрена ты там объезжаешь?! Останови!

— Нет нужды, — выдавил Ларионов.

— Я кому, тварь, сказал?!

Толком еще не развиднелось. Утро смотрело хмуро, словно уже держало за щекой вечернюю долгую темь, как горькое лекарство. А-а, вот что объезжали: сначала показалось — размятая по асфальту свекла. Уже сблизи я рассмотрел в кровавой мокроте черный хвост — крыса. Посреди проспекта. Так.

Так. Самец. Я положил рядом ладонь — сантиметров восемнадцать. И хвост столько ж. Ухо разодрано, давно. Дрался. На правой передней что-то нет двух фаланг. Мордой на север. Могло развернуть при ударе. Или задавили, когда заметался. Или дохлого пацаны на дорогу кинули.

«Пирожок» также причалил.

Тут же я увидел вторую крысу, почти рядом, совсем во влажную смятку с шерстяными ошметками. Направление — только по хвосту. На север. Черт. Еще? Еще две. Первая. Также — в клочки. Вторая. Второй перемяли задние лапы, и она доползла и подохла, уже уткнувшись исковерканной оскалом мордой в обочину. Северную обочину. На первом листопаде. Падаль свежая, одновременно. Сегодня ночью. Я подманил ошалевшего от дорожных украшений архитектора.

— Вон там, вы говорили, у вас крыс нет?

— Да. Северная сторона. Что вы хотите этим сказать?

— Что у вас тут, ночью много ездят?

— Свеклу возят на сахзавод. Нельзя сказать, что значительное количество машин. Что?

На севере пробуждались ранние окна, заливались желтым светом, оживляя заморские цветы и кусты на занавесках, жильцы. Трупы сохранили признаки упорядоченного движения — шли туда. Падаль на коротком участке — шла стая. Четыре раздавленных, редкое движение. Звериная осторожность. Впервые решились переплыть проспект. Могло толкнуть только наводнение. Ужас.

В результате умножения срока беременности на число выживших в помете: через три месяца стороны города сравняются по крысам. Ничего. Все живут. Самое плохое сегодня-завтра, пока еще не нарыли, где жить. Стая, чумная от бездомности и окрылившего страха, погуляет в подъездах, задирая собак, повисит на брюках и детских ладонях. Через полчаса народ двинет на работы-школы-ясли и пенсионерскими стопами — в лавки.

— Дрюг, дрюг. Пожаласта. Пад сюда. — От «пирожка» махал кавказец, второй отпер кузов. Ларионов показал в себя — я?

— Нет. Не ходите! — схватился за меня.

— Когда-то все равно придется.

Обеими руками встретив мою ладонь, кавказец доверительно:

— Наши старики, их зачем обижать?

В кузове ждала миска крупного винограда, похожего на мозги, кулечки грецких орехов, хурмы, чернослива и небольшая баночка кураги — я отщипнул виноградину, косточку плюнул. Хмуро взирали две бороды.

— Как харашо, мы видим в такой утро такой болшой чалавек.

Потеснились, я подсел. Нестарые мужики. Воняет табак.

— Пуст встреча харашо. Ты нашла серебро наших хароших людей. Какой у тебя трудности? Ты так одет...

— Сойдет.

— Маладесь! Золот везде блестит! Есть одна — не можем найти. Знаешь что. Очень дорого. Найди, дрюг. Пусть тва диня. Нада. Благадаранст получишь. Иди! Мала-десь!

Провожатый опять пожал руку.

— Не скажешь где. Сам взял. Умрешь. — Ушел запирать кузов, я раздумчиво кивнул водителю:

— Припухаем?

Он отрицательно повел небритостью.

— Не из кафе. Не с ними? — Он заново отрицал.

— Жаль. Было б удобней, если б вы объединились. Объясни вашим: я санитарный врач. Я крыс морю. Серебро их — повезло, знал из опыта, крысы любят мелочи: карандаши там, деньги. А под ларьком была нора, понял?! — талдычил в заросшую его переносицу. — Искать ничего не буду. Будете борзеть — сдам на хрен в милицию.

Провожатый всучил мне мешок базарных даров.

— Тва диня.

— Я все сказал вашему водителю.

— Он русск не понимает.

Они уехали.

Мы сняли с потолка очередную падалятину. Назавтра готовили антикоагулянты из своих чемоданных припасов, но без настроения — мимо гостиницы прогнали две кучи солдат, подвывая пронеслись милицейские «козлы», пропал вытребованный в штаб Ларионов. Старый позвал:

— Погляди.

Через площадь за гаишным мотоциклом следовали поливальные машины — на подножках висели солдаты, замыкала крестоносная скорая помощь; руки зачесались — что ж нас не зовут?! Что там лязгает? С грузовика на траву выбрасывали железные щиты, солдаты складывали их стопами и скрепляли проволокой. Укрытая в пуховый платок бабища мыла крыльцо, отжала тряпку.

— Товарищ лейтенант, вернитесь в помещение!

Я взглянул на ее сапоги и пинком поддал поломойное ведро.

— Почему крысы побежали, Старый? Точно из дома, где лазили их вшивые «короли»...

— Надо глядеть место.

— Скоты, нарыпаются, все затопчут и к нам прибегут. Дернут с обеда.

Обедать нас не отпустили, привезли в гостиницу в бачках щи, плов с зелеными помидорами, видом и вкусом напоминающими лосиный помет, но зато две банки черешневого компота.

Старый прикорнул на креслах, я сплевывал косточки в его сапоги. Витя что-то плел, я глотал и сплевывал.

— Говорят, вы там чего-то откопали?

«Говорят». И она вернулась.

— Не спится? — Клинский приехал под вечер. — Собирайтесь, — поворотился к Старому. — И вы.

Щебетал птахой:

— Понравилось? А что не остался? Еще мечтаю, чтоб крепость откопали. Известняк. Толщина в цоколе — четыре и пять. В семь башен: Воротная, Провиантская, Набатная и еще. Сейчас не помню. Башня — в три яруса. Боевые ходы, бойница с раструбами. Еще не решил: свободно расположить там, с углами. Или квадратом? Тайник с колодцем не забыть.

— Отсидеться хочешь?

— Я при чем? Предки хотели. Мы как раз атакуем! Я, кстати, в кратком курсе ВКП(б) знаешь что вычитал? Крепости легче всего берутся изнутри.

У школы перепрыгивали через скакалку девчонки. Мальчишки лупцевались портфелями.

— Ничего придумать не могут, — пожаловался Клинский. — Вот не подскажу я, так и будут все праздники: скакалки и портфели. А сколько народных игр есть, верно? Пойдемте за мной.

— Летописи не отрыли?

— Найдем. Уже скоро.

Я не упустил:

— А в известных летописях про ваш знаменитый город есть?

— Ну... Будет. Летописи пока еще неверно читаются. Подправить надо угол. Не забывай, мы только начинаем. Мы отсюда до многого доберемся. — Всмотрелся в меня. — Не представляешь, докуда метим шагнуть.

Губернатору на стол ставили тарелки, чашки, кувшины. Ели гурьбой, как дома — в рубахах.

— Приветствую. Дай-ка мне.

Ларионов завесил карту города тряпкой и дал губернатору листок бумаги.

— Сего числа, в микрорайоне... Короче, два дома по проспекту Ленина и три дома по Первостроителя Мокроусова — отмечено появление грызунов.

Понимаете, северная часть. Бог раньше миловал. Жители стихийно недовольны, вплоть до неповиновения милиции. Обстановку я контролирую. Но... Население связывает эту напасть с вашей работой. Это раз. Как вы говорите, за вами по пятам таскается преступный элемент. Два. Милиция наша, конечно... Ничего, до всего руки дотянутся. Должны нас понять, извинить, вы у нас не одни, участков работы много. Посему, чтоб оградить, мы вас подержим до конца работы вроде бы под домашним арестом. С местожительства — на работу. Больше никуда. И обратно. Как дела? Успеваете? За такие деньги и я бы успел. — Рассмеялся, и все. Ларионов, спрятав глаза, также хихикал, вороша вилкой салат. — Че-то хочешь?

Старый внушительно начал:

— Нам понятна ваша беда. Миграция грызунов — редкость... Я надеюсь, что это никак не связано с действиями ваших подчиненных, это было бы преступлением... Чем мы можем помочь? Я не стану обманывать. Вернуть крыс не удастся. Истребить тоже. Но, если с нами заключат отдельный договор, мы без урона основной задаче сгладим эпидемиологическую обстановку, обеспечим покой.

— Вы и так много получите, — заключил Шестаков и взял ложку.

— Речь идет о приемлемой сумме. Две тысячи долларов.

— Закончили.

К нам пододвинулся Баранов и бровями, носом, пузом указывал на дверь. Нас выдавили дверьми.

Еще выскользнул Ларионов и понурил безвласую главу.

— Дикари, — припечатал Старый. — Да мы бесплатно бы помогли.

Ларионов виновно шелохнулся. Погодя зыркнул на меня:

— Вы нынче утром поняли?

— Вы хотели, чтоб я орал благим матом?!

— Что творится в тех домах...

— Если уж вашим плевать... Пойдем, Старый, что нам с ним баландить.

Мы достигли первого этажа, постовой велел обождать. Через минут двадцать возник Баранов и попросил с близка:

— Помогите. Лично мне. А я вам еще пригожусь.

У Старого борода продырявилась усмешкой.

— Видимо, родственники? В тех домах?

— Нет. Завтра на предприятиях получка. Кассиры со всего района, а банк забунтовал.

Я расплылся. Баранов посмурнел.

— Смеха нет. Народ напсиховался. Полный день на нерве. Падла забежала в кассовый зал — не можем бабье вернуть на места, истерика. Мои разве найдут? Вам дело извычное...

Он смешался, кто-то был за моей спиной. Я обернулся:

— Алла Иванна, сбылось? Как обещал?

— Когда ты успеваешь, — пробормотал Старый.

Баба стояла колоколом. Финифтевая брошь сдерживала ворот синего платья, желающего поползти и свернуться с тяжелых плечей, — она опиралась рукой на стол, согнув для удобства колено, но не горбилась, и вся ее мощь виднелась дивно: где надо выкатилась двуглаво, где надо – пологой широченной ступенью отбегала назад; Алла Ивановна попросила Старого:

– Пойдемте. Я – управляющая банка.

Старый вдруг живенько передернулся и простонал, получив малозаметный пинок в щиколотку:

– Вы-и, ох, черти ж тебя... Мы. Используем приманочные способы борьбы, самое меньшее – нужны сутки. Вам – вручную, срочно. Это – к моему сотруднику, он м-мастак, – Старый брезгливо показал на меня и, хромыльнув, отвел в сторону Баранова вроде для дела.

Я осведомился:

– Все будет?

Алла Ивановна насмешливо сощурилась и кивнула: да. Да.

– И чтоб по первому требованию.

– Да.

Баранов отрядил с нами своих и Ларионова, чтобы мы не попали на лоскуты разгневанному люду.

У банка куталось на сыром ветерке злобное бабье, ожидали разномастные инкассаторы.

– Кто видел?

Постовой видел, как забегала. Одна. Две служащие – как промелькнула под столами. Кассирша хлюпала:

– Жуковая, черная. Как котенок. Может, котенок? – Безошибочно поняла, для чего я открыл рот. – Я с вами не пойду!

– Лена, пойди. Они ж не могут одни: ключи на столах, сейфы не заперты, мало ли, – обняла ее управляющая.

Мы со Старым расклинили двери настежь, наказали постовому отвести народ. На крыльце я объяснил кассирше и Ларионову:

– Поперек коридора не становиться. Чтоб выход свободен. Побежит – ни с места!

Старый с кассиршей – в зал. Ларионова я отправил в кабинеты, сам топал по коридору, постукивая в двери, стены, шкафы. Ларионов доложил:

– Что-то нету.

У меня зазвенело в ушах – так завопила кассирша. Соскочила!

Я стоял неплохо, но только к выходу спиной, Ларионов оставался крайним, да еще дурак постовой забежал на крик в коридор! В оставшийся мне миг я прошипел:

– Шевельнетесь – в пятак! – Хотел еще опустить подбородок, улучшить обзор, но крыса уже шла – мент выпучился, но устоял – умница! Я опустил глаза – нет. Либо поздно, либо она прошла у меня меж ног назад. Сзади что-то шорохнулось! А с улицы победного визга нет. Только завывает кассирша.

Старый заткнул ее и бесшумно заглянул в коридор:

– Порядок?

Я взвился как ужаленный и схватил чуть живого Ларионова.

– Дергался, дед?!

— Ногу подвинул. Прямо на ногу бежала. — Стащил очки и растирал нос. — Кажется, в кабинет...

— Еще и зажмурился?! Черт! Че теперь-то вылупился? Тащите стол!

— Набрал... инвалидов, — фыркал Старый.

— Ты мне еще здесь будешь вонять?

Стол я завалил поперек коридора, оградив отвоеванную у крысы местность, запер оставшиеся по пути на волю двери. Пошукал дырки — нет.

Менту я вручил швабру:

— Садись на стол. Выйдет — гони на хрен. Архитектор тоже. Не подпускайте к себе. Чтоб не прыгнула, так вас и так!

На самом деле нахождение грызуна, спрятавшегося в жилье, — задача. Точнее, немедленное нахождение. Ежели искать часами кряду, свихнешься. В обжитом пространстве крыса волей-неволей проявится на три стороны: жранье, питье, хата, — и коль ты установил нору, «столик» и «туалет» или хотя бы тропы, только обалдуй через сутки не подымет ее за хвост. Правда, бывают норы, постижимые лишь ветеранами.

Так в квартире покойного театрального режиссера Э. на Тверской сдалась районная санэпидстанция. Крысы гуляют — норы нет. Они наугад зашпаклевали кухню-ванну-туалет, дюжину свалили давилками, а наступает ночь: новые коготки — ц-рап. Тап-тап.

Нас соблазнили на эту квартиру валютой.

У Старого первая догадка: нора высоко. Сантиметрах в двадцати от пола. Крыса грызет ход, руко-

водствуясь ультразвуковой башкой, — через пустоты, так легче грызть, оттого норы ветвисты, а выхо-
ды вылезают где попало. А бабье государственных
санслужб, травящее меж покупками и забиранием
внуков из школ, шарит плоско: или в плинтусе нора, или под трубой.

Но — не вышло. Мы сутки пролазили на карачках. С мужиками-соседями передвинули шкафы-
сундуки — хрен. Несмотря на валюту. Пришлось
потребовать от семьи убыть на дачу. На ночь я залег на пыльный шкаф с «Вестником дератизатора»
и карманом семечек, включив настольную лампу,
только отвернул ее к стене и обернул тряпьем,
а Старый крючился на кухонном буфете. Кухня —
ключевое место.

Я читал; крысы пойдут — услышу. Тело под-
скажет. Сколько раз задремлешь, вдруг — бах!
Будто оскользнулся со всего маху, и тошнота за-
теснит горло. Еще не слышно ничего, а знаешь:
вышли.

Часы я забывал шабашить — они баюкали.

Первая ночь — пусто. На вторую: на кухне звякнула о пол ложка — Старый крысу приметил и пуганул, чтоб отследить пути отхода. Ушла в коридор. Но коридор гнутый, и еще две комнаты есть.
Следующую ночь мы пасли коридор. В полночь они
вышли. Егозили, пищали во тьме, мы ждали.
Пырск! — черная струйка сторожко просеменила
в кухонный проем. Из туалета? Старый переполз
к туалетной двери ближе, я хлопнул в ладоши. Так
мы нащупали ход.

Из туалета крысы просовывались под дверью, хоть прогал там всего в два мизинца. Я потом потрогал дверной низ — доска чуть щетинилась древесным пушком, у меня на пальцах остались крысиные шерстинки — наш промах, ход могли б найти.

Но в туалет-то они всплывали из унитаза! Спасибо, Старый расслышал «бултых!», и мы застали волнение воды в унитазной глотке — такой путь не допетришь. Я читал: в послевоенной Германии всплывали и кусали в неожиданные места, но в Союзе крыса всплыла в унитазе однажды — в бывшем Кенигсберге, лет сорок назад. Мы не предполагали такого изворота посреди Москвы.

Пришлось вычистить все квартиры, соединенные канализационным стоком, хотя заплатили нам за одну.

Так вот, поселенная крыса поддается догадке, а вот если она юркнула в жилье от топающей смерти, убежище твари непостижимо, черезъестественно, да и у тебя настрой не весенний: ковыряешься, а где-то под рукой частит сердечко, маслятся глаза, и после любого движения с истошным визгом может скакнуть серый мячик на шею.

Комната, все — другое, если знать: внутри крыса.

Мы осмотрелись. Запорошенные бумагой столы — три. Хилый сейф. Шкаф с выгоревшими занавесками. Три полки, утопленные в стене. Вешалка. Шестнадцать квадратных метров.

Начали с памятных мест, хоть и глупо. Старый осмотрел шторы, припомнив трехмесячную командировку в гостиницу наших рабочих во вьетнамской провинции Куандонг; я свернутой газетой прочесал за батареей, не забывая опыт детского сада на Университетском проспекте. Там я два часа рыл носом спальню с двумя нянечками, пока не спросил: а что у вас за тряпка воткнута в батарею?

Сложили бумаги на столах в стопы. Старый с подоконника оглядел карниз и подоткнул шторы, я выставил на середину стулья, под каждый заглянув. Извлек урны из-под столов, предварительно пнув. Мусор повытряс на пол, урны воткнул одна в одну и отнес на подоконник, заодно простучав его снизу и с торцов.

Старый заелозил бородой вдоль стен, я покачал сейф и нагнулся под него: пусто. Опустился на цыпочки у первого стола. Не хватало человека. Пока двое уткнуты в углы — крыса перешмыгнет в пройденное место. Но бесполезно звать Ларионова. Я верил в свою хитрость: крыса непременно прошурухтит в просыпанном мусоре.

Выдвигал ящик, поднимал бумаги, постукивал, и ящик на пол. Старый не надыбал в стенах дыр и принялся за полки. На верхней торчали бумаги, скрученные трубой, — вероятное место, я все время косил туда глаз. Старый швырял все подчистую на пол, но подальше от себя, делая перерывы: не выскочит?

Нижний ящик — и потянул ласково — отдернул руку! Обувь.

Дамские сапоги и туфли. Протирочное тряпье. Сразу: тут.

Сам не знаю. Так решилось. Сапоги мягко разду-
ты. И в туфель крыса поместится. Старому: ка-
жись, есть! Он набегло разгреб в бумагах проход
к двери и оповестил мента:

— Бросаем. Шваброй разгребете!

Я, отвернув морду и задрав плечи, чтоб шею
утопить, вытянул ящик совсем — тяжелый. Да?

До предела вытянув руки, не качая, понес ношу
к дверям, без замаха бросил в коридор — лишь бы
не перевернулась! — и мент лупцанул шваброй:
раз! другой! Разгорнул обувь, тряпки — мы стояли.
Нет. Шалава. Ларионову:

— Рукой. Рукой сапоги поднимай, вытряси! Если
там — уже хребет перешиблен!

Старый, добрый, тварь, сам полез и вытряхнул
из сапог газетные комки — они так обувь на зиму
сохраняют.

Я вернулся ворочать ящики. Потом смерклось.
Старый зажег свет. На злобном свету я стал уста-
вать, злиться, забываться — однообразно, надоеда-
ет, притупляется. Столы докурочил. Старый добил
полки и шкаф — безбарышно. Комната не тяжкая:
мало рухляди, нету антресолей, одежи, шапок...
Разогнулись, мяли поясницы, пожрать бы. Припод-
нял за край стол и грохнул о пол. И два остальных — также. Нет.

— Она не здесь, — предположил Старый.

С улицы кричали: долго еще? — заглядывали
в окна, топтались.

Разумные дела истощились — мы закружили
бездумно: подоконник, углы, штукатурка, вокруг

розеток, выводы труб, еще шторы, под сейфом — пусто; столы, бумажные трубки, ящики, за шкафом, под шкафом, на шкафу, плинтусы, пол — где ж еще?

Старый поднял голову к люстре, я лег на пол и бессмысленно пялился под сейф. Дед мог ошибиться? Но была отворена эта дверь — ближняя.

— Старый, за трубой под потолком.

— Я там два раза смотрел!

Тупость заразна. Старый полез смотреть в третий раз — убрал с сейфа графин, поднос, салфетку, с подоконника переступил на сейф, просунул руку за трубу. Показал мне: ничего.

— Сейф закрыт?

— Ты ж запирал. — Старый опустился коленями на сейф и заглянул за него.

— Запирал.

— И я запирал.

— Все равно она здесь.

Старый устало согласился:

— Да. Вот она.

Я налег животом на сейф и заглянул в щель за ним, упершись маковкой в стену.

— Почти внизу, — подвякнул Старый.

— Да я вижу.

Карамазая, здоровая крыса раскорячилась меж сейфом и стеной, как застрявшая варежка. Падла уперлась загривком в стену, а задранным хвостом — в сейф. Поэтому-то снизу и не видно ни черта.

— Да, Старый, ты — ветеран. Неси швабру. И чтоб там свет загасили. Степан Иваныч, ты где? Зайди.

Товарищ милиционер, вы на месте, провожаем на улицу. Степан Иваныч, гляди: опущу швабру за сейф, ты с-под низу пихай, ну хоть вон те плакаты, только торцы закомкай, чтоб в них не залезла. Чтоб ей выход в сторону двери. Ну! — Я примерился и столкнул крысу на пол, Ларионов, опять зажмурясь — скотина! — шваркнул под сейф бумажки; расщетинившаяся крыса выскочила на свет и волнистыми скачками улетела по стеночке в разверстую дверь, почти не касаясь хвостом пола, затопал милиционер, через мгновение гагакнули на улице бабы — все. Извели.

Искали-искали мы. Больше нет. Сразу стали неприкаянны; попросили — и мы снова вытолкали время, и оно уехало вперед — не за что держаться. Привык вести рукой по стене. Надо ж — сыплются листья. На подоконнике уже столько. И слабо ударяют в окно. Мы не жрали. По банку заходили, рассаживались, сразу столько звуков, хоть прячься.

— Умаялись? — Ларионов заметил: у меня руки ходуном. Еще годится, вот позапрошлый год мы шерстили торговый зал на шестьдесят квадратов. Четыре часа. Два стула, кадушка с фикусом, картина на стене — нарисованы яблоки. Зал после починки пустой. Точно знали — здесь крыса. Муторно, мало вещей, негде искать. Вот там мы дошли до безумия: стучали снятыми ботинками, бумажки жгли. Безумие — блестящий лакированный паркет шесть на десять. Сиреневые стены. Ровная побелка, фикус — растение. Нарисованные яблоки. За витриной ходят люди. Зима. Ты уже делаешь вид, будто ищешь. Ползаешь, приседаешь. Жгут натертые колени, жарко. И не нашли.

Нашла уборщица. Мы одевались, возвращали задаток, она вытирала листья у фикуса. Крыса висела на фикусе, вцепившись снизу в лист, — четыре часа. Убили, конечно.

— Ничего-о, — протянул Старый. — Скоро домой.

Два веселых придурка в разгромленной комнате, люди заглядывают, сейчас придет, вот и...

— Шторы задрали... Шторы чем помешали?

— Давай сейчас?

— Че давай? Крыса в наш же подвал и забегла. Достанешь — тогда подойдешь.

Старый вкрадчиво заметил:

— Помнится, мы уговаривались на извод, а не на изъятие.

— Тебе я не договаривалась!

Оказалось, прямо с крыльца крыса сиганула в подвальное оконце, в раздолбанный уголок.

Алла Ивановна вела нас. Старый спускался замыкающим и бубнил:

— Ты думаешь, я жадный. Ты все время смотришь, сколько я ем. Я не жадный. Хочешь, я тебе в Москве сто долларов подарю? За сто долларов и не такое купишь. Даже на размер больше.

Согнувшись, расшвыривали коробки и банки, она бряцала ключами. Последняя коробка у стены — из-под можайского молока. Я придержал Старого:

— Стон.

— Ну что? — уже все надоело.

— Она под коробком.

— Ладно тебе, — Старый укоризненно зыркнул на меня и сбил коробок на бок.

Крыса осталась сидеть, не сообразив, что открыта. Вдруг — резко повела башкой и безошибочно метнулась на белые ноги управляющей! — та выронила ключи и, повизгивая, будто щипали ее бока, отпрыгивала к выходу, держа подол; Старый перепрыгнул коробок и бросился вдоль стены, но крыса точно вошла в единственную щель в углу, хвост провалился споро — глубокая дыра.

Алла Ивановна нервно прыскала, взглядывая на Старого, и затыкала ладошкой смех. Я обнял ее и провел губами по щеке, шершавой от песчинок пудры.

— Завтра ее оприходую.

— Не обмани. Я девушка наивная. Меня не трогай так, я — заводная, я так просто не могу. — И подразнила синевато-влажным языком.

Старый скрепился, смолчал.

Прикусывая теплый хлеб — досталась горбушка, жареную картошку я соскребал со сковороды, отвлекая вилку лишь на прокол маслянистого ломтя колбасы или захват соленого салата из нарезанных огурцов, кумачовых помидоров, луковых колец и дробинок перца; вот пельменей я смог только девять, ободрив их соленым огурцом, — мясо нежное, свинина — я такие не люблю; развели на запивку вишневого варенья со студеной водой — компот, что ль, иссяк? На сладкое —

две конфеты, седые от возраста, но шоколад, всего две.

— Старый, бойцы что-то строятся...

Старый свесился с балкона — я одним движением слямзил его сладости и:

— Где ж наша повариха?

Витя кратко оторвался от миски:

— Отдыхает дома. Весь день у Иван Трофимыча.

— Степан Иваныч, а и вправду: куда солдаты на ночь глядя? — полюбопытствовал Старый.

— В пострадавший район. Дыры цементировать, капканы ставить. Хоть успокоить людей. Всего не могу сказать, но... Огорчился народ. Там победнее живут, но чуть что: мы зато без крыс! А теперь... Я буду вам признателен, если не сопроводите затеянные меры унизительными оценками, тем паче при военнослужащих. Мы с Виктором исполняем все, что придумала санэпидстанция. — Зажмурился, подсунул пальцы под очки и надавил на глаза, показалось, едва не плакал.

— А че ж ваш «Король», товарищ Губин? Народным способом?

— И капканами можно что-то сделать. Я полежу немного и к вам подойду, поставим по уму, — проникся Старый.

— Вам запрещено выходить. Вот если посоветуете...

— Ребята! Подойдите. Каждый взял свои капканы и показал мне, — Старый выступил прямиком с балкона. — Все понимают механизм работы? Все понимают разницу меж капканом заряженным и капканом настороженным? Заряжаем кружком копченой колбасы, капкан натирается чесноком, руки — маслом. Ставить устойчиво, вдоль стены. Нельзя — на трубу. Крыса подталкивает незнакомые предметы.

Витя записывал, я Ларионову прошептал:

— Солдат не оставляйте. Порядок и присмотр. И освоение навыков. Особо, чтоб Виктор. Не меньше часа.

— Как справимся.

— Перевожу на русский: ежели его отпустишь прежде часа, я тебя утоплю, как урода!

Я спустился к воротам, на лавочку; беременные нарядились в теплые халаты, собирали листья, хихикали, когда я икал. Отряд нестройно потек за ворота, я поймал рукав замыкающего.

— Стой. Покажь давилку. Запор неисправен. Покричи, что догонишь...

— Я щас! Догоню!

— К Владимиру Степанычу — вишь, на балконе торчит, он исправит. Беги. Дай мне бушлат и пилотку, хоть под бок себе постелю — холодает! Шагом марш на хрен.

Он умелся, я влез в бушлат, насунул пилотку и порысил догонять отряд, особо к нему не приближаясь и отвернув морду от охраны на вратах, успев сообщить улыбчивой белокурой беременной:

— Мать, нравишься ты мне. Ха-рошая ты девка!

В начале проспекта я накинул бушлат на ближайшую урну и достиг знакомого дома. Солдаты на той стороне разбивались на кучки по числу пострадавших домов.

Я осмотрел окрестности и прошел в подъезд невесты мимо пацанячих посиделок и перекуров.

— Да зачем? — Она через ступеньки спешила навстречу. — О господи... И как бы вы искали? В каждую дверь? Чтоб все соседи...

— Вы ж все равно смотрели в окно.

— Я просто не знаю! Ну хорошо, пойдемте. — Снова в долгом, белом, трогала губы, перекладывала волосы на плечах, она не знала, как быть, врала. — Нет. Сейчас у меня соседка. Я быстро ее... Два слова...

— Я поднимусь, услышу. Квартира?

Назвала и убежала, махнув набористым подолом; я глубоко задышал: нужно вольно сейчас говорить, должен, у меня дрожит голос — воздуха не хватает. С ней я стиснуто говорю; пахнет гарью — несет со двора костром. Вверху хлопнули двери, без слов, должны — разные двери, по звуку — одна. Только делала вид, что провожает соседку. Идти.

— Скорей. — Она манила с порога душистой, вечерней, незнакомой квартиры с девичьим диваном, зеркалом на тумбочке, уставленной духами, тушью, баночками, игольницами, копилками, с наклеенным календарем и швейной машиной, купленной впрок.

— Хочу тебе сказать. Нравитесь вы мне. Хорошая ты девка. — И я задохнулся, незряче тронул ее руку, сухую, покорную, не ответившую. — Как хоть это делается. — И отпустил.

— Да проходите! Спасибо. Но во мне много плохого...

— Например?

— Всего сразу не... Я — не хозяйственная!

— Этого не потребуется.

— Заходите же! Вдруг кто-то выйдет... Смотрите на меня. Хоть сейчас не смотрите на пол! Квартира высоко, здесь их нет.

— Я в твоей квартире могу месячный план... Надо по-быстрому глянуть ваш подвал.

Теперь она, будто захлебнувшись, нашла мою руку и бегло пожала коротким усилием — раз; глаза, всегда серьезно-удивленные, не улыбаются.

— Вы не можете потом...

— Потом нет времени. Ты ведь поднималась позвонить, чтобы ехали за мной.

Я отцепил ее, слетел вниз, захлопнув пасти вечерним лавкам ударами дверей, ломанулся в подвал — закрыто, дернул ближайшую бабку:

— У вас там ничего не горело? Давно пахнет? — Упал наземь и внюхался в кошачий ход, выпиленный в дверце: да. Из подвала несло гарью.

А как споро уже неслось ко мне население, как на подбор юное мужичье, стриженое, в рабочих спецовках!

Я ринулся за дом, увернувшись от растопыренных рук, продавил колючки-кусты, долбанул коленом впотьмах о железный заборчик, но перепрыгнул и ослеп от удара в морду, но мужик поспешил, не все еще подоспели, и ногу выставил; я, не отрывая от морды рук, пинком сбил ему ногу, он просел и на миг потерял свои руки, и взмахом от пояса — снизу вверх! — я закатал ему кулаком по губам и попрыгал, корчась при каждом шаге от боли стонущего колена, прямо под машины, на проспект, и на асфальте уже медленней, руку подняв: не давите! Обдувало бензинным ветром, горячей гарью — возят свеклу, в спину грозили, стараясь народнее, с матом:

— Крыс напустил! Отравитель... Попадешься!

Посреди проспекта я сел, изнемог, уткнулся в несчастную коленку: черт вас... в каких местах пришлось доживать, перестал стонать — стоны никого не разбудят, ничье сердце не тронут, что вон ему плохо, вдруг он... Просто — теперь некому! Сейчас пройдет. Кто-то светит, не дает поднять глаза свет; вот погасили, я увидел скорую помощь и врача, глуховато орущего:

— Какая сломана рука? Поднимите!

В машине я сполз с носилок и спросил встревоженного Клинского:

— Вам не хватает вятича с переломанной рукой?!

А он закричал на меня:

— Ты! Мразь! Суешься! Молчать! Подонок! Что ты лезешь к ней?! На хрена она тебе сдалась? Заткнись. Вылез за ворота, но всех ты не перепрыгнешь! Ты можешь понять, что я тебя не вытащу?! — Машина летела, выла, он спокойно подправил водителя: — Не надо. Давай в санаторий для беременных. — И вновь заорал: — Тебя же уймут! Кафе затопил — старика... За что старика?!

Он выпил у нас чаю. Медсестра замотала коленку и ушла, Клинский поднял взгляд на Старого:

— Я предлагаю соглашение. Вам — свободу передвижений. Только не в ее дом. Оставьте девку.

— Хорошо, — пожал Старый плечами и вздохнул.

— То есть? Вы дали слово?

— Извольте, слово.

— Сегодня что? Второе сентября. Вам надо спать, позабавлю на сон. — Он выдрал из блокнота лист и позвал меня: — Подсядь, не дуйся. Второе письмо уже получаю... — Взялся рисовать. — Площадь. От нее проспект Ленина. Раз, два... шестая улица направо — Первостроителя Мокроусова. Пожарная часть с каланчой. Вот так я ее нарисую. Пишут: только Президент и мужик Объединенных Наций подкатывают к пожарке, из нее по ложному вызову выезжает водомет и оттесняет автомобиль охраны, страхующий левый борт. Президентская телега — под выстрелы. — Клинский трижды стукнул карандашом. — Стреляют с первого этажа каланчи, зарешеченное окно. Четыре метра. Дурак попадет. Через неохраняемую проходную покидают каланчу, синяя «Нива» ждет на поперечной улице. Выезжают в задницу праздничной колонны, за спину собираемому оцеплению. И — за кудыкину гору, получив деньги. — Клинский подрисовал сбоку плана девять нолей. — Две снайперские винтовки найдут спустя неделю без отпечатков у мясокомбината. — Отдохнул и подытожил: — Продуманно. Ведь узнали, сволочи, что наметили в пожарку водометы завести на вся-

кий пожарный. И что в каланчу с улицы не су-
нешься: ворота заперты. Письмо. И кто-то ж его
пишет... Ясно? Поехал я спать, время близится. –
Зевнул и поднялся.

И Старый встал.

– Но... Вы ведь предпринимаете там... что-то?

– С чего? С того что нас известили подробным
письмом? И запомните: когда приедут, я уже буду
в глубокой заднице. Будут командовать другие. Которые могут все. Как им кажется. Но плохо разби-
раются в городе.

– Но ведь необычное письмо?

– Фактическая сторона проработана. Но в плане
праздника нет поворота на эту улицу. Нет проезда
мимо каланчи! Ничего не буду делать и никому не
скажу. Правдоподобно, главное...

Старый обождал и не выдержал:

– Что?

Клинский хитровато склонил голову.

– Нет причины. Нету «за что». Это по-нашему,
и я бы поверил. Но порядок продвижения... Или мы
попадем в область действия верховных сил?

Я посмотрел его рисунок, сунул в карман.

Еще долго не спали. У меня нога болела, а Старый размышлял. Потом попросил:

– Не трогай их.

– Будто ты знаешь, кто это – они. Город. Крысы.

– Ясно, они не дают обследовать подвал, откуда
ушли крысы. Что там могли жечь? Может быть,
простое совпадение. Сколько ни думаю, не могу
придумать за них. Но раз скрывают, значит, нечи-

сто. Надо заниматься тем, на что наняли, получить деньги и уезжать. Я тебя отдельно прошу: оставь девицу. Она, конечно... Но в общем-то... Да ты понимаешь. Тут такие девушки в лаборатории — две. Ходи туда.

— Да поздно уже.

МЕСТЬ ГРАФА МОКРОУСОВА
Время «Ч» минус 9 суток

Антикоагулянты жертв не шибко добавили — с подвески утром сняли дюжины две, плюс четыре вывалились в ночь. От силы остается три дня и — подвеска под ноль и убывать.

Я выбрал в санэпидстанции исправный капкан и поспешил в банк — побрился, лыбился как молодой; ветер с холодным всхлипом перевертывал на дороге листья; листья семьями валятся с веток — только задень; что-то быстро, из каждой свинцовой лужи коротко взглядывает осень, закрываясь сразу желтым листом; беременные пели на веранде, вдалеке сыгрывался оркестр, а солдаты уже встали у каждого дома, надписывая мелками на подъездах цифры и проверяя входящих по списку — через их плечо тянулись: «Да вот же я», — но еще подсыхают дороги, еще осталась сухая пыль и день прозрачный под небритой небесной щекой.

Что я знаю о тебе, моя любовь? — в тьмущем подвале я ощупывал лазейку: за ночь ты выбросила ведра четыре земли с мелким щебнем — рыла всю ночь, сперва выталкивая нарыхленное задними лапами, потом развернулась и — мордой, а углубившись, выносила в пасти, и теперь ты в четырех метрах от моих рук. Взрослая. Это выгодно. У молодняка живее обмен веществ. Молодая может оклематься. Если мы с тобой до ядов доживем.

Утром ты метила мочой — твоя новая поляна. Но еще нет привычной жратвы, подсказавшей бы мне, вывернувшись наизнанку, твои лакомства: скажем, ешь колбасу — значит, мечтаешь об углеводах, я бы принес муки. Если корм твой мука, а дом — элеватор, я напоил бы тебя водой. С молоком или сахаром. А если у тебя навалом пищевых концентратов, я баловал бы тебя жареной рыбой, гренками. Я знаю все, что ты любишь. Но мало времени. Хватит капкана. Не повезло, нарвалась на меня. Такую честь не переживают.

Смерть делается просто. Я кладу наискосок у норы вот хотя бы эту грязную палку из-под ног. Новая вещь. Ты их боишься. Неделю проголодаешь, но не переступишь. Но я тебе оставил путь, не самый удобный — это важно. Самый удобный тебя насторожит. Путь вот — по трубе. Дальше ты обойдешь вдоль стены свет, упавший из окошка. И вот на пути я ставлю припорошенный пылью капкан. Я оставляю в нем корку черного хлеба. Не копченую колбасу, не тыквенные семечки. Не мясной фарш со свежими помидорами — так ловят в учебниках. Я знаю: убьет даже фильтр сигареты, смоченный маслом. Убивают простые вещи. До обеда. Тебя будоражат новые стены. Ты выйдешь погулять.

На солнышке, до открытия банка, с лавки глядел в небеса: ветер прям снежный. Одеваться. Через проспект ее дом. Ее окна. Поменял бок — от пострадавших домов отчалило посольство: мама-дочь из санэпидстанции, Витя и Ларионов — смурные.

— Что капканы? Как убой?

— Малоэффективенно, — признали врачихи. — В капканы нейдут, отравку не тронули.

— Отраву?

Младшая прочла по бумаге:

— Бактокумарин. Три года берегли.

— Что-о? Девчонки, выложили? Бактокумарин?! — У меня вспыхнула морда. — Сейчас я вас, попарно... Сальмонеллезные — в жилой дом? Им на складе не на всяком работают! Где людям вход воспрещен. Завтра у вас собаки передохнут, а послезавтра — улица в гробах! Опечатывайте подвалы! Чтоб презервативы были при себе! — Это весело Ларионову. — А что капканами? Ни одной?

— В одном хвост, в другом — лапа. Отгрызли.

Бабье ковыляло к машине с красным крестом, и Ларионов рванулся:

— В штаб доложу!

Я сцапал его рукав.

— Опомнись. Бактокумарин за три года скис давно. Он лето не стоит. Нежный. Если и сдохнет у вас какая детка... Шучу!

Я пошел им помочь. Капканы — разве на один день? Следует приманку зарядить, капканы не настораживать. Крыса пробует: сегодня с одних капканов ест. Завтра — с других, а с первых уже — нет.

Со всех привыкнет — можно мочить. Если шибко умная не попадется.

В Ленинграде чистили гостиницу «Московскую» — чердак. Приманку жрут, капкан пустой. Три дня кряду. Сели в засаду: выходит старая крыса, капкан с тылу — дерг! Он — клац! Свистнула — детки выбежали жрать приманку. Так все капканы обошла. И других научит! Мы запускали на полигоне в семью крысу, умевшую отпирать заслонку кормушки. Вся семья обучилась! Но открывать заставляли учительницу. Ленилась — кусали. Верно, сочли, новое знание обманет — тогда первым сдохнет, кто его принес. А жрали все.

Я заметил подтравленную крысу у первого подъезда.

Я пошел еле, придурки не могли понять. Переглядывались, стеснялись узнать, почему ползу.

Крыса сидела в траве, у края дорожки, горбиком средь высыхающих стеблей. Над ней базарили, пересаживались вороны. Я догадался: у нее нет лапы. Та, что вырвалась. Как мне не хотелось возиться с бактокумарином! Вышла умереть: тяжело опускала, как забулдыжный мужик, морду на грудь, трогала землю под носом левой, поочередно — правой лапой. До первой собаки. Или толпа сбежится на детский крик. Но разве можно за нее судить, где лучше сдохнуть.

— Ты, — поручил я Вите, — постой здесь. Не смотри, не мешай ей...

Он рыскал взглядом.

— Никого не подпускай.

Витя пообещал:

— Я эту падалищу! — Подхватил метлу у севшей отдохнуть бабы. И побежал. Крыса только в упор увидела что-то слепнущими от пекущей нутро боли глазами и попятилась на три плетущихся движения и запуталась в траве. Но после первого удара по хребту, пошатнувшись, все же встала на задние лапы грязной ведьмой и, прежде чем он еще ударил, повела перед собой лапками, словно пытаясь отбить, — я отвернулся. И зажмурился! Последний давящийся визг: наступили, и лопнуло! Громко получилось. Вороны собирались внизу в хоровод, вразвалку сходясь к середине.

Я мог ошибиться. И она могла просидеть час. Укусить ребенка, если бы он ударил. Как, интересно, мой капкан? Спрошу себе бушлат. Кошки кричат как-то не так. Голос непредназначенный. Хороший мальчик. Щадливая, тварь.

Ларионов выкрикнул в спину:

— Но вы-то...

Однако заняли мою лавку — старец соскребал палкой грязь с кожаных туфель, нос его имел нерусскую горбину, а лик — красно-синюшную масть, оттененную сивыми усами, сивыми космами, не сдерживавшими вылупившуюся лысину. Он вздрагивал — по лавочной спинке бацал мячом пацан. Дед качнулся:

— Ка-кой дэнь...

— Я все понял. Завтра.

Он ушаркал, разругав пацана:

— Хватыт бит! Ка-кой чаловэк сел — отдых нада. Ты не знаэшь кто? Э, да тибя пора убиват!

Мальчик обошел лавку, чеканя мяч на ноге, наподдал и — бухнул мне в морду! Бросило назад, прозвенело во лбу, и темная смятка мигнула в глазницах.

Я подхватил мяч. Разглядел его твердые кубышки, пересилив острейшее желание догнать и дать пинка.

— На.

Мальчик поймал, просиял:

— Передали: за кафе платишь завтра.

Я обедал в банке, загадывая — возьму ее после обеда? Были сторонние бабы — под столом она коленями зажимала мне руку.

— Как нас кормят... Яйцо — тухлое. В котлеты столько дряни могут насовать. А ведь не черепки — деньги плотим. — Вдруг расставила колени, нагнулась грудью к столу, красила губы до жирного, сверяясь с быстро запотевающей пудреницей, отвечая соседкам.

— Ал, свекровь твоя переехала?

— Там балкона нет. С балконом жить легче. Трусы можно сушить.

Она спровадила всех и отталкивала меня:

— Какой-то ты распутный. Тебе спортом надо заниматься. — Увертывалась, избегая моих рук, попадаясь, запыхавшись и швыркая носом, отворачивала лицо, случайно попадая на губы губами. — Ты крысу поймал? Вот и иди лови. Мы с тобой в танке не горели. — И показала язык.

Капкан она забросала землей — милая моя.

Не хочешь. Ты поняла, что начали. Меня обижает грубость. У меня нет времени — поэтому сокращаю пути. Отбила откровенное движение, но в десятую ночь ты взяла бы именно хлебную корку. Только после положенных промедлений и приседаний.

Я принес пятнадцать капканов — смерть сгущается до смешного. В молодости с одной знакомился. Нежная — поэтому познакомились. Я встретил на трамвайной остановке подчиненного дезинфектора с пакетом. Только я знал, что он везет.

Дезинфектор рассказал: нашел самочку у спущенного капкана, без царапины, но — мертвая. Видно, задела капкан, он вдарил! — умерла от страха, разрыв сердца. Дурак лепетал, я уже осматривался кругом, поняв — это обморок. А девушка уже сидела на пакете. Я шевельнуться не успел — спрыгнула и, извиваясь меж ног, юркнула в переулок.

Я ее отыскал. Она тоже не хотела, долго возились, нельзя описать, когда и ночью ты с ней, оставаясь один, когда вдалеке проходит осень, тоже осень. Как и многих, ее подкосило одиночество. Тяжело вдвоем: смерть и ты. Она очень мужественно терпела, все понимала. Всегда меня видела. Совсем не верила. Вот тогда я пустил к ней друга. Подавленного, неспособного загрызть раба, но — живого, тепло рядом, мог чесать спину — готовый друг, я приготовил его прежде. Я приучил его есть кашу. Нужную мне кашу. Он всегда смело к такой каше подходил. И она за ним — подошла. Когда подыхала, подползла и укусила его в хвост.

А тебя... Старый называет такой способ «шахматы», я называю «квадратно-гнездовой». Смотри: капканы ставятся в три ряда, уступами, образуя сплошную стену. Обойти невозможно. Тебе надо ходить точить зубы, лизать росу на ржавой трубе. Искать жрать. Пойдешь...

— Включите свет! Здесь можно свет?!

Я передернулся, бормоча:

— Нет, свет... Зачем? Кто?

Всмотрелся в ночь; невеста дрожала на подвальных ступенях, прижав ладони ко рту, почти кричала:

— Что вы делаете? В чем руки у вас?

— Мука. Насыпаю на пол муки. Чтоб следы, дорожку видеть. Как пройдет до капкана. Я тут ловлю, завтра должен взять. Что вы так испугались? — У самого билось сердце в теснящейся груди.

— Так страшно. Вошла, а вы сыплете что-то белое на пол и все время шепчете. Я подожду наверху.

Наверху она спросила:

— С вами что-то случилось вчера? Вы так убежали...

— Мне нельзя вас провожать.

— Можем тут посидеть... Скучаете у нас?

— Тут у нас завтра ожидается... веселый день.

— Могу вам книги принести. Только мне кажется: вы не читаете.

— Почему, я люблю. Вот у Мелковой «Синантропия грызунов и ограничение их численности».

«Биология серой крысы» — Рыльников издает. Отчеты о подавлении крыс в Будапеште, если с вечера начнешь — на всю ночь. Я ведь не чистокровный дератизатор, я садовую муху знаю... Надо подсчитывать.

— А про муху... Интересно?

— Еще бы! На кандидатскую собрал. И выгодно: заказы на дачах, а на дачах народ жирный, угощали. А потом так получилось — на крыс. Тогда деньночь читал девятнадцатый век. Записки графа Мокроусова отрыл — знаменитый граф! Однофамилец вашего первостроителя. Отличился в декабристах, или в Венгрии они что-то победили — в отставку и на крыс. Я узнал почему. Из-за жены. Красивая, портретов нет, но все пишут: золотистая кожа. Только про кожу, но какая разница — он ее любил. А околела от холеры. Трупу в леднике крысы щеки выели, нос. Они вообще... мягкие места. Вот грудь, если женщина. И у нее наверняка. Он как раз что-то подавлял, прискакал, а тут... И съехал. Бросил Москву, свою бабу не хотел хоронить в городе, где крысы. Закопал в глуши. Первый русский дератизатор. Старый не признает за ним научного значения, у Мокроусова опыты наивные: крысу привязал среди двора, чтоб ястреб сцапал, и — чья возьмет? С ежиком стравливал. Ежика нашли без признаков морды. Из Венгрии старика вывез крыс доставать. У старика в каблуке долото вделано, такая железка заточенная. К норе клал сало, а сверху — ногу. Крыса высовывалась — хрясь! Нет башки. Заболеть ни хрена не боялся. По саду в беседках из крыс узоры набивал — звездочками, а в простенках — крысиных врагов чучела: филины, коршуны, кошки. Особых крыс распинал, и табличка — «Предана смерти за то-то». Еще узоры плел из золотых хвостиков — хвосты сушил, полировал, делал твердыми и золотил.

— А кто сейчас он?

— Как кто? Это когда было... Помер! Жену забыть не мог, ночью пойдет в сад, кричит: где ты, на Олимпе? В Эмпирее? Выше? Писали: имел несчастную страсть придерживаться чарочки. Умер от полной апатии ко всему.

— Я хотела... Ваша жена умерла?

— Да нет, какой там — можно сказать, развелись и не видимся. Родня ее меня терпеть не может. Я ее в деревню упрятал. Они не понимают, а ей там лучше будет.

— Красивая?

— Ну как... Я сочинять не буду, я за свою жизнь раздел, чтоб догола, баб — ну, не больше двадцати. Знаешь, все очень похоже. Рты, животы, некоторые места вовсе — один в один. Особенно лежа. Трудно сравнивать. Но вот у нее, например, было три груди.

— Что?

— Три груди. Ну в основном у всех две. Бывает одна, но вот три — реже. Вот у нее. Мать, да куда ты пошла? Я ж не считаю твои! Вон какой у тебя зад, да я люблю тебя...

Озяб так, что бегом домой, грея пальцы, — дыхание зримо клубилось, у ворот голосила влекущая меня беременная с крашеной челкой: «Жалко зеленого саду, зеленого саду...» Запевала сызнова, но уж потоньше; я двинулся рядом — курносая такая, и ротешник; обнял раздавшийся стан и враз согрелся, почуял: надо!

— Что это вы только одну песню поете? А?

— Какую готовим — такую поем.

— Вместе вообще здорово поете! — Как и предвиделось, в конце дорожки она завернула и уткнулась в меня, я, сообразив, что живот к животу не сойдемся, подхватил ее с боку, поцеловал в шею, а руки уж и не знал, как расположить.

Она гордо ответила:

— Наш хор по области первое место держит.

Ее осторожные руки, запутавшись в моем свитере, последовательно расстегнули рубашку и чертили сладостную азбуку на теле — неужели на лавке?

— Хор...

— Здесь и есть — наш хор. Придумали: красиво, когда беременные поют на веранде. Гостям понравится. Нас и попросили.

— И ты...

— Я-то ничего... А вот у нас шестеро незамужних и столько же на пенсии. Вот им пришлось.

Она помолчала и высвободила руки.

— Что-то ты сегодня без настроения.

Я потоптался и ушел спать. Холодно. Когда ж затопят?

СТРИЖЕНЫЙ ДУБ
Время «Ч» минус 8 суток

— Посмотри. Так...
Так ветер сносит листья. Уже коричневые, так податливы. Ветер не виден, просто зашипят кроны, а стихают — листья тронулись, сходят в сторону, словно облако, — и бабочками оседают, раскачиваясь и мешаясь, как живое, путаницей застревая в ветвях, садясь на темя часовым ребятам. Опять ветер. Сухой, насекомый шорох и новая стая. Смотри. И там. Сдирает платок с качнувшейся ветки — осыпается шелуха. Ветер, деревья обсыпаны по колени, не могут ступить. Опять зашипело, шелест. Снимаются... все.

От середины дорожки мы пошли еле. Незнакомый верзила успокаивающе выставил в ладони удостоверение.

— Лейтенант Заборов. — Он сбивал целящие в морду листья, раздутый, как грузчик, пригладил залысины. — Усиленно сопровождаю, по факту угроз. Клинский решил милицию не трогать, их как раз на листопад двинули. Потихоньку. — Он вышел первым за ворота. — Кто не спрятался, я не виноват. Сердюк, чей там зад из-за столба? А вы беседуйте, не обращайте внимания.

— Слава богу, — признался Старый. — Плохо спал, казалось, в окно лезут. Меня эти шутки тревожат. Как-то у них с преступностью, разгул какой-то... Угрожать научились. Убьют. А ты что думаешь, за гробом — жизнь?

— Никогда не верил. Наши должны были б сбежать. Маленьким был, все книжки такие, как наши отовсюду бежали. Перепилил — убежал. Восстание подняли — ушли. Перебили охрану, захватили самолет. Если б там на небе что-то имелось — наши обязательно бы сдернули. А раз за все время ни один...

— Ха, а если их там очень устраивает?

— Я ж тебе объясняю: я так маленьким думал. Теперь другое думаю: если рай и никто мотать не хочет, не может быть, чтоб кто-то из наших не надрался пьяным и не провалился бы по своей дурости обратно. Наш бы обязательно что-то сломал и выпал. Ничего там нет.

— А где есть?

— Здесь. Старый, я к своей...

— Справлюсь. Как там она? Не хочет? Лейтенант, мы расходимся.

Верзила позволил:

— В банк? Смаляй через площадь — там тебя ждут. Не бойсь. Вправду захотят убить — предупреждать не будут.

Так не терпелось, что я считал шаги, а то бы побежал. Все равно побежал; ветер спотыкался о бульварную гриву, листья вздымались дымом, как пыль над ковром после удара; дворники, солдаты, бабы, старшеклассники прочесывали траву, снося листья в мусорные баки, − кран ставил баки на машины, а ветру не сиделось; у банка вскинулись с корточек Ларионов и Витя, размахались руками.

− За вами гонятся?

− Сам пробежался. Ключи взяли? − Я погладил дверь, крашеное дерево. Витя дышал в загривок, грубо двинул его. − Я один. Ты хреново понял? Дам промеж глаз, вот и вся инструкция.

Надо уметь зайти. Ждешь худшего, что избежала и жива. Заходишь, исполняя все, что полагается с живой: неслышно, без света. Выслушал тьму, удерживая в ладони тяжелеющий фонарь. Тьма всегда затаенно жива. Но, если хранит мертвечину, перенимает ее привкус. Включил фонарь. Нет!

Нет. Что ж... Вообще крысы делятся на неосторожных, осторожных и очень осторожных. Первая подходит к незнакомой пайке спустя неделю. Последняя − никогда, любимая моя.

Я поглаживал светом космы паутины, багровые стены, мазками спускался на пол, легкими волнами, начиная из мертвых углов, окружая, приближался, дразня отступлениями, − подбирался щекочущей, солнечной тяжестью к сжавшейся норе и заскользил вкруг нее, словно принуждая разжаться, размякнуть, и лишь раз, усталым движением, переполненной каплей залепил ее зев, заставив дрогнуть, − потушил свет и бессильно дремал, подложив под затылок рукавицу: значит − нет.

Нет, она выходила. Уже не ради любопытства — жрать. Пора уже злобиться — не хватает мяса, пора звереть, это на руку мне, но капканы она обогнула змейкой, все три ряда — меж следами на муке равные расстояния — не топталась! не подумала нигде! — не соблазнил. Такая ж тропинка обратно. Больно, когда тебя поняли всего.

Как убить? Не цветочек ведь, не человек. Я зажег фонарь: рыхлятины у норы не прибавилось — обустроилась. Если б она копала на другой выход... Я подслушивал — Витя рассказывал Ларионову, я попал на вопрос.

— В ванной жила?

— Под ванной. А днем выходила. Мы никто не заходили, у меня и родители боятся очень. Отраву какую-то клали, а даже глянуть страшно: ела или нет. Так и колотили палкой, и вся борьба.

— Кошку.

— Заперли на ночь — так кричала, что никто не спал. Умыться ходили на кухню, мыться в баню. Мать не стирала. Теперь бы я... И плевать. А тогда — уже не спал.

— И как же вы? — громко спрашивал архитектор, вынуждая Витю отвечать громче, чтоб я усвоил.

— Колбасу дорожкой выложили к двери. И на лестницу. Из кухни смотрели. Он вышел... Ел и шел. Боялись, вдруг наестся на полдороге? Нет, вышел, вышла туда, за порог. Отец дверь захлопнул, а он на отца глядел так осуждающе... Таким я был. Сколько чувствовал про себя...

Ларионов что-то неслышно спросил.

– Да, за науку я им благодарен.

Я вылез, жмурясь на свету, велел Вите:

– Иди к Старому. Скажешь, тампон буду делать. Тампон. Что даст – принесешь.

Ларионов, спровадив товарища, попросил:

– Не будьте беспощадны к нему. Все не так... Все уезжают от нас – он вернулся. Наше будущее.

– На хрен мне ваше будущее, я его не разделяю. Дуй капканы разряди. Пятнадцать капканов – пятнадцать кусков хлеба в кулаке, чтоб ни один на пол.

Незачем идти в банк. Посиди.

В банке красили рамы и подоконники. Управляющая ожидала посреди кабинета – в цветной рубахе выпуском на черные штаны. Блестели смоляные сапожки, пока я лязгал замком.

– Там ключ снаружи. Заперся.

– Что ты ко мне так ходишь? Ко мне надо ходить: коробка конфет, хорошее вино. Цветочки, видишь, надо освежить. Вчера полковник заходил. Говорит, Алла Ивановна, а губы у тебя рабочие, а я говорю: чего-о?

Я схватил ее за волосы и потянул за спину – закрыла глаза от боли, но упиралась, выдавливая напрягшимся горлом:

– Сделай больно... Ну, укуси меня. – Ворочалась в моих руках, дрожаще вздыхая, только ее руки смелели, вскинула заслезившиеся глаза. – Ты же потом меня уважать не будешь. – И обняла, и вырвалась – дунула в лицо. – Отстань, ты мне что должен? Сделай. Мне нравится, когда мне должны мужчины. Зачем стул?

Я загораживал стульями пути отхода, оставался угол за столом, ей вдруг понадобилось перебрать бумаги, нагнулась, ткнула кнопку:

— Лид, пусть придет постовой, а то я захлопнулась — сама не выйду.

Застегнулась и старательно, с выкрутасами поцеловала.

— Все будет. Иди.

Я отпер задергавшуюся дверь.

Вату и антикоагулянты Старый сам принес. Подсветил, а я натолкал в нору комки ваты, самые последние смочил отравой и набил плотней пробкой, прислонил снаружи фанерку и придавил кирпичом. Вот.

Раз упрямая, значит, выгрызет путь наружу. Нажрется податливой ваты. Ждать до утра. Старый помалкивал.

— Что ты мне скажешь?

— Излишне ты увлекся. Любую дохлую бы показал... Жалко сил — никто ж уровня не оценит. Было бы ради чего, ты ж не слушаешь меня...

— Что в гостинице?

— Ночью не падали. Скоро поедем.

Заборов на улице хмурил морду, потертую, как бумажник:

— Ишь падают...

Листья ссыпались, раздевая наголо растопыренные ветки, моросило с потемневшего склона небес — там двигались и мешались синие лохмы с пыльными и грязными брызгами, холод, мокрость, над городом всплыла красная ракета и зацепила искристым крюком небесный ломоть: мы шли.

— Так доживешь, — промолвил Заборов, и я тоже увидел слепца: дед полз вдоль дома, стукая задранной высоко палкой, — искал свое окно. Или проходную арку, оставшуюся за спиной.

Заборов огляделся, ладно перепрыгнул оградку и подбежал через дорогу к деду:

— Что ищешь, отец?

Дед, еще постукивая палкой, повернулся на голос.

— Ась? — Закинул палку и опустил ее крепко и точно на голову лейтенанту. Заборова бросило на стену, и он съехал по ней до земли, нелепо вывернув руки. Дед перескочил его и живо побежал к нам, перелетев ограду. В подмогу ему, рассыпаясь в стороны, из проходного двора выскочила плечистая команда. Все неслись, мы — столбами, я ткнул Старого в бок.

— Беги, ду... — Расталкивая кусты, бросился к площади, но ребята умно гнали нас прочь от нее — ах ты ж, надо пробовать прорываться! Ноги сами повернули и несли в переулок за банком, подламываясь от предстоящих дел, — ни одного мундира! Три бабки и малышня, а переулок пуст — нам бы остановиться — не делай, что хотят; меня вихрем обогнал Старый, я и крикнуть не успел, так жалко и удивительно скоро понесся он за медленно уезжающим по переулку автобусом. Старый бежал по-школьному — согнув локти — и надсадно хрипел.

Черт! И я вдарил бежать за автобусом, безумно вскрикивая:

— Эй! Эй! — Не могу ж я свистеть на бегу!

И, господи, автобус медлил — Старый все ж впился в него, болтнул ногами, упал внутрь, даже не обернувшись, скотина; я понесся прыжками, автобус не тормозил, долго бежал, наконец прыгнул, ухватил, повис и рухнул на Старого, крича:

— Гони, гони быстрей! — Двери съехались, я обнаружил, что у Старого связаны руки, но еще с разгону докричал: — В штаб! — уже обомлев от немытой хари цыгановатого водителя с кучерявостью и плешью. Он сказал:

— Маладесь.

В автобусе еще четыре бороды, все кивали на ухабах, так сразу быстро поехали.

— Сидь пол.

И не успел локтем садануть в стекло, успокоили в два удара, запястья стянули ремнем.

— Остановите. Давайте поговорим.

— Эй, успеешь.

— Эти, твои чернозадые? — выдавливал Старый. — Больше никого не будет? — И голос его сорвался.

Тут дорога сгладилась, сократилась, притихла, автобус скрипуче стал, бороды одинаково взглянули на водителя, он:

— Стали. Офицер, солдат суда идут.

Я учуял на затылке железный упор и зажмурился — тишина. Хлопнула дверца, на улице разговор. Что-то там. Разговор. Водитель вернется — конец. Старому б закричать. Если ему ничего не уперлось. Железяка вкалывалась под череп, проткнет, скот! Не убьют же.

— Старый! — рыкнул на пробу, железяка отпрыгнула и ужалила за ухо — все позабыл. Угнул башку на больную сторону, разину пасть, подумаю — еще больней, не сдержусь — умру, мешает пол, воздух вползает в ноздри — болит! расправляет иголки, одна переломилась внутри — там закололо, стонал, чем-то еще можно стонать, кроме рта, рот мешает, еще мешает, что развязывают руки.

— По одному. Со своим паспортом.

Старый лопочет — лопаются пузыри, молчи, брызги в мое лицо, обломились иглы, накачали тугое, пухлое на голове, оно стягивает в себя отовсюду. Старый выдул целое:

— Товарищ офицер, задержите их! Они били нас!

— Повторяю: по одному. Сидоренко, караул позвал? Прими...

— Выходи!

— Прописки нет? Руку убери, паспорт у меня остается. Предупреждали под роспись про четвертое число? Сидоренко!

— Руки подними. К стене пошел.

— Они похищатели, не оставляйте их так!

— Молчи. Кавказской национальности все? Что лежит — нет? Сидоренко, ложи!

— Ну-ка, легли, вашу матерю совсем — головы к стене, носки по бордюру!

– Борода, паспорт давай.

– У нас паспорт там, где живем, в санатории, мы санитарные врачи, кого они захватили.

– Так нет паспорта? Короче...

– Вышел! Карманы! Задом повернись! Лег, морду вниз, я к-кому...

Шлепнул мне по морде, героический левый глаз разомкнул щелку: серое под фуражкой, усталое лицо.

– Почему в таком состоянии? Глаз больше не смог.

– Вы сегодня пили? Сидоренко!

Меня выволокли, вывернули карманы, но положили из послабления на спину; мокрый воротник, от него холод, я двинул главное:

– Доложите в штаб, Клинскому. Сапоги перемялись.

– Нельзя без паспорта. Должен паспорт.

Подпятилось вонючее, бензинное, жаркое – грохнули расслабленные борта.

– Залезай слева по одному. Куда ты сел, обезьяна?! На пол! Мордой туда! Шесть в ряд. Есть шесть? Я, что ль, буду считать? По-русски говори!

– Я могу хоть осведомиться куда? Я, как вы понимаете, тут волею случая, – Старого голос подрагивал, он рассчитал.

– Предупреждали: без прописки, судимости, приводы, сомнения – чтобы к четвертому, да? А вы упорствуете. Две недели поможете картошку убрать в Калужской области.

– Я не сяду, вас накажут! Не сметь!

Я вновь разлепил глаз.

– Сидоренко!

К Старому подкатился коренастый солдатик с нежными щеками и без замаха двинул ему прикладом в грудь.

– Полезай, туда вашу матерю!

Я приподнялся на локте, шепча:

– Старый, с кем ты говоришь?

– Двое, подсадите.

Меня подволокли к грузовику, через шаг я ступал уже сам, подняли чьи-то вцепившиеся руки, закрыли борт. Старый подпер мне голову, и я их увидел внизу: черное пальто – бывший слепец, и желтый свитер – дуболом, костеривший нас в санатории.

Слепец ощерился здорово расквашенной мордой, их подтолкнул солдат – к ним пятилась вторая машина.

Старый поднял меня выше. Вдоль проспекта стояли, лежали, сидели на узлах люди, солдаты, с площади подползала змея грузовиков с калужскими номерами, мигали два вездехода военной автоинспекции, поплыло, закачалось.

– Отвернулись!

Чумазая борода этого и ждала:

– Дрюг, ты нашла?

– Заткнулись!

И поедем, калужская картошка, торопятся с уборкой, перед носом затылок. Затылок. Я злился. Затылок ядром лез из редкой поросли прямых прядей, обтянутый кожей морозно-мертвого цвета, какой не встретишь на теле нигде — похожая на блин из-за красных пятнышек, с двумя вмятинами, как на слабо накачанном мяче, с брызгами волосков, с едва угадываемой косой веной. Еще морщина перегнула складкой оставшиеся внизу космы, как зарубка. Словно дерево помечено.

Воняло вокзальными рвотными ночевками, сапогами, растирало по шее клейкую кровь. Плохо, мягко налипла в ребрах тошнота и карабкается выше, перехватывая лапки. Затылок напоминает лицо бородатое, все остальное срубили — зажило, загладилось, обтянулось воспаленной кожей, можно жить так.

Затылки-лица раскачивались в лад, пялясь в меня единоглазо макушками, тонущими в завихрении волос, на тошнотворных шеях, покусываемых воротниками, распустив безобразные кисточки, вихры, струйки. Обтесали, и заросло. Кузов встряхивал меня согласно со всеми, солдаты видели затылки — они курили у заднего борта, раздвигая брезент.

Замедлили, перевалились раз и два — рельсы, грузовик пятился, пятился по насыпи. Отвалили борт, засунули три доски.

— Вылазьте... Вон того дохлого.

Вели мимо какой-то фуражки, я встрепенулся:

— Мы не поедем.

— Шо?

— Ничего! Мы — не поедем. Не хотим! — и приказал: — Отпустите нас!

— Сидоренко, шо тут у вас за концерт? Живо в вагон!

— Да мы все равно не поедем. — Я не упирался. — Мы не поедем.

В купе сидели всюду, с багажных полок — головы.

— Мужики, сядьте — не маячьте.

Старый опустился на пол, я остался у двери.

— Ты! Кружки себе попросите у проводницы.

— Нам не нужно, мы не едем. — Никого не видел, Старый тянул за рукав: да садись.

По вагонам продернулся лязг.

— Локомотив цепляют.

Я застучал в дверь.

— Да они в тамбуре куруть. Теперь пока жрать понесут. Терпи.

Поезд вздрогнул, проскрежетал, поплыл — враз загалдели, рассмеялись соседние купе, пустили по радио музыку, пробежали по коридору, гремя ключами, сызнова я забил кулаком, по двери проскальзывали тени деревьев, столбов, подсвеченные закатом, в спину сквозило, поезд катил, все утыкались в окно — где едем?

— А кто ж вон-ын строится за водокачкой?

— Беженцы, армяне чи кто. Купили Васьки Лозового участок.

— Офицер прям: слово офицера даю — одеяла получите, фуфайки, с картохами вернетесь.

— Ты там — ежели достучишься, спроси у солдата водочки.

— У проводницы должна. Думаешь, что у ей в питьевом баке?

Сквозь стену гаркнули:

— Ножик есть?

— Слышь, ты узнай, зачем тут им ножик? Може, есть шо и резать?

— Хлебу нарезать!

— Та хлеб лучше ломать. Или кусать от целого.

— Ну хватит бить-то, мужик. Едем.

— Сидай! Да посадите его.

Устала рука. Вагоны тяжелели, выдыхая движение. Кружкой бы громче. Но надо оборачиваться и просить. Колеса простонали, больше влипая в рельс, и — вросли.

— Сортировка. Следующая — Уразово.

— Слышь, дятел?! Я ща как стукну тебе!

Дверь рванулась.

— Ну что-о?! — завопил офицер. — Еще долго?!

— Мы не поедем.

Он промолчал, облизал губу.

— Мы сходим. Старый, пойдем.

— Да идите на хрен.

Вот сумерки — солдаты обступили проводницу, та разливала чай, в тамбуре пересчитывали консервы, платформа низкая, бетонные плиты лежат на траве, залиты асфальтом, вспыхнули фонари, к ним хлопьями полетела мошка, старуха качала колонку — шипела вода, выбрасывая пену из ведра, поезд двинулся — в стекла постукивали руки, показывали твердо кулак: не сдыхать! счастливо! Недолго — поезд съехал, открыв переезд и машину, горели фары, спереди прохаживался мужик в белой шапке, покачивая красным фонарем.

Старый, дрожа, пробормотал:

— Думаешь, т-туда?

Подошли, лейтенант Заборов поднял забинтованную голову, убедился и затушил фонарь.

— Еле успел.

Дорога, ты черная, трясучая. Голая. Редко, если какой-то молоковоз. Девочка торопит веткой гусей — они давятся на тропе, безного переваливаясь в травах. Последние вдруг расставляют толстые крыла и бегут по воздуху. Девочка оборачивается, чешет под коленкой — крапива. На въезде — бронемашины. Разбиваются капли в стекло. Выносят мешки и старые плащи — укрывать насыпанную перед домами картошку.

— А вы их... — наклоняется к Заборову Старый.

— Не сыщешь. Эшелон — две тыщи морд. Железная дорога ждать не может. Паскудник, что меня ошеломил, — машина поехала с горки, — пальто бросил, очки его паскудные нашли — как опознать? Черноты и подавно — шесть вагонов. — Мы потащились в гору. — Сразу ни один не калякает по-русски. Ладно. Очистили — теперь вольно пановать. На сегодня пароль «Россия», отзыв «С нами Бог».

— Россия.

Нас пустили через площадь.

Навстречу в трепещущей плащ-палатке, упираясь в ветер лбом, ступал губернатор, следом — гурьбой офицеры, придерживая фуражки.

— Владею ситуацией. — Крепко жал руки нам одним. — Беда, беда. Листопад — облетело в один день! — Голос его плаксивел. — Листа махонького не осталось. Четвертое сентября! А рассчитывали: золотая осень, солнце позолотило клены. Почему? Вдомек ли вам ли. — Он растопырил ладони. — В этих руках — сколько. На-пряже-ние. Какое! — Пальцы торчали деревяшками. — Самочинно. Держусь я, а чем чревато? Вы ж не знаете — как это.

И вправду — облетело налысо, до страха. Деревья растягивались сырой черной сетью, мы крутили головами. Нигде. Нет листьев. На газонах выкашивали траву, лазали на карачках люди, светили фонари. Белили стволы. Листьев больше нет.

— Живей, — с балкона Ларионов. — Дождик!

Бросил Старого, завернул на бульвар — за лавками, меж деревьев копошились спины, красили ограды, чесали траву граблями, старую выдирали — согнутые, безглавые, насекомо шевелящиеся комки, ни единого слова, лишь вздыхала во тьме раздутая гривастая лошадь, впряженная в кузов, опускала морду, фонарь держал единственный разогнутый человек — Клинский, опирался спиной на дерево, светил в ветви над головой.

— Наконец-то! Не чаял видеть. — Кивнул на площадь. — Видели дурачка? С таким губернатором встречаем гостей!

— Это ведь дуб.

— Где? Это? Да, это дуб.

— И он облетел?

Клинский наморщился.

— Дуб, милый ты мой, не облетел. Дуб обстригли, чтоб это... Не подчеркивать эту... Короче, ради единообразия. Весь день та-ак... Котельные затопили — листья жгем. — Ободряюще похлопал меня. — Чуешь дымок? Пахнет походом! Так, а что за бабка?

— Товарищ подполковник, местная, живет по Мокроусова, три.

Старуха тащила матрас, перевязанный лентой, и вела малыша — я их прежде видел. На Клинского зыркнула сурово:

— Стоит. Тебя чего поставили — бабок гонять? Ты бумажку повесил: вывоз — чем ехать? Поездом? Как мне дите одевать?

Клинский онемел.

— Хоть ба знать, с матрасом? Што молчишь? Молчит... — Мазнула взглядом по мне. — Матрас взяла у сестры, надо его? Пойдем.

— Бабуська, — звенел внук. — А там можно будет ходить по южам?

Затопили, горячие батареи — на кухне потные окна, у медсестер под халатом — всего ничего. Среди палаты ломился стол.

— Наконец! — Витя вскочил, указал на свой погон: капитан! Хмельной. — Забирают от вас, прощаюсь!

Румяные кроличьи ломти, пироги с рыбой, пирожки с изюмом, соленая капуста, компот, крабы, яблочный пирог, груши, картошка, невеста расчищала мне место — в цветастой юбке до туфлей, собирая мне в тарелку, спрашивала глазами: да?

Да!

— И куда ж от нас?

— Полковник сказал, пока порученцем при штабе. Там хлопот: каждый день прибывают войска —

какие силы! Скажу тост. Возьмите чай, что ль. Владимир Степаныч сказал, до конца работы не пьете. Спасибо! Я многому научился у вас. Я понял, почему вы... И дам вам понять!

— Благодарим, так вкусно... И нас простите, ежели обижали. Приятно было... Так вкусно и много, — отвлекся от лихорадочных жеваний, Старый, не надеясь на меня.

— Не обижали! Сейчас обидели... Сказали, что могли обидеть. Меня! Кушайте, закусывайте. Пойдем.

Невеста подсказала:

— Витя, ты же хотел. — Она мочила под краном комок бинтов.

— Да, я приглашаю вас всех. — Уставился на меня. — Будет свадьба!

— Нет, ты же еще хотел...

— Да! Есть же арбуз! В холодильнике. — Убежал.

— Иди сядь. — Она пригнула мне голову и опустила на рану мокрые бинты. — Щиплет?

Я ткнулся в ее живот, детски нахмурясь, — покой. Покойное волнение и сладость. Она оперлась мне на плечо, рука легла неспокойно, поглаживая. Ларионов подхватил чашку и выбрался в коридор — пыхтел и хлебал. Старый похрустывал, как мясорубка. Из форточки в дверь потек ветер — костерный запах, спокойная ночь, беззвучие, нет людей, остужая лица, выспимся.

— Щиплет?

— Несешь арбуз? — крикнул Ларионов.

Поломалось.

— День прочь. — Архитектор пришел за мной на балкон, убирали посуду, еще нянечки меняли белье, стих ветер, словно все сделал. — Как?

— Листья сами падали? Или — чтоб каждый день не мести...

— Ох, не шутка. В том и дело, что сами — беда. На нервы народу действует, будто химию к нам принесло... Звонил на метеостанцию, за историю города — впервые. Хоть и истории той, — он заглянул под балкон и закончил глуше, — с гулькин нос. Обидно, и так город не красавец... И человек, кто строил его, потерялся, Алексей Иваныч. Наконец признаюсь: ничего-то он не выстроил сам! — И помолчал, чтоб дошло. — Хоть так даровит и в юности блистал: проект курзала Политбюро на конкурсе вторую премию взял — так! В Москве ему воли, условий не хватило, он и прибыл строить с нуля город коммунизма. А что здесь? Никакого палаццо Монтепульчиано. Мясокомбинат. Сахзавод. Комплекс рогатого скота. А он рисовал, рисовал, и ведь — хорошие мысли! А на деле выворачивали. Под окнами рисует сильные тяги, чтоб тень дать, а их так лепят, что вместо фасада выразительного — лепешка. Зачем-то добавили парапет. Вы ж видите крыши, вот все вот эти, вот ни на одной, ни на одной не соблюден замысленный Мокроусовым угол. Пишет: штукатурка белая, кладут темно-серую, почти черную — и солнце не поможет... Вон там — для чего оставили слуховые окна? Это ж ампир выходит? К чему здесь ампир?

— Ни к чему.

— У нас идею выворачивают отделкой. Мы ж не можем, если чего не хватает, чтоб сделать по проекту, — остановись. Мы — делай из чего есть. А не все можно делать из того, что есть! Конечно, ему неуютно зажилось. Вроде все сам нарисовал, а глядеть не мог: пологие фронтоны, сплошь сарайного типа. Там — двускатные крыши. Наружный отвод воды. И слепые торцы. Слепые торцы. И он перестал рисовать. И задумался: что для свободы? Не совру, он не особенно знал классику, не почитал, поэтому не ездил туда.

— Ага.

— Да! Ездят подражатели, а он — родственник, ему по наследству передается. Он соображал. Повторял: боевые части обращаются в армию только мыслью командующего. Входя в город, ты должен решить: разрушишь его или подчинишься. Что нужно в целом? Есть правильный город Гипподама из Милета. Есть город римлян. Есть город богов Аристофана — в воздухе, чтобы отделить людей от богов, — заметь, Мокроусов решил строить в земле. Так я и не понял, что это? Осталась от него любимая присказка: чтоб строить навек... должен уподобиться тем, для кого строишь. Вообразить себя рабочим, если строишь цех. Милиционером, заключенным. Ребенком, стариком. Живым... Я боялся, что уподобится — не сможет обратно. Я не все понял... Он пропал.

— Постелили, — оповестил Старый; через четверть часа вздохнул: — Больше не буду так наедаться на ночь!

ЛЮБОВЬ И СМЕРТЬ В НАЧАЛЕ ЗИМЫ
Время «Ч» минус 7 суток

Разоспался до обеда. Старый плюнул, ушел один доканчивать гостиницу. Нам выдали бушлаты.

Сыпал дождик мелко-ледяной, стоило ветру задуть — и он сбивался в сторону, летел набок, как снег.

Вату она вытолкала наружу с такой силой, что своротила фанерку, припертую к норе. Я осветил вату — даже не попробовала. Задом толкала — сильна!

Однажды я видел, как крыса тащила утку: с кочки на кочку, зубами за шею. Утка не просовывалась в нору — крыса забежала с другого хода и дергала утку из-под земли. Старый придумал утку. На болоте рядом утки. Правдоподобно, а в нору не лезет. Так мы вычислили второй ход в нору. Сильна. В деревне Хмелевка вытащила из чугунка рыбу. На чугунке лежала доска и камень. Камень взвесили — три килограмма.

Стекло, наступил на стекло.

— Военный, ты со мной? В гостинице найдешь Ларионова — цемента пусть насыплет стакана два, и мастерок попроси. Погодь, и стружка металлическая нужна...

В банке я спросил у уборщицы таз, принес воды. На детской площадке нарыл песка. Положил стекло на ступеньку и расколотил в брызги кирпичом. Грубо. Нету времени, сроки. Срок затесняет в уголок, где ничему не осталось простора, почти не осталось меня.

Я перемешал воду, песок, цемент − меньше одной шестой: раствор получится податливым на зуб, пусть крошится. Густовато − добавлял воды, плеская ладонью. Замешал в раствор битое стекло и сколки колючей стружки.

Забил поперек хода картонку, на ладонь в глубину, − на нее выкладывал раствор понемногу, помешивая щепкой, чтоб растекался и схватывался. Раздерет себе нутро, пасть, язык, десны − подохнет. Я выскреб мастерком таз − лучшие годы в подвалах, неизбежный ревматизм, вот вам предприниматель... полагается хоть пенсия? Нежарко. Где труба горячая? Наше чахлое лето, крысы рано вернутся с дач. Лето пишется на изнанке зимы, на изношенном обороте − зима сильно нажимает на перо.

Я обязательно тебя... Пристыло? Пробовал пальцем. Преграда неглубокая, рыхлая. Легче выгрызть, чем в обход копать. Если увлечена, как я, докажет. Если просто тварь и остановится: солоно, жжет, − то уже − калека, с такой кровопотерей не выроет ход на улицу. Провозился. Когда после первого прикосновения легла − только руки вымыть. Если упирается, то является время. Хоть все одно не верится. Что ж? Завтра мертва?

Не поймешь. Подсохло. Вымыть таз, отскоблить мастерок. Кончину не поймешь. Она напоминает женщину: женщины тоже нет. Где-то там, может, и есть. У нас даже похожих немного. Встречается грудь, как у женщины, голос похожий. Волосы. Со спины бывает вылитая женщина. Когда идет. А целой − нет. Пол в личном деле пишут. Можно составить лишь представление.

− Жду! Подмазончик сделала, пирожок готов с яблоком и клюквой. Ты что кислый?

− А чего скакать-то, Алла Ивановна? Какая тебе разница?

− Разница − одна дает, другая дразнится.

− Нет градусника? Тяжело...

В поблескивающей юбке колоколом, в снежном тончайшем свитере, без складок облегающем ее мощь, в запахе она подходила − так сильно вдруг пожелал, как желается в начале зимы, ожидая трамвая у кладбища, сердце выдавливается и затыкает глотку; желается нестерпимо, какую угодно, с отчаяньем квасишь снежную грязь, мерзлые ноги, небо страшно, в окнах электрическая вода, майки; пусть хоть ее черно-колготочные ступни в оправе лакированных туфель, затянутые сажевой сеточкой голени, обжатый широкий живот...

− Заболел? − Подсела, как близко, не стыдясь, показывая свое тело, смазавшее лицо, оставив глаза, рот, по-школьному положила руки на колени − меж колен.

− Да. Откуда дует? − Захлопнул дверь.

Не видеть глаз, дай — погладил ее руки, ровные, пальцы кратко шевельнулись — ответ; принес ладонь к себе — прижался губами, щекой, ослеп, ее уже разжимающийся поживший рот растекался, рука соскользнула на свитер, закрыла глаза, засопела, рот трепетал и высоко расползался на выдохе, словно ее пронзало, трогало там, еще держалась — такая большая, что огонь не сразу охватил все, остается сторона, откуда смотреть, — отстранялась, покачиваясь, как выбираясь из воды, тяжело колыхая коленями в текучей юбке, с гримасой такой, будто собиралась плакать. Не замечая ничего, что могло сбить, — юношеская радость ясности: раздену, наигранная неуверенность, душный расчет: как — на ковре широко простерлась, тонула в юбке, юбка волной отступала с ее ног.

— Я перед мужиком не стану на колени... Не надо, слышь. Ну... У меня в крови смесь гремучая. Даже толкну, не скажу — простите. Я перед мужиками не извиняюсь, я тебя прошу, я на колени становлюсь только перед мертвыми. — Забрала мои губы так, что думали только руки, все — вскользь...

Постучали.

— Я никого, — летело с ее губ в перерывах. — На хрен!

Стучали, она выматерилась, мне сошло бы, но ее корябало — сдвинула меня с груди, глядела в стену, как спросонья, прихлопнув меня: молчи!

— Что такое? Кто там?

— Откройте!

— Девочки, я себя неважно чувствую. С платеж-ками — в кассовый зал. — Прижалась ко мне. — Все вопросы — шестая комната. — Прислушивалась: уходят? Руки гладили мои плечи.

Не уйдут. Я узнал голос. Невеста. Надо открыть.

Она — дурная, губастая, кособокая, в расстегну-том плаще, наспех заглянула за меня:

— Работаете... Поймали? — Пыталась посмеяться.

Алла Ивановна отошла к зеркалу, тяжело воро-чая глыбистым задом, от переносицы к затылку в голове ломилась боль.

— Я хочу. Мне, вам... — Смаргивала, трогала дверь, поднимала брови, сминала губы. — Можно вас?

На просторе я подождал, пока доглотает свое, дотрет, подсохнет.

— Вы весь красный. У вас уши кровью налились.

Сейчас и я тебе скажу.

— Знаешь, мать, девушки как кошки. Когда уж очень сильно трется о ногу, не блохи ли?

Она выпрямилась, убегала, застегнула плащ, но я — по пятам, замерзая, миновали два оцепления, я оглашал пароль за двоих.

Остановилась, тут же облапал ее высокий плот-ный зад, круто переливающийся в ноги, — беззлоб-но вырвалась.

— Я ж люблю тебя, мать.

— Я тоже.

— Попробую, ненадолго — мы ж уезжаем.

— Сходишь к Иван Трофимычу, пойдем-пойдем...

Обнимал, трогал — остановилась лишь на каком-то этаже, у кабинета.

— Поговоришь с врачом.

Никого в кабинете не видать. Я обогнул ширму — на кушетке в черном застегнутом костюме посапывал прапорщик Свиридов. Прапорщик встрепенулся, обулся в расшнурованные туфли и вышел ко мне, шлепнул по спине.

— Чего ты? Встречаю так... Я после дежурства. — Попил воды, крякнул. — За главного. Врачей — чуть. Четыре единицы без прописки угнали, а меня перебрасывают: не понос, так золотуха. Я, правда, тоже медик. Ты как себя чувствуешь? Когда ходишь — вправо не ведет? Стул хороший? Куда посмотрел, я не про то спрашиваю, круто ходишь? Глотать не больно?

— Как же раскопки?

— А-а, не забы-ил! — Он довольно заерзал. — Сам скучаю. Меня отозвали, а тут... А-а, говорить тебе даже не буду, один хрен не веришь ты нам. А? Что «нет»? Нашли клад кавказских царей! Одного злата — тридцать восемь килограмм! Браслеты, перстни, бляхи, монеты и царская такая штуковина, что на голове носют... Слышишь, клад.

— Клад.

— Не слышишь! Ты знаешь? Знаешь, что клад говорит? Царев клад у кавказов наособинку, его от племени не вывозят, ихнее знамя. Только там, где живут. И ежели он попал в Светлояр аж в тринадцатом веке, выходит, хачики племенем хотели переселиться сюда навеки. Что из этого? То из этого. Это ж доказательство восприимчивости русского народа — всех готовы принять, сделать карачун, а клад оставить себе. Как раз к визиту — у нас как раз открытость, реформы, опыт развитых... Клад — редчайший, по выделке, как современность, я ж знаю, занимался, у нас тут в соседней области два ювелирных грабанули... Царский вот этот кружок — здоров, вот по твоей башке... А ты че пришел? Подхватил, хы, какое, хе-хе, животныя?

— Как Иван Трофимыч?

— Иван Трофимыч... Иван Трофимыч. Вылеживается. — Свиридов вытянул из-под стекла бумажку. — Сердечный приступ — с этим поступил. Сейчас что-то кашлять начал, сухой кашель. Вчера — до рвоты. Одышка, он ее не замечает. Потеря веса, упадки сил. Наше колпачье понаписало — ни-че не понятно! Во — сердце увеличено, так и что? Дыхание уреженное, вдох, вдох и — перерыв. А что, как? Ноги парим, сметанки с молокозавода. По-людски бы его — до хаты пустить. Дома хоть есть кому простынь... Воды подать. Хочешь попроведать деда?

— Что он сам говорит?

— Говорит, все люди говорят, все сумасшедшие говорят. — Свиридов сызнова приложился к графину и расчесал брови. — Он свихнулся, когда на отдых провожали. Жена раньше замечала, и ты. Не молчит, нет. Крысиная болезнь, говорит. — Передразнивающе вывернул нижнюю губу.

— Это не я.

— Кто, говорит, ты? Сам подыхает. — Глядел надо мной в часы. — Ты так... Что, крысиная болезнь?

Глаза опустил? Сразу молчать? Смирно! – Двигал по столу карандашницу, календарь, бумаги, ключи, лампу; шуршало, звякало, постукивало, скрипело; вскочил и оказался у меня за спиной. – Молчать?

– Ну, давай я поговорю с тем, кто его лечит.

Прапорщик дернул мой стул.

– Я его лечу! Свихнешься – и тебя я буду лечить!

За окошком – нахмаривает, дело к этому, к вечеру. Строго говоря, отдельного описания болезни я не встречал. И на него не ссылаются. Я думаю, его нет. Есть несколько упоминаний вскользь, как о чем-то понятном людям, жившим крысиным промыслом: тогда барышням шили перчатки из кожи крыс, кавалеры целовали, присягали. Кроме промышленности шевелились самодеятельные ловкачи: барышник обшивал крыс собачьими шкурами и продавал за собак редких пород, комнатных уродов. Барыня взялась искупать «болонку» – крыса вырвалась из шкур. Барышник не успел выехать – арестовали на постоялом дворе.

Мало кто знал. Крысы только расселялись, зернохранилища невелики, трубы еще не укладывали под землей, не ели в общих столовых, железные дороги редки – санями много крыс не развезешь. Почти не изучали до одесской чумы, до прошлого века. Первая отдельная о крысах книжка явилась в Крымскую войну. Упоминания о крысиной болезни начинаются отсюда и до семнадцатого года, и только в русских источниках. Всюду по-русски — «крысиная болезнь», без латыни. Сведений отцеживается небогато, есть расхождения. Сходится возникновение болезни. Слово «заражение» не подходит. Зараза — что-то определенное, что видели в микроскоп. А крысиная болезнь начиналась в человеке сразу после собственноручного убоя крысы.

Как я помню, не считаются дератизационные мероприятия: раскладка отравленных приманок, опыление троп дустом, отравляющие газы, использование ловчего клея на листах, капканы, давилки, верши, заделка нор цементным раствором, охота норными собаками, совами, мангустами, подтопление, отпугивающие ультразвуковые устройства. Засчитывается очный убой.

Когда ударом разишь наповал. Разница понятная. Непонятно, как она способствует заболеванию? Я посмотрел все упоминания — нет убоя невооруженной рукой, нет касания грызуна. Зато касаний сколько угодно при общем убое, при неизбежном добивании подтравленных. Еще! Имеются в виду убийства умышленные. Не помнят заболеваний после нечаянного убоя — косой на лугу, разорении плугом гнезда.

Сама болезнь. Писали «немочь». Что-то перестает происходить в теле. Холостой ход. Похоже на действие антикоагулянта, когда в крысе перестает свертываться кровь. Она чует: сбилось. Понять не в силах. Ест после всех и подглядывает — как сородичи чуют себя после еды. То все пьет, то пьет чуть. Потом пытается не есть. Крыса удивлена. Крыса по дерзости, как вы, быть может, слыхали, превосходит волка, а вдруг — растеряна. Вспоминает — что? До последнего. Умирает — озлобляется. В скученных поселениях таких съедают до кончины. Так и человек — чует себя подыхающей крысой, превратился, слышит, где крысы, все слушает. Не боится, но сторонится.

— Смертельно? — уточнил Свиридов.

— Да нет, зачем. Смертью заканчивалось не каждое упоминание. Есть лекарства: женитьба, вообще чувство, имею в виду любовь к женщине. По-современному — сильное положительное впечатление. Надо перебить болезнь. Что вы приготовились писать? Смешные лекарства... Ты что, собираешься толочь козье дерьмо?

— Я? Гм... Если прикажут.

— И мешать с медом, впускать в очи. Ложка овечьего молока, медвежья желчь — смешать и выпить. Лучшее — трава песий язык.

— Песий?

— Если привязать собаке на шею, будет вертеться, пока не сдохнет. Отпугивает крыс, в углы положить — ни одной.

— Знать б, давно собрали через аптеки, населению — по радио, — привстал Свиридов.

— Ага, только описания растения не осталось. Свиридов, ты че, опупел? О чем говорим? Вбил он себе дурь — выбивайте! Измеряйте температуру, в область повезите, в Москву! Рентген есть?

— Да! Это ты меня замутил. Ладноть, пойди к нему. Завтра вызову врача, что алкоголиков лечит, —

вылечим! Вколем... Живодер, но в Трофимыче-то откуда такая дурь?

— Отголоски. Мне бабушка рассказывала, она дезинфектор с двадцать девятого года. Среди народа, если историческая, сплошная закрысенность, отголоски передаются. Это не я ему.

Прапорщик сопроводил; душно, позаклеили окна.

— Трофимыч, человек к тебе. — Махнул: стань сюда.

Я послушался. Голые плечи торчали из-под одеяла, незнакомый Трофимыч не подымал головы, щекой, тонувшей в подушке, глядел на пузырек капельницы, торчавший кверху дном, на прозрачную трубочку, оканчивавшуюся иглой в его руке. Свободную руку бережно подвел к щеке, поскреб щеку, из седых косм розово проступал череп; видел меня? Одеяло шевелилось. Он поочередно поджимал ступни, будто пробовал воду и отдергивал: горячо, холодно, — вдруг окруженные щетиной губы расклеились, в горле клокотнуло и кончилось хрипением. Свиридов понукал — нагнись! Я деревянно пригнулся, я дышал ртом.

Старик сдвинул веки, под бровями слиплись багрово-синие морщины, в горле скреблось, словно двигали мебель.

— Так ты. Не успел уехать? — Замкнул губы и вытаращился, словно не мог вместе сказать и видеть — что-то одно.

— Оста-вляю вас, — внушительно известил прапорщик, широко отшагнул и на цыпочках завернул за спинку кровати.

Трофимыч облизывал губы — он не видел меня, уже точно, рука его теперь пощипывала седые кудряшки на груди.

Я подставил себе табуретку, на тумбочке лежала пара конфет и стоял граненый стакан чистой воды.

— Как вы тут? Иван Трофимыч!

Он зажмурился, губы распрыгались, выворачивая голову навывих.

— Ни-че... Врачи бодрое говорят. — Он заплакал, бесслезно, лицом, плач перебился частым кашлем — пересилил его, но в тонущей и всплывающей груди что-то лопалось и урчало.

Рука стронулась с груди, переползла на живот и покралась вдоль тела, обнюхивая простынь, — я выставил на ее пути свою ладонь, она наткнулась, ощупала, сухая, холодней, чем моя, сладковато пахнущая, и попыталась сжать, старик вдобавок взмаргивал и толчками задирал подбородок, в груди с треском лопались пузыри, пальцы тужились, подбородок вздергивался: он показывал, что-то показывал, показывал мне, я ответно пожимал ему руку, оглядывался: что? подать? на насторожившегося Свиридова, да, вижу, хотя что?

— Иван Трофимыч, я... Сейчас-сейчас.

Он осилил, отклеился от подушки — туда! — морщины сцапали лицо, брови столкнулись, он не мог выговорить какое-то слово, оно ломилось в нем во все углы, пальцы вздрагивали в моей ладони перисто, как птица, — тумбочка? таз? батарея — сушатся штаны? окно? а дальше крыши пятиэтажек, опушенные антеннами, залитые смолой, головастая водонапорная башня, видная отовсюду, железные ребристые крыши рядами и вразброс, балконы с качающимся бельем, стеклянный бок котельной, улицы, башни, пустые площадки, ветви — из них торчала шляпка пожарной каланчи отчетливо под смурным небом, подсветленным солнцем, вязнувшим в землю где-то, отсюда не видать; вверх, на подоконник, что выше, взлетали вороны — жесть качалась, громыхающий звук, и спрыгивали обратно в пустоту, качаясь по ветру на невидимых холмах и овражках.

Вдруг я понял: рука моя — одна, старик обмяк, растягивая неверную улыбку, и моргал: да. Это.

Я поднялся. Прохладный подоконник. Я стоял — ветер узкими прядями застревал и протекал сквозь заклеенное окно.

Комнатная температура. Я разглядывал градусник: алая нитка, синие реснички делений, старику казалось, я смотрю правильно, на город.

— Так. Отставить! — гаркнул Свиридов, грохнул стулом и схватил Трофимыча за руку. — Что хочешь? Чего ты ему показывал? Слышно?! Я говорю... — Он затрубил в ухо: — Чего ты хотел? Вон туда за каким показывал? Говорить не можешь? Щас укольчик — сможешь?

— Сп-паси-ба вам...

— За что? Быстро!

— Палата. — Влажно всхлипывало после каждого слова. — С телевизором. Под окном... Приемное отделение. Я все новости... – Помолчал. – Знаю первым. Кто что. Муж вчера... Ножом. Жену. – Похватал воздуха, и на несколько томительных мгновений установилась тишина, затем внутри взорвалось, и грудь закачалась заново.

– Понял я, – смягчился Свиридов. – На окно он тебе показывал, у него тут приемное отделение под окном, шутил. Ежели, дед, не устраивает, я тебя в общую терапию переведу. Там из окна морг видать. – И расхохотался, сильно покраснев, дернул меня: кончено, уходим. Я вышел скорей и задышал носом.

Я долго разгуливал по больнице, выбуздил газированной воды два стакана – там бесплатно на выходе. Три этажа проследовал за выразительным задом медсестры, она – в туалет, прождал двадцать минут и бросил. Заблудился, очутился в подвале – здесь таскали железные ящики, разбирали белье, рубили капусту, я переступил сломанные носилки и выбрался на свет; на ближней лавке Клинский вытирал подорожником туфли, невеста плакала не своим голосом в чистые ладони, меж ними лежали цветы, обернутые газетой, я виноват.

– Ну, извини, мать, грубо я. – Я указывал Клинскому: свали на хрен отсюдова! – Но все-таки вокруг тебя я и Старый – лучше всех.

– Почему это? – оживился на своем краю Клинский.

– Мы наводим порядок, если не глядеть на мелочи.

— А я не имею права упускать ни одной мелочи! — воскликнул Клинский. — В России мелочи — главное. Не плачьте, что поделаешь? Вон уже все приехали. Пойдем. Пойдем.

И правда, наехало машин, вылезал губернатор, полковник Гонтарь, Баранов в парадном мундире, сотрудники, военные — здоровались, оправлялись. Клинский взмахнул рукой — увидели и двинулись к нам, вытягиваясь по дорожке мимо и дальше, утешающе поглаживали невесту, ее обнял Витя, она ушла с ним.

Я пожал плечами, немного прошелся вслед — народ разбредался вокруг одноэтажного домика, сложенного из белых плит, меня обогнал Ларионов и потянул с собой.

— И я, что ль? Я не ужинал еще.

— Если хотите, вы ж знали его...

— Кого?

— Трофимыча. Трофимыч умер. — И сдавленно: — Хороним мы...

Я в душном одурении двинулся за ним. Как, так быстро? Я только вот... Стояли вразброд, слеплялись в кучки и заходили — в домике настежь врата. Я заглянул: засыпанный цветами гроб, дальше еще комната — курит санитар, порожняя каталка. Снова сбились и зашли много, я зацепился свитером о занозистые ворота.

Ничего не видно, так, бледное пятно, не отличишь от складки гробовой обивки, что внутри. Губернатор сказал, еще кто-то сказал, всхлипывает жена — ее под локти, кажется, дети. Вдруг из близко стоящих обернулся Клинский и твердой рукой засунул меня на свое место, теперь и я вижу — лицо сплошь белое, лоб словно вылеплен, рот провалился — лицо находилось как-то внизу, едва всплывало из волны цветов, готовых сомкнуться обратно, как маска. Ларионов гладил по руке невесту — она задыхалась и высмаркивалась — и бормотал:

— Посмотри, Иван такой же, как был. Видишь, какой он спокойный. — И жмурился, выпроваживая слезы.

— Кто тут командует, скажите, катафалк пришел.

Развернулись все — и на выход, давкой, я позади, за локоть придержал Витя:

— Слушай. Можешь помочь? Столько народу, а некому вынести, поставить. — И держал.

Доехали в полчаса. Растянулись — ждали остальных. Ни оркестра, ни орденов.

Весь крематорий оглядеть не сумел. Окошко, крашеная стена медного цвета, на дорожках дохлые осы. Желтые автобусы пазики подвозили гробы еще и пятились к воротам, загодя разинув задний люк. Коренастая женщина — похожа на буфетчицу, синяя блузка, брошка под горлом, она красила рот.

— От администрации? Пойдем. Тележку выкатишь. — Отворяла двери, зажигала свет. — Не наступай на коврик. — Поправляла в вазах неживые цветы, на стуле — магнитофон, она перематывала пленку, каменные стены, лампочки, запах, какой-то запах, тележка утыкалась изголовьем в резиновую ленту-дорожку — такой транспортер в столовых задвигает через зал на мойку грязную посуду. — Ставить закрытым, ноги вперед.

Тележка выкатилась за мной. Я сказал Вите:

— Ставить закрытым. Ноги вперед. — Потащили на себя гроб, шофер высунулся из кабины. — А вы свой тащите?

Нашли свой. Завезли — уже музыка, все на виду, тяжек лишний шаг, стали подковой, женщина шевельнула губами — Витя снял крышку, — свела на тихую музыку и звонко произнесла:

— Попрошу сказать слова прощания.

Говорил кто-то из ветеранов, еще один, долго молчали. Уже не плача — смотрели. Закрыли, поставили на край дорожки — женщина показала: ровнее! Включила — дорожка поехала-повезла, лязгнули ворота и сомкнулись.

Люди полились вон, пустив вперед родственников, я остался напротив ворот. Они сомкнулись неплотно, сквозила щель — там зажгли свет, заговорили.

Конечно. Не сразу же печка, то-се. Вот только что плакали, запирало горло забытое, детское, продыхаемое только слезами, не могли отвернуться, пока вот он, на виду, он и есть, лишь молчит — да разве молчание отменяет живого? Как бросить? Как тело хоронить, ведь все, что он, что жизнь — только через тело. Так вон оно, еще есть, немножко только тронутое, какие-то клетки задохлись, гниют, но в дорогих-то руках ничего не изменилось! И глаза любимые — прежние. А волосы? — и волосы те, потом над прядкой плачут, хранят отцовский топор, лавку — он любил тут сидеть... Так вот же он еще весь, сам! — а чужая велела: попрощайтесь, закрыли, задвинули за железо, ушли — и сразу полегчало. На кладбище оправдание — засыпали же землей, тут — даже не сожгли, стоит там один. Кто-то свет зажег и приноравливается костюм снять, на тележку перевалить... Все для чистоты, вот сила санитарно-эпидемиологических законов. С чем мы живем? Что такое сердцебиение?

Рядышком Ларионов помалкивал и заговорил:

— Неказистое сооружение. Зато по вашей части — чисто, нечего грызть. — Не решался положить руку на плечо. — Не кручиньтесь. Вы не должны думать, что... Его рак заел.

— Степан Иваныч, ты о чем скулишь?

— Ну и хорошо. Мне показалось, вдруг вы... Вот и хорошо. И хорошо, что мы задержались. У нас теперь будет немного случаев так переговорить. С завтра — чрезвычайное положение, армия входит. Общение ограничат. Пользуюсь случаем. Послушай. Вы приезжий, все понимаете о нас, конечно... Но мы не все так. Всем разом захотелось лучшего — этим не попрекнешь, это прекрасно. Но это так страшно потому, что, когда делается все, многое забывается. Есть письмо со мной. — Он тронул пиджак. — Не я один, несколько товарищей, вернее — граждан, короче — жителей, в общем, разных... Вам обязательно дадут пропуск на события, у вас найдется случай передать письмо дежурному генералу, а вдруг и самому в руки, вы решительны...

– Полай.

– Простите?

– Полай. Как собака лает. Тогда передам.

Ларионов дрогнул и засопел, ощупывая красно-бархатный канат, огораживающий резиновую дорожку.

– Вы, – он выбирал слова, – не выдадите, приезжий, вам ничего не будет. Вам все равно! Там, можете прочесть, кроме предложений, как сделать волю надолго и неубийственную, есть насущные нужды города, лично мое: картина города, как наново построить. Человек многажды пробует, а получиться может только раз, затем – лишь вспоминать. У нас такая возможность. Вы догадались, насколько мне... Умоляю. У нас нет денег столько. Возьмите письмо.

Розовый лоб над очками – он взглянул на меня кратко, сник и сжался, коря себя, что слишком рано опустил глаза, словно ограничил меня с ответом, подтолкнул «нет», собрался и поднял лицо, убрав за спину пожилые ладони, бледный от храбрости.

– Как?

– Я не виноват. Не кивай – я не спрашиваю. Я никому не должен. – И предложил: – Полай.

Мы вышли под музыку, навстречу вкатывали следующий гроб, автобус уехал заправляться, и все ждали автобус, грелись из бутылок, жена Трофимыча трогала всякого и приглашала помянуть, она не узнала меня, приглашала Ларионова — архитектор расплакался, — стояли рядом, вытирая глаза, к ним сошлись; невеста со своим раздолбаем небось укатили на машине, и неизвестно, оставил мне Старый жрать. Или нет.

ВЕРНЕМ КРЫС ЕВРОПЕ!
Время «Ч» минус 6 суток

Миновала ночь, утром я не верил, что Трофимыч умер, и не верил, что он жил. Утром принесли пшенной каши, чаю, сухарей с изюмом, шоколадного печенья; посередке каши я продавил яму и залил ее смородиновым вареньем.

Лужи заклеил лед, мы хрумкали. По площади проступали пятна изморозной сыпи, такой ветерок, что щеки мертвели, и в гостинице нет уже дел, падали не прибавлялось. Старый запустил на подвеску кошек, кошки вопят, мешая часовым уснуть. Все?

— Изволь, посмотрим твою.

Алла Ивановна растолкала шторы — она в высокой меховой шапке следила, как мы отпираем подвал. Праздничная, как елка.

Старый склонился над фонарем. Если опустит голову — она лежит. Почему мне стыдно до жара: он увидит ее.

— Кончено?

А уже понимал — нет. Еще будет она. Увлечена мной всерьез, но что делать, если я могу только так, лишь этим.

— Поразительно, что она не уходит, — Старый вручил мне фонарь. — Я не лишний?

Она выгрызла, она, умница, не тронула смертоносной замазки и со всей силы выгрызла напролом стену в полтора кирпича и цементный раствор, валяются кирпичные крошки, пережженные, кирпич не ахти, но все же — всю ночь, зубами; дыра — пролезет женская рука, кроме часов. И браслетов.

— Ежели ты столь увлечен... Я бы раскопал нору, — предложил Старый. — Истратишь два дня, зато надежно.

— Не злись. Скажи санэпидстанции принести бактокумарин.

— Ну... Ну, изволь. Как хочешь, — насупился Старый. — Ты сам. Как я отношусь к сальмонеллезным, ты знаешь. Не дело. Здесь подвал, люди заходят, сверху люди работают, мало ли. Не хватает нам кого-то убить. — Все более распалялся. — По твоему же почину отчитали теток за бактокумарин, грозили тюрьмой... Понимаешь, это нечестно. Не по правилам.

— Старый!

— Твое решение, я распоряжусь, но... Тебя я этому не учил.

Просто постояли, он старался отвернуться. Теплее сказал:

— Неужели тебе так необходимо ее совсем...

— И завтра. Не осталось времени.

— Смотри, это твой участок, но, когда не по правилам, разрешается сразу все...

— Пошел ты.

Бактокумарин принесли через час в банке из-под варенья черноплодной рябины — от нее здорово вяжет рот. Бактокумарин выкладывается увлажненным. Насунул рукавицы, размешал щепкой, обмазывал края норы — вляпается и унесет. Остаток слил в угол, банку разбил, осколки забросал шлаком, наковырял земли — забросал и землей. Щепку вбил в землю.

На подвальной двери поместил листок: «Обработано отравляющим веществом. Вход с разрешения коменданта города!»

Алла Ивановна опять в окошке — ждала все время?

Я убедился, что поблизости нет юных и старых, и жестами показал, что ее ожидает вскоре. Она схватилась за живот и тряслась от смеха, утирала под носом, подбоченивалась, высовывала язык.

Нужно выбросить рукавицы. Сколько ж людей! Проспект перегородили грузовиками, самосвалами мордой назад, в кузовах и кабинах торчали шапки с кокардами, солдаты — рядами вдоль домов, на краях лаяли и рвались овчарки с поводка, стрекотал вертолет, и люди — как много живет людей, у каждого дома тучнела толпа, тепло одетая, подпоясанная, в зимних шапках, шубах, серых, белых платках — покрасневшие лица, говор, хохот, мат, дети тянулись к друзьям — их не отпускали, грудились вкруг колышка с названием улицы, номером дома, оглядываясь на офицеров, заколачивавших доской наискось подъезд, соединявших двери бумажкой с синими печатями. На пожарной лестнице сидел часовой, по крышам, громыхая, ходили; подъезжали автобусы. Прибавилось офицеров, в их руках трепетали слоистые списки. И там, здесь, и вон — то же самое. Хрипело, я понял, хрипело радио, нашлось и пустило музыку, марш! И тотчас весело разлетались вороны, люди тронулись, подсаживали старух в узкие автобусные врата, лежачих относили к бульвару — там выстроились скорые помощи.

Побежали солдаты, железный лязг, свалившаяся галоша — чья? Офицеры шептали в рацию и подносили к уху, сдвинув шапку, слушали, будто спичечный коробок с жуком. Гвозди входили в дерево, и бил молоток — тах-тах! — я и сам волновался, прибавилось радости, спешил в согласии с маршем. Все чуяли, надвигается праздник, люди пролезали в автобусы споро, подначивая, смеясь... Автобусов нагнали — негде развернуться, сдай назад! В автобусах — радость, все хорошее: домой с картофельного поля, из пионерлагеря, в цирк — нас забирают!

В грузовики закладывали чемоданы с белыми ярлыками, помечали в списках, на головном автобусе трепался флажок государственных цветов, горели нарукавные повязки — никого чужих, счастье нужности, счастье своих, слаженности и заботы, и незнакомый полковник разбирался с цветом патронов ракетницы и освобождал на запястье часы — пальнет в очистившееся небо, — уезжали и просторнело.

Я вспомнил Москву, пионерские парады, молодую дурь, аспирантуру; шальной, я пьянел, но надо выбираться. В сторону ступала лошадь, продвигая телегу на автомобильных колесах, — я припустил следом. Сперва просто по пути, затем догадался, иду на звук: скрипы, песни половиц, непристегнутых ставен что-то напоминали, сердечное.

Как завороженный преследовал телегу, ее сопровождали четыре солдата, как похоронную повозку героя. Нас пропустил усиленный патруль в очищенную от жителей часть проспекта — ее загородили колючей проволокой на легких деревянных козлах. Мы завернули во двор, марш остался биться за домами, и я мигом ожегся: я слышу крыс! Да, из телеги. Они везут крыс. Не знаю этих солдат, это и есть, что ль, «Крысиный король»? Они пошли в подъезд, я улыбнулся вознице:

— Можно взглянуть?

Парень кивнул и спрыгнул размяться.

Да. Крысы в стеклянных банках, переложенных соломой, живьем, вскакивали на задние лапы, трогая вибриссами пластмассовые крышки, продырявленные для дыхания, — на всей телеге — повизгивали, внюхивались, шипели на соседей, вминали пасти в стекло, некоторые оставляли кровавые пятнышки; я привычно пытался уследить за всеми — возница оттеснил, завернул дерюгу, расправив углы, — дерюга шевелилась, хоть невозможно, визг.

— Снимаете с каждого дома?

— С подвалов. — И залез обратно.

От подъезда возвращались его товарищи, несли живоловку и трясущийся мешок, бросили проверещавшую крысу в новую банку, пометили крышку, и телега — дальше, не так уж слышно, даже не слышно совсем, или пробивается? Нет. Зачем живые крысы? Я нашел мусорку и бросил рукавицы в короб.

Огибал площадь переулками, проламывал еще не проломанный лед — никого. На детских площадках солдаты жгут костры мусора, я радовался встречной кошке, дома пусты, переулок жил, пока я шагал от начала его к устью, и умирал за моей спиной человек! — я побежал, и невеста рванулась в распахнувшейся рыжей шубе, с легким свертком, проговорила:

— Можно вас обнять?

Запустил руки под шубу, и минуту мы замирали: холодная, мягкая щека под губами, руки ее невесомо на моих плечах, не смел добавить лишней силы рукам, бережно, она могла замерзнуть, копились бессмысленные, настоящие, торопливые слова, таявшие от сознания: мы — и в ней также, так приятно, что до боли, до горечи.

— Так рада, что встретила. — Отстранилась невесела, холодный камень проступал в ее чертах, застегивалась. — Давай прощаться. — Серьезно подала мне руку, я подержался и отпустил, узнавая сладковатую тяжесть, затеснившую, занывшую. — Будь здоров.

— Не помочь?

— Я несу легкое — платье на свадьбу. Хотели отложить из-за похорон, но — там еще гости приедут... Ладно! — Красиво подкрашенная морозцем, в большой шубе, сильная.

— Как хоть тебя звать? Хотя теперь ты будешь какая-нибудь там Петрова. Или Череззаборногузадерищщенская.

— Нет, я буду Губина, Ольга Губина. А сейчас Ольга Костогрызко.

— М-да... Была б у меня такая фамилия — я б сразу уехал.

— Мой отец из донской станицы. Там полстаницы Костогрызко, а полстаницы Мотня. Мне еще повезло.

Перестал слышать ее шаги, опустился на камень, перегнулся, как же болит!

Ожидая ее, не ожидая ее — сколько помнить? Сколько болеть? «Будь здоров», но мы не уезжаем завтра, — почему? Дура. Трясет. Но ничего, спать до утра, еще увидим, что наутро. Случалось, с вечера не уймешься, а выспишься, выспишься — выспишься и даже смешно: кто? Сама-то, «можно обниму», шалава. Не может по-людски.

Ждал. Чуть зад не отмерз.

Я направился к Старому, но обнаружил, что иду к санаторию, и развернулся.

— Пароль?

Я впутался в толпу, угловой дом, погрузка, марш, в три автобуса разом, затерся о спины и задницы. Я поборолся, выплывая к оцеплению, но народ шатнулся, и меня отнесло к подъезду на колоду, избитую топором, — для рубки мяса, автобус гудел сквозь марш. Солдат выносит вещи, что-то мне говорит.

— Что ты? Да я не слышу!

Я прошел за ним в подъезд: рюкзаки, чемоданы.

— Чего?

— Наверху кричат...

Лаяла собака в хрип, визжали бабы, всех громче звенел детский писк наверху, ребенок задохнулся: «Укусия!» — я сорвался, уже спинам крича:

— Отошли! — Расталкивал кого-то, малыш барахтался в руках. — Где?!

— За трубой!

Подзаборная гладко-белая собака надрывалась, поставив морду к трубе, и ковыряла там лапой, труба снизу вверх, сечением сантиметров двадцать, за ней — угол, отпихивать собаку? А если прыгнет? Крыса подтравлена? Собака...

— Они думали, щенок его там спрятался! Собирались ехать! Мальчишка укутан.

— Щеночка!

И лай! Лай!

Я пихнул собаку и обхватил коленями трубу, вдруг полезет по мне? Серый комок... коченеет? Шевельнул ногой — нет, жива, поворачивает морду, влипла строго посреди, верно выбрала, собака лапой не достанет, собака билась в мою ногу, как дурная кровь, бабки кудахтали, малыш раскатывался, ну.

— Уберите на хрен собаку! Чья собака?!

— Да мы не знаем, так, прибежала. Найда, Найда...

— Отошли! Хватит выть! Какую-нибудь мне... Вроде швабры.

— Квартиры опечатали, мужчина, ключи собрали. — Собаку оттаскивали вдвоем, за брюхо и шею, собака рвалась, глядя мимо всех на трубу блестящими мертвыми глазами.

— Несите с улицы! Я ж не буду год так стоять! — Сидит еще? Сидит, какая ж дура — на третий этаж селятся, никак не расселятся, еще бы мешок... Палкой прижать, рукой – до хвоста. – Что? Ну... – Дуры, они лопату совали мне, нержавеющая сталь. – Лопата мне на хрена?! – Ею неудобно, разбежались, не объяснишь, примерил – конечно, черенок толстый, не лезет за трубу, не пролезет, с бровей – жгучие капли, одежда трет, параша. – Мешок! – Сидит. Что задираешь, смотришь на меня? загораживаешься лапами? Только прижать, хреново, что вслепую, – попробовать штыком? Пролезет. Но вслепую не могу и просовывать, и смотреть, где ж мешок? Штык застрял, я нажал, нажал, выпущенная собака мягко вдарилась мне под колено, лопата сорвалась, вдруг обиженно вскрикнула крыса – тронул! Неужели? Пугает? Женщины взголосили, как на падающую стену, крыса провизжала человечески громко, противно, до смерти, не смог, лишь бы прервать, ткнул лопатой, удивительно легко перейдя хрустнувший предел, отделявший штык от плиточного пола.

Так. Так. По стеклу трепетала ночная бабочка, взбираясь, как огонек по шнуру.

– Где он там? Дайте его. Не бойся. Куда тебя укусила?

Он помалкивал, слезливо вздыхая на собаку, царапающую трубу, подпускал опоздавшие слезы в ответ на бабкины шепоты.

– Давай посмотрим твои руки. Так и был в варежках? Снимите, пожалуйста, варежки. Так он был? В куртке и сапогах. Одни штаны?

– Двое. И колготки. Ты давай дяде ручки показывай...

Разгладил ладошки, отдельно — пальцы, запястья. Он морщился, когда сминал кожу.

— Где больно? А было где больно? Не плачь. Просто побежала, а ты испугался?

Он уперся в бабушку, немедленно прикрывшую ему затылок изношенной рукой, — шапка с пушистым помпоном, висят варежки на белых резинках из рукавов; снизу кричали немедленно выходить. Спускались, я пуганул собаку, выгреб добычу и бросил в мусоропровод, отворили двери: летит сор по улице, взметено, я понял лишь, когда мальчик повторил бабушкино:

— Шнег!

И бабушка согнулась насовывать ему рукавицы; жителей уже увезли, лопата легла на пожарный щит, за спинами заколотили дверь, опечатали. Оцепление строилось по четыре уходить, офицер прятал список от снега ладонью.

— Мать, из двадцать шестой квартиры? Два человека? Смаляй к банку, желтый автобус, там, там твое барахло! Куда пошла? Там не пустят — через площадь!

Бабка припустила через площадь, внук упирался — скользить получалось, она его волокла. За ними — собака, отбегая в стороны и нюхая снег. Офицер переворошил список.

— Сидоренко! Вот же белая собака. Куда вы глядели?!

За собакой заскользили два солдата с веревкой, посвистывали и манили, обходили, собака оглядывалась и гавкала, и убегала, и все скрылись в снегу, офицер отправился за строем, строй отпечатал на белом черные, непересекающиеся дорожки следов, оставив меня на деревянной колоде, — никого, снег летел клеенчатыми обрывками, его сносило к березам, спустившим свои космы, как полусгнившие сети, и от белой коры холодом несло, трещинами кривились черные стволы над травой, залепленной ледяной росой, как плесенью; так пахнет снегом, что трудно дышать.

Старый отыскался в гостинице — без дела, глазел на снег, звонил жене:

— Зарабатываем, много, потом... Лариска, всех целуй. Тебе привет. Гляди, что с погодой! Зи-ма...

— Идем-ка в штаб, я тебя развлеку.

У школы метали снежки, и я слепил комок. Старый боязливо озирался: вдруг засвечу. У входа два тулупа торговали мороженым, не пустили:

— Вы какого управления, ребята? А к кому?

— К Губину.

— Виктор Алексеичу? — Один заговорил в рукавицу, морщась, — колол снег. — Приемная? Двое, что из Москвы. Просятся к Губину. Да они уже здесь. Я понял. Я понял. Ага. Подымайтесь, мужики, в спортзал. Эй, снежок оставь. Положи хоть на ступеньку, я гляну, никто не возьмет, а то и брось его совсем...

В раздевалке спортзала — телефоны, спины, раздавали матрасы, бушлаты, невеста красила ногти на подоконнике, шуба на плечах. К нам мягко обратился прапорщик:

— Вы не хотите раздеться? Нет? Ну... тогда — прошу.

Зал освободили от столов, остались два на том краю, в бумагах, — там Витя слушал двух офицеров, рукой показав нам: вижу, сейчас, подписал бумаги и поднял телефон:

— Товарищ полковник, прошу прощения... Подошли товарищи. Есть. — И поднялся — уже майор, — потянулся: устал. Повернулся к окнам.

— И снег еще, эх, хэх, и так — голова кругом. — С веселым вопросом уставился на меня.

— Старый, я хочу тебя познакомить. Фамилия Вити — Губин. Тот, что корпорация «Крысиный король», — мы так хотели с ним познакомиться.

Витя опустил глаза. Не находилось слов.

Из других дверей вступил полковник Гонтарь, еще мундиры, я узнал Свиридова, и он мигнул. Гонтарь поздоровался:

— Как гостиница? Успеваете? Порядок. А по труду и честь.

Они обступали нас, снег слепил окна. Свиридов зажег желтый свет. Старый додумал и сдержанно спросил:

— Насколько я помню, ваша... Собираетесь за ночь очистить от грызунов что-то около двенадцати квадратных километров. Позвольте узнать, — отвердел голос, — каким же образом вы предполагаете это осуществить?

— А я не думаю... что обязан, — загорячился Витя.

Гонтарь его мягко осаживал:

— Виктор, та поспокойней. Та зачем так. Товарищи же, та и вы...

Но Старый уже выступил вперед и чеканил, задирая бороду:

— А я думаю! Мы проводим здесь... Мы отвечаем за эпидобстановку! Я несу ответственность! И сию же минуту мне план мероприятий, обоснование — я приказываю! Витя, вы же нам лгали!

— Товарищи, то-ва... — воздевал руки Гонтарь, улыбаясь туда-сюда. — Та давайте мирно. Так не здорово. Интерес понятен, Виктор действительно задействовал местные наработки — не спешите, не спешите, зачем охаивать? — огульно легче всего. Произведены учения, показана выгода, небольшие затраты, так шо давайте не нагнетать. А то, шо вы не знали, шо майор Губин, — та это шобы не нагнетать, не придавайте этому внимания. На этапе сегодня есть смысл поделиться, только давайте вот так. — Показал свою ладонь Старому и Вите. — Один говорит. Все слушают.

Витя сцепил руки на заднице.

— Вытеснение крыс из подвалов. Из большого количества подвалов. В одну ночь. Опора на опыт народа. Никакой науки, без отравы — чисто. Бегство крыс вызывается внезапным ужасом. Огонь дает ужас. Особенно, если огонь приносит свой — он знает, куда нести. Крыса обрабатывается горючим, запаливается и выпускается. Агония удесятеряет ее силы, она бежит в стаю, наводит ужас криком, запахом, видом — стая убегает вся. С каждого подвала мы отловили по единице. Одновременно отпустим их подожженными — за ночь вытесним грызунов из нужного участка. Подавляющим чувством. Не допустим расселения внутри очищаемого места — во внутренних дворах включим освещение, шум. Для легкости пересечения проспекта выложим дорожки из мусора, труб, хотя учения по улице Мокроусова доказали: крысы при нашем способе пересекают улицу даже при движении машин. Сложности есть. Мы не имеем времени испытать разные горючие составы, какой горит дольше при меньшем проникновении. Чтобы грызун обследовал на предмет спасения все норы, прежде чем потерял способность двигаться. Может быть, пригодней мази? Как мазать, чтоб дольше действовал опорно-двигательный аппарат и органы чувств? Посоветуете — спасибо.

— Проявлялся интерес, — заключил Гонтарь. — Прозвучала информация. Готовы содействовать?

— А вот что я вам скажу, — тут же откликнулся Старый. — Вы сейчас же обещаете прекратить эту гнусную затею, или я немедленно даю телеграмму в Министерство здравоохранения, вызываю Госсаннадзор... Если учесть, что вы уже натворили, — вас будут судить!

— Что же, произошел обмен, — прервал Гонтарь. — Разойдись!

— Так, где ваш губернатор? Я иду к вашему губернатору, — повторял Старый расходящимся спинам. — Грызунов отпустить!

Витя складывал бумаги, Свиридов тушил свет, я присел на сетку с баскетбольными мячами, боле — никого.

— Вы, темень! — стонуще проговорил Старый. — Как вам... Что вы за люди?! Неужели — совсем ничего нет? Не боитесь — пусть, я обещаю: будут судить. Но, даже если б и дальше скрывали, вы неправильно посчитали, у вас ничего бы не вышло.

— Почему это?

— Понимаете, все не как хочешь. Даже трава растет по закону. Происходит лишь отвечающее правилам. Сжигать животных — изуверство.

Губин наклонил голову.

— Так где-то записано?

— Существуют Стокгольмские соглашения, ограничивающие жестокость дератизационных усилий.

— Запрещается применять клейкие листы. Об огне — ни слова.

— Соглашения готовили для душевно здоровых людей.

— Крыса меньше мучается, когда перестает свертываться кровь? Когда кальций закупоривает вены? Капкан перешибает шею?!

— Вы не смеете сравнивать! — шагнул к нему Старый, клокоча. — Нам все можно! Мы... Людям чище! Вы — ради лжи... Вы бросаете на дома, детские сады, поликлиники, столовые, вы не представляете скачок численности через месяц! Как смеете сравнивать?!

— Можно до посинения спорить: мы врем или Москва вынуждает, — спокойно отвечал Губин. — Что вам наш город? Нам больше негде жить. И зависим от любого дурака из свиты. Президент объявит Светлояр национальным достоянием — мы вместо бараков построим дома, детские сады, чтоб всем хватало. Хотя бы один бассейн, онкологическое отделение в больнице. Нашим это важней, чем крысы.

— Это что ж такое? Я ему твержу... Мы же не дадим! И, само собой, — не получится. И не дадим!

— Тут все в наших силах, — слабее сказал Витя. — Давайте больше не встречаться.

— Витя, Витя, как же вы не поймете? — Старый задержался на выходе. — Законы, которые мы имеем честь здесь представлять, не перестанут действовать с нашим отсутствием.

На лестнице я попытал Свиридова:

— А на самом деле — что?

— Я точно не знаю, — признался прапорщик. — Лично я думаю: сперва чистим середку, затем — город, область, оттесняем к границам и пожаром вернем крыс Европе! Она ответит за Петра! Парень еще в генералы выйдет. Мужики, ну вы поняли, как я к вам. Но за крыс вы понапрасну, ей-богу, вам зазорно, у самих руки по локоть. Чего ломаться, как девчонке, когда в рост сквозь рот мостовую видать?

Ветер застудил, мы прятались за стеклянной щекой остановки, дорога впереди утыкалась во мглу, дорога назад растворялась во мгле. Свиридов воткнул в зубы вампирский клык сигареты, качнул вверх рукой, и с хлопком расцвел над ним кусочек ночного неба — зонтик. Я так замерз.

ГУБИН – НАТРЕНИРОВАННЫЙ НА ПОБЕДУ БОЕЦ
Время «Ч» минус 5 суток

– Что кашляешь?

Я проснулся. Старый натягивал сапоги. Что сказал?

– Иду к губернатору. Полночи не спал, продумывал. Или они дают задний ход, или мы немедленно уезжаем, а там... Завтракай.

Я оделся от холода и полчаса стыл на кровати. Пока не вспомнил. Надо выломать палку. Спустился в подвал. В нору наставил фонарь; забылся, словно у костра, – к фонарю вынеслись мохнатые пылинки. Я погрузил руку в свет и замкнул пальцы, размазав по ладони две черные крапины. Поднес ближе: все так. Трупные мушки. Нагнулся к норе, мелкими всхлипами понюхал. Пахнет падаль.

Сегодня так запахнет все, и хлеб, вода. Я выломал из куста крепкую палку, ободрал сучки, последний оставил и укоротил – вроде крючка.

Напрасно ломал такую длинную: она умерла близко, достать рукой. Умерла. Рвота, жажда, судороги, живот болит.

Я постучал в банковское окно, выглянула Алла Ивановна – я помотал нагруженной палкой, как флажком, – она захлопала в ладоши.

Старый уже вернулся. Он нарядился в свежую рубаху и разгружал тумбочку.

— Собирайся и ты. Губернатора нет. Оказывается, у них гарнизонное собрание уволило губернатора. Вместо него Гонтарь. Говорить не с кем. Я сказал, что мы уезжаем. Чтоб принесли деньги.

Я уложил в сумку бритву, мыло, помазок, зубную щетку, кружку, снял с батареи подсохшие носки.

— Успел. Думал, не застану, — отдышливо пробормотал Клинский и притворил дверь за собой. — Очень приятно было... Редко встретишь с переживаниями, м-да... После таких встреч хочется работать. Хотелось бы с вами еще поработать. Присядем на дорожку?

Присели вокруг стола. Клинский невесело протянул:

— А я остаюсь. Ночь ездил по колхозам, разместили людей, матрасы, лекарства, внутренние войска. Первые потери. Две старухи не выдержали. Напряжение: спать не могу. Начальство у нас новое, всюду фуражки — как бы не переборщили... Опять дурацкие письма.

— Что пишут?

— Все про убийство: деньги за Президента будут в синей «Ниве». Беспрепятственно покинут город дорогой на Любовку, пост ГАИ около шести вечера пуст. Я окольно проверил — смешно, и правда пуст, всех же стянут в город. А там уже Любовка, станция, каждый час московские скорые, вредное производство, общежитие условно осужденных. Машину незапертую оставишь — уже нет. Раз патрульную угнали. Чем развлекаюсь... — Подождал, пока я прокашлялся, посоветовал: — Горячего молока надо с медом.

— Не пойму, — признался я. — Как вы не боитесь? Столько наворочали... Выселили людей. Ведь одно письмо — и...

Клинский ткнул перстом в синее подглазье.

— Вот они где. Письма... Почему не боюсь. Это я учителем в школе не боялся. Что я знал о себе? Теперь дрожать научились, такие времена, господа! Вы еще не пробовали, что такое воля. Ты мне рукой не маши. Хочешь сказать, воля ваша, работай, когда хочешь, цену назначай. Или сдохни под водокачкой. Не-а, воля — это мы! Воля похожа на тело, в котором один кусок захотел много больше, — поэтому воля похожа на потаскуху. Воля похожа на область пониженного давления. Всюду эта польза: неравномерность давления двигает воздух, надувает паруса, мельницы, карманы. В России же, — он говорил почти беззвучно, мы, не сговариваясь, подались к нему, — в итоге резко континентального климата воля — область пониженного давления, получает характер дырки. В которой никакого давления нет и возможно все. Сперва завихряет, оживляет, оздоровляет, и кажется, и мы как люди, потом замечаешь: а ведь все утекает и ничем не заткнешь. Тогда — страх. Иногда хочется поискать достаточный кусок, чтоб заткнуть. Я как-то попытался выяснить, кто ж заварил? До Гонтаря орудовал губернатор — вот его сместили за листопад. До губернатора закручивал Трофимыч — помер. Придумывал наш депутат — так он уже послом в какой-то Корее, а до него — Горбачев, а до него... Не сыщешь! А я уже на краю, миллионы распылили, наворочали такого, сорок тысяч стволов и бронетехника, триста тысяч населения ждут так, что кто ни приедь — мало покажется. Сила такая! Город можем перенести на семьдесят километров на юг. А только делать уже ничего не остается — летим. Я поначалу верил. Потом оставалась надежда, что лично мне выгорит. Потом понял, спасибо, если пронесет. Теперь знаю: долбанемся все, вопрос, кто не насмерть? Раз сомнение взяло — а правда ли, что к нам едут? Но уже без разницы... нам не допетрить идею, а уж вам-то...

Старый закрыл свою сумку. Все? На столе остался белый кулек для денег. Старый пожал плечами.

— Ваши излияния... Знаете, мы не настолько близки, чтобы выслушивать. Я понимаю, зачем вы пришли. Сжигать животных мы не позволим. Сегодня же уезжаем. Давайте деньги.

Клинский понурился.

— Утешает, что это ждет всех. Только об этом остается заботиться. Виновата погода. Слабая почва. Уже небольшое разрежение воздуха разрывает дыры. Но ничего. Зато посмотрим, куда все уходит. Правда, некому будет рассказать.

У меня легко першило в горле, я откашливался, мешая себе слушать. В палату притопали лейтенант Заборов с повязкой на лбу, Свиридов, третьего, выше всех, я не узнал поначалу. Без мешка. Мне казалось, деньги принесут в мешке. Они затаскивали раскладушки.

— Почему две? — удивился Клинский.

— Товарищ подполковник, мы — каждый напротив каждого, а третий — в коридоре. Третья сюда и не встанет. — Заборов промерил между кроватями.

Клинский прощался.

— Вот, побудут с вами. Пока вам можно будет ехать.

— Погодите! Так нас сажают под замок? Вы понимаете, что сейчас происходит? — с веселым отчаянием спрашивал Старый, присев на кровать. — А потом? Убьете? Что изменится, если мы уедем через неделю? Сожгут крыс? Ради этого вы сядете в тюрьму?

— А если мы возьмем половину цены? — подсказал я. — А если пообещаем молчать? И совсем не возьмем денег?

— Ничего не поняли, — опечалился подполковник. — Я ничего не могу. Летим и закручиваем. Думайте.

Наползли, насели сумерки с лютым ветром, ветер напитался снегом и бился в лоснящуюся крышу гостиницы, от вялой пустоты мы не в силах уснуть, дом постанывал половицами, далекими дверьми, Свиридов принес мне таблетку мукалтина и запить; пробилось солнце и жарило на стенах кусочки тепла, похожие на ломтики хлеба, погасло, похолодела площадь, быстрей покатили автомобили, бороздя тишину, солнце застряло во влажном облаке, поблескивало краешком и пропало совсем, рассыпавшись в розоватую лужу, короткими злыми огнями засверкали фонари, и снег пошел, сквозило.

— Сказали, подвиги лопатой совершал? — Старый придремывал. — Что ж делать? Не драться же с ними. Как что — без денег...

Свиридов не появлялся. Заборов спал, расставив раскладушку поперек двери. В третьем охраннике я угадал разжалованного губернатора, он не заходил в палату, будто стыдился.

Уснули — разбудили гудки, автомобиль. Я вышел на балкон. Далеко у ворот ходил часовой, другой подсыпал песка на дорожку. Автофургон «Молоко» виднелся на углу санатория. Буфетчицы в расстегнутых пальто снимали железные ящики с бутылками и спускали вниз, на кухню, по настилу. Пожарная лестница обрывалась в метре над фургоном. Половина шестого. Я собрал из снега мокрый пирожок, надо дождаться водителя.

— И так кашляешь, — пробурчал Заборов, но не вылез.

Буфетчицы довыгрузили, прокричали в кухню и ушли. Спустя минуты две появился водитель, складывая бумаги. Две минуты. Завел, часовой загодя распахнул ворота и не остановил. Две минуты машина стоит пустая.

Старый прочел давнишние газеты, включая прогнозы погоды, начал читать надписи на горчичниках. Заборова сменил свергнутый губернатор, он дал Старому польский детектив, Старый читал, просыпаясь, когда книга падала ему на лицо. Мы с Шестаковым взялись заклеивать окна.

Я окунал брусок мыла в кастрюлю с водой, гладил им бумажную ленту. Он осторожно налепливал ее, обрывая лишнее. Без ваты. Но в два слоя. Шестакова подстригли, виски и затылок, он походил на смирного пьяницу — в коротковатой армейской рубахе, боязливый, молчком, слезящиеся глаза. Мы закончили, он не замечал, стоял на подоконнике и чему-то улыбался.

— Вы что?

— А? Виноват. Нет, ничего. — Причмокнул. — До чего ж жирную сметану беременным возят. И свежая!

— Издалека?

— Любовский молокозавод. И мне перепало, буфетчица налила почти стакан. Попросите, может, и вам? Только не говорите, что я сказал. Им каждый день возят.

— Старый, пойдем в туалет.

Шестаков не пошел с нами — подсел к беременным, к телевизору. От окна в туалете до пожарной лестницы легко достать. Только задвижки присохли, чем-то тяжелым подбить. Есть шкафчик. Можно привалить дверь.

— Что ты хочешь мне сказать?

— Старый, пора дергать отсюда. Пару дней поваляться и дергать. — Я изложил: автомобиль, лестница, ворота. — Лишь бы выехать из города.

— Догонят.

– Войска наверняка стоят не сплошь, а вокруг объектов. Они не могут замкнуть район, идет же Симферопольское шоссе, ветка на юг, они боятся слишком светиться. Нельзя делать, как они хотят.

– Точно знаешь, что они хотят? Вот видишь... Я не из-за денег. Есть ли смысл? Мы все равно не успеем до событий, крыс пожгут. Рано или поздно нас отпустят – тогда забьем в колокола. Хотя как хочешь. Попробуем. Только не волочи ноги.

Нас дожидался Свиридов.

– Собирайтесь. Женихи.

Под снегом едва угадывались летние места. Ветер проносился по площади широкими языками, я поймал под ногами листок бурый, как старый рубль.

Повстречался солдат – петлял, нагибаясь и разметая снег рукавицей.

– Чего?

– Да листок, товарищ прапорщик. Говорят, на площади видели.

Свиридов показал мне: отдай.

Солдат спрятал лист в рукавицу и почесал к гостинице, скликая товарищей свистком, они набухали из тьмы и подстраивались за ним в две колонны.

Свадьбу справляли в кафе, в злосчастном подвале – музыка громко, столы расходились и заворачивали. С нашего края жениха и ничего такого в белом платье не видать. Я прикинул и сел напротив Старого; когда пьем, Старый бледнеет, я краснею – глупо сидеть рядом. Неслось к концу, пьяно, без тостов — народ, жар, пляски: нарядные бабы перед нами расчистили объедки и принесли угощение. Рядом увидел Ларионова, он много ел, голодно катая кадык.

— Подлая ваша жизнь, — пожалел архитектора Старый. — Подсадили. Проверяют. И нужно сидеть.

Ларионов, разжевывая, рывком расстегнул пуговицу под галстуком.

— Ребята, вы наливайте, закусывайте. Не надо на людей кидаться, — посоветовал официант.

Так и делали, дожидаясь своей доли, работа кончилась. Старый напевал, я притоптывал. В спину толкали танцующие задницы. Тесно.

— Ты знаешь... — Старый налег на стол и позвал ближе, я — нос к носу, он затвердил с сонной медлительностью и добротой: — Послушай. Но я бы не хотел так просто оставить этот город.

— Я тоже думаю.

— Мы их научим! Ага-а, появился наш ублюдок.

Наряженный, как сорока, распахнутый Губин прорывался меж объятий и похлопываний в нашу сторону. Чокался, пританцовывал, упал на стул, протянул обе горячие руки.

— Мужики! Пусть мир. Не замышляйте на меня.

— Урод, — ответил Старый.

— О-о... — Витя заметил опустошенность посуды и руки спрятал.

— Вить, а почему назвались «Крысиный король»?

Витя сложил салфетку уголком, квадратом, скатал трубочкой и пожаловался в сторону:

– Добрая. Послала, говорит, надо по-людски, в такой день! По-людски? Да на хрен вы мне сдались? Вот ты?! – Он хватанул меня за руку, я едва удержался на стуле. – Ты не все знаешь! Моряк подсказал. У них на корабле поймают пяток крыс и запирают в стальной ящик. Жрут друг друга, остается один, кто всех. Называется крысиный король. Когда его отпускают, стая прыгает от него в море.

– А, вот почему…

– Вам ясно, почему я вас обошел? Свежие глаза! Вы жизнь копали и не видите, что нашли, – зрение в подвалах ослабело. Я вижу! Вы прошлое. Для вас крыса – временный недостаток свободы, следствие железных дорог. Еще ж недавно жили без крыс! Вам кажется, ежели поднатужиться, так сказать, – он хихикнул, – миром взяться, то можно очистить, да? Нельзя! Я знаю языки, я много читал, любой западный учебник по дератизации начинается: «Бороться с крысами необходимо. Победить крыс невозможно». На Западе давно не борются. Держат чистыми отдельные богатые дома. У нищих зачем убивать? Убийства улучшают породу. Выживут сильнейшие, одна пара за жизнь наплодит триста пятьдесят миллионов. Оставим их, им видней, сколько их надо. Крыса не родит больше, чем может прокормить.

– Вы, оказывается, много читали.

– Так мир?

– Пошел ты. – Старый задумался: куда? – допил. – Пошли. – Забрал со стола непочатую бутылку. – Поздравляем!

– Погодь, Виктор Алексеич, ты не понял про крысиного короля. Что моряк наплел, способ в научной литературе называется «натренированный на победу боец». Этот крысиный король – натренированный на победу боец. В питомнике короля натаскивают жрать больных и подавленных, только падаль он может мочить, он других не видел. Он король поначалу, кидается на всех, но только до первого бойца. Или до подходящей самки. И тогда становится мертвым или обычным. Вот таким. Желаем счастья.

ПОИСКИ НАСЛАЖДЕНИЯ
У СПУЩЕННОГО ПРУДА
Время «Ч» минус 4 суток

Шестаков стерег наши бушлаты под вешалкой, украдкой погладил мне локоть.

– Виноват. Ничего вкусненького не захватили? Нет-нет, не надо возвращаться, нет так нет, я не для себя. Думал, может, вам к чаю чего необычного захочется...

Старый наступал на мои следы, взрыкивая:

– Подымай ноги!

Медсестра принесла теплый фурацилин, и я полоскал горло в уборной. Кружкой постучал по оконной задвижке – она легко поддалась.

– Давайте банки поставим. Или горчичники.

Я оглядел медсестру – седые пряди из-под колпака – и отказался. В другую смену. Я просыпался, кашляю, настольная лампа, я – в обозначившей пределы утренней мгле. Заборов слушал Старого за пол-литрой.

– Я военный преступник, палач! Сколько мои руки? Миллионы! И беременных! И еще слепых. Слышал, конечно, город Кстово? Это я. И Волгоград – я! Будапешт, семьдесят второй год, самолетом перебросили, полгода в канализации – мадьяры утерли Западу нос, а это я! Мои руки...

Я кашлял, вминался в постель, Старый будил Заборова, чтоб не храпел, возвратясь к постели, прикидывал:

— Заманчиво вернуть на потолок, чтоб посыпались в самое... Не успеем. Тогда — у них затеян фонтан. Представляешь, вода разбрасывает крыс. Узнать водопровод, давление, разброс.

Я раскашлялся, и отозвалось летучей болью в боку. Заборов хрюкал и глотал, я сходил до ветру. Старый приподнялся.

— Все думаю. Ошибка, что мы думаем, как подвести их праздник под крыс. Мы не властны над людьми. Но мы можем привести крыс.

— Трудно сказать.

Я напрягся, женщина-врач двигала по груди железным кругляшом — слушала, за ее спиной нависал Свиридов.

— Трудно сказать, кашель — не болезнь. Признак многих заболеваний. Надо наблюдать. Щелочные ингаляции поделать. Над картошкой.

— Просыпаемся, просыпаемся. — Я проснулся, санитарка пододвигала мне табурет с кастрюлей. — Щас открываю, а ты дыши. Одеялом укрой голову. Открываю...

Я вдыхал, до одури я вдыхал, лег, сдерживая внутри толкающийся кашель. Должно помочь.

Открыл глаза. Меж кроватей шатался майор Губин, такой пьяный, что на лице не различались глаза.

— Теперь ты все понял? Ты все понял, да?

— Да. Все понял, — закашлял, но кивал.

— Тогда скажи!

— Что сказать?

— Я зна-ал, знал с сам-начала — дело не в крысах! Но я вам доказал, и теперь-то скажи, чтоб я понял, что ты все понял.

Старый катнулся в своей кровати.

— Мальчик любит умные книги. Дружок, это... — закричал: — Это! Глупая книга! Больше ничего! Нет!

Витя подтянул к себе Старого.

— Н-ну!

— Хорошо. Я скажу, — сипел Старый. — Мы не убиваем их. Это просто так выглядит.

Я выспался. Старый злобился:

— Как же ты кашляешь! — И помешивал чай, пока я оделся и ушел.

Шестаков собачонкой бежал рядом — никого не встретили; лежал снег, на крышах двигались смутные тени, и костры стелили дым до небес.

Еще издали видать, в банке свет не горит. Потолкал, потянул двери. Как же так...

— Закрыто.

Шестаков не расслышал, он опустил уши на шапке, наугад обратил на меня стиснутое, сонное лицо.

— Возвращаться?

Я ковырял звонок, не пойму: звенит внутри? Шестаков стучался сапогом и приникал к витрине, сложив из рукавиц смотровую щель.

— А вы не знаете, где живет управляющая банком?

Шестаков прижался к стеклу. Вроде ходят. И стучался наглей.

Занавеска отогнулась, открыв шапку с кокардой. Шестаков кивал, мигал, показывал рукавицей на меня, за спину, снял рукавицу и грозно поставил три пальца на воображаемый погон, представляя, вероятнее всего, полковника Гонтаря. Отворили.

В кассовом зале пахло сапогами. По дверям заплатками белели бумажки с чернильными печатями и усиками шнурков.

Алла Ивановна затворяла у себя шкафы, сейфы — рыжая шуба лоснилась ниже колен; затворила, покрыла высокую голову платком, усталая, увидела нас.

— Край как надо сегодня. Ладно?

— Ладно, ладно. Прохладно! Совсем, что ль, больной? Думай, что говоришь. Хватит, нашутились. — Погасила свет, показала на выход, крепко сдерживая улыбку.

Шестаков послушно отступил на порог — она его не узнала. Я не двинулся. Стеснялся поднять ладонь ко рту, поэтому проглатывал кашель или отворачивал невольно разрывавшиеся губы в сторону.

Алла Ивановна перебрала вишнево-лакированными ноготками гроздь ключей, заперелистывала календарь, всматриваясь в числа.

— Дай что-нибудь поесть.

Она, не прерываясь, опустила руку в ящик и выбросила на стол шоколадку. Я ткнул ее в кулак Шестакову, брови его приподнялись жалобными мостиками, он шелестел:

— Благодарю. Но. Мне... Я не... — Я выдавливал его дверью, в последнюю щель он успел дошептать: — Я тут на стулке. Обожду...

Алла Ивановна закрыла последний листок и охнула. За дверью хрустела шоколадная фольга. Ее руки ровно лежали на столе, как лапы каменного льва, я погладил правую руку от золотых часов до ногтей, подхватил и принес к губам, и целовал, робко, пока не остановил кашель.

— Совсем одурели вы, ребята. Банк закрыли. Все закрыли. Не выйдешь без паспорта. Автобус не ходит. Телефон отключили. За каким телефон-то отключили? Солдаты... Говорят, когда приедут, — сутки вообще не выходить. Вы, я гляжу, думаете, жизнь гостями и закончится? О чем думаете? Нет, о чем ты думаешь, я знаю. Заканчивай с глупостями, давай, некогда. Я сегодня к отцу еду в Палатовку, электричка семь сорок пять. Еще сумки собирать — все одна. Мужа из казармы не выпускают. Простыл? Дать таблеточку? Дать? — Ласково дунула в мой лоб. — Идем, надо закрывать.

Старый лежал, задрав голову. У него гостил мужик. Я забыл, как звать, ну тот, с мясокомбината, когда мы ездили насчет колбасы. Теперь он просил «затравки».

Старый показал.

— Вон таблетки тебе положили и полоскать. Ругались, что выходил.

— Степаныч, отсыпь московской затравки. Ботинок прогрызли. Озверели, лазят. Жрать теперь нечего им, скот не возим.

— Почему?

— Та запах наш плохой. Остановили комбинат, чтоб не вонять на праздники. Людям отпуск, а я маюсь в дежурной смене. По цеху без вил не хожу.

— Григорий, просьба выполнима. Но для удовлетворения просьбы нужен сильный аргумент.

— Один? — уточнил мужик. — Пол-литровый? — И пропал.

— Привозили молоко. Водителя не было почти десять минут. Вероятно, ухаживает за кем-то в подсобном помещении. — Старый задумчиво повторил: — Небось лапает кого-то в подсобке. — И это же повторил матом: — Знаешь что? Не ломать голову — одна банка бензина. Льем в захламленный подвал, туда проникает их горящая крыса... Выбрать дом с хорошей тягой — зримо и жертв нет. Дома-то пустые. Ничего красивее мы не успеем. Смотрю, часами интересуешься. Собрался?

Шестаков потянул с батареи вторые портянки, бурканув:

— Не просохли еще... На ночь глядя. Пойду доложусь.

Свиридов вручил ему пистолет в старой кобуре.

— Не боись. Стреляй безо всяких. Кругом наши.

Мужик принес водки. Старый воскрес, звеня стаканами, двигали стол от окна.

— Товарищ лейтенант, минуту обождите, — попросил Шестаков. — Сгоняю в буфет, заместо ужина, может, хоть сухой паек. Хоть сгущенки. Успеем...

Гриша вдруг хватанул со стола бутылку и сховал за кровать.

— Ты чего?

— В дверь стучать.

— Да ну и хрен... Ворвитесь! А-а... Это, Гриша, — бутылку обратно, жена. Одного видного урода.

Невеста ровно прошла к столу, наброшенный халат, ее запах. Выставила пакет.

— Я принесла боржоми. Потому что вам хорошо горячее молоко с боржоми. Подогреть. Врач должен знать. Вас смотрел врач? — Она громко спросила: — Не лучше?

— Выступаем? — заглянул Шестаков, на его плечах появились лямки вещмешка. — Четыре банки! Правда, хлеба мало. Да я там, думаю, найдем.

Я поднялся.

— Вы опять куда-то собрались? — заметила невеста. — А куда вы собрались? — Всплеснула руками. — Тогда нет никакого смысла в лечении, если... Нет последовательности. На улицу. Я не думаю, что есть смысл сейчас куда-то идти. Вам быть в тепле. Назначены процедуры. — Заговорила прерывисто, я не понимал отдельных слов. — Я просто пойду сейчас к дежурному врачу. Я просто... Вы взрослые люди... Сами медики.

— Я сейчас скажу, куда ты пойдешь, — сообщил Старый, они уже налили. — Отпусти его, дура! Пусть едет.

Невеста. Невеста подняла рывком плечи, выдохнула и скорым шагом вышла вон.

Прошли первый вагон — задрожал пол, включили двигатель, и свет пробежал вперед нас по вагонам, я сдвигал следующую дверь. Если она примерзала, изнутри ее дергали рыбаки — они курили в тамбурах на обитых железным уголком сундучках, краснорожие, в брезентовых горбатых накидках, в железнодорожных шапках без кокард. Вагоны пусты, на сцепках воняло уборной и сквозило в уши.

Она одинешенька сидела в головном, в прежней шубе, но уже в свитере, лыжных штанах. Ела котлету. Рядом в мятой розовой салфетке лежал хлеб. Она слизнула с нижней губы налипшие крохи.

— Покушать не успела. Сумки некому поднести.

Двери съехались, разъехались, сошлись совсем — двинулся вагон. Сумки стояли на соседней лавке, скрестив ручки, перемотанные синей лентой, я погладил ее колени, и руки мои потекли выше, на удивительно широко и плотно раздавшиеся по лавке ноги, сомкнувшиеся меж собой. Она переложила хлеб с котлетой в одну руку и напахнула на колени шубу, показывала в окно:

— Московский стоит. Его теперь на Сортировке держат. Чтоб наши не садились и писем не бросали в почтовый вагон. — Потрясла рукой и выпустила из рукава часы. — Сейчас будем. — Обтирала салфеткой блестевшие пальцы; в обоих тамбурах стеной — рыбаки, давясь о стеклянные двери, не заходя. Меж ними страдал Шестаков — вещмешок снял и держал у груди, пытался посмотреть время.

— Немцы приезжали прошлый год. Хотели, чтоб немцы воду подвели, плохо с водой. Какое обращение с женщиной! — Бросила салфетку под лавку. — Одну мне оставь.

Но я схватил обе тяжелые сумки, в конце платформы мы пролезли в дыру ограды. Рыбаки гремели снастью, мягко ступали валенками через кусты, она — вперед по тропе.

— Той сумкой не особо — стекло. У немцев же... разговаривает с тобой стоя. Подарки, будто должны. Не берешь — обижаются. За счастье, если в ресторан согласишься. Темы в разговоре есть другие. Вот это да-а, че-то окошки мои не горят...

Мы прошли плотину над прудом, низко затянутым льдом, и мимо колодца поднимались на кручу. Тянулись сараи с россыпями золы на задах.

— У немца и в мысли нет! Не может этого понимать. Сколько дарил — только раз руку поцеловал. В гости звали! Уверена: приехала и там бы — ничего.

Здесь снег уже не лежал сплошь, бугрились глыбки земли, мы — вдоль огорода, толкаясь плечом в черный забор. Перелезли холмик навоза у отхожего места с незастекленным окошком и оказались у запертой калитки меж беленых сараев. Она взяла у стены железный пруток, опустила его за калитку и отодвинула засов. В сараях возились куры, гремели жестянкой и шуршали крылами.

— Батя, что ль, спать залег. — Она топала сапогами по крыльцу, ключами резко заколотила в веранду. — Сумки поставь. Хоть на ночь немного разъяснело. Позасовывал, ведро с колодца снял и завалился. Небось пьяный! Вон тащится. Свои, пап. Кто-кто — Алла!

Дверь тотчас отворилась.

Сумки я поместил на стол. Нашел печь и — к ней спиной.

— Что ж ты, зая, не топил? Да вижу. Спасибо, до кровати дошел.

— Времени нету. Радиво повыключали. — Дед покрутил во тьме радио. — Не. Там свечка должна.

— И света нет?

— А? Нет, нет. Чер-ты их знают что! — Он поднес свечку ко мне и рассмотрел, закрыв один глаз. — Приветствую. Сщас натопим, да ты сиди! Алк! Я ж тебе яблок анорт нес!

Печка делила хату на кухню и зал. В кухне — ведра и чугуны, коротенький диванчик. В зале — кровать с блестящими прутками в спинке, белая скатерть на столе, в углу икона.

— Все растерял… Алк, возле калитки. Закрывал, и посыпались — апорт, как… — Показал размер. — Угощу, а больше нечем, не обижайтесь.

Я спустился к калитке и перестал унимать кашель. Радовался — он забирался глубже и больней, взрывая влажные преграды, — пусть выйдет весь. Обождал, тихо, едва вздыхая: еще? Напугал собаку, собака бегала по той стороне, останавливалась и лаяла, пружинисто припадая к снегу, я отхаркался и сплюнул. Она стояла на крыльце, непокрытая голова. И смотрела на меня, крепко держась за перила, сверху. Ветки постукивали о крышу, по лестнице, упиравшейся в чердак. На тропинке снег растолокся и таял, здесь несло особенным холодом.

— Ну. Что?

— Ничего, — грубо сказал я. — Попалась. Яблоки собирай, чего мерзнуть.

Яблоки рассыпались под смородиновые кусты, в грядки замерзшей клубники и под забор. Дед пел, пугал нас, из каждой песни дед знал первую строку, я наколол щепок из полена. Он, оступаясь с тропинки так и сяк, припер ведро угля, ворчал:

— Три года как пруд спустили, а гляди: расселись какие-то. Рыбу ловить!

— Опять снег. Разгорится, я чайник поставлю, тебе надо.

— Мне лучше лечь. Я хоть согреюсь.

Она собрала впотьмах охапку и вывела меня в сени.

— Самое тепло на чердаке, от трубы, а хата к утру вымерзнет, или вставать надо подтапливать. А там солома. Вот шинель папина, подстелишь. Этим укроешься. А это вот под голову. Только не свались. Погоди, котлетку дать?

Я нагреб солому кучней и ближе к трубе, чердаки лучше подвалов. Чердак пах куриным пометом и травяной сушью, и в слуховом оконце ночь пронзали какие-то звезды, я сидел, слушал каждый звук, изредка вороша солому, труба теплела; там отворилась дверь, выливали воду, дошли до сарая и тронули замок, шаги остановились — я опустился на четвереньки.

— Ну? Как ты? Устроился?

Я слез и взял ее за руку.

— Видишь, пьяный, а кур запер. Утром мы с тобой погуляем до магазина. Пойду, а то еще угорит.

— Пойдем. — Я обнял ее и толкнул к лестнице, она оторопела.

— Ты что, дурак? Совсем, что ль?

— Нет. — Я нажал, она, чтоб не завалиться, уперлась ногою в ступеньку, шепча:

— Ты что? Ты смеешься? Куда пойдем, ой — ну ты больно мне не делай, что мне с тобой — драться? Я ж так упаду. Тебе все равно? Так ты? Да очнись. — Шлепнула ладонью мне в лоб. — Папа ждет, не ляжет без меня, что я скажу? Подожди, ну хватит меня толкать-то! Остынь. Остыл? Теперь послушай меня: с чего ты вообще взял? Ты думаешь, я кто? Ты что обо мне подумал? — Мы одолели лестницу, она то фыркала, то странно всхлипывала, отступая в чердак, я затворил дверь. — Вот как ты? Да что с тобой? Я не пойму, чего тебе надо? Зачем ты привел? Ну посмотри на меня, открой глаза! — Стукнула меня больней, не удержалась и села на солому, отпрянув дальше. — Как ты можешь, у моего папы? Как я мужу... Ты ж с ним работаешь, ты Костю видишь... Папа придет, не надо! Что я ему скажу?! Обо мне подумай, остынь же ты! Вот ты как. — Выходили заминки с крючками и тугими резинками. — Я хорошая?

Ты ж надо мной потом смеяться будешь. На меня смотреть не будешь. — Заплакала, перебила стоном слезы, случайно поцеловала и оттолкнула. — Нет! — Повсхлипывала и засмеялась без голоса, одним дыханием.

Слушал. Слушал, открыты глаза. Не закрываются глаза — не слышен ветер, не слышен ветер — чтоб трогал дверь, огонь не слышен; неслышная, она скоро заснула, хотя смотрела — как я. Отчаялась:

— Скоро зима. — Рядом, после ее перестаешь видеть, и чужое дыханье теснит, тяжесть на локте чужая. — А я так не хочу зимы!

— Зимой хоть следы видны.

Я думал, что не сплю, выпуская кашель, любой бок через время неудобен. Лучше не злиться. Лучше не думать. Лучше стеречь сон, не замечая его. Сны — это птицы, вьют гнезда на ночь. Внезапно просыпаясь, можно увидеть скользнувшую прочь тень, почуять на глазах дуновение улетающих крыл, найти травинку в волосах и пытать ее зубами: где поле?

Снова заставал себя с открытыми глазами, уставленными в слуховое окно: нет звезд, словно заткнуто подушкой, когда небо посветлеет? Замерзал, словно выкупался, и не мог согреться, жался, кутался. Сколько-нибудь спал? Сел — я не усну. Неожиданно что-то упало в солому, поискал: что? Сверху потаенно просипел Шестаков:

— Товарищ лейтенант, то я сгущенку обронил. Да не ищите, там на донушке.

Я лег прямо к трубе и накрыл лицо шапкой, но по чердаку сквозило, закрывался локтем, вдруг ощутил, что дрожу, и поднялся.

— Товарищ лейтенант, да что ж он, собака, не топит? Перчатки к трубе прилипают!

ВИДЕНИЯ КРЮКОВСКОГО ЛЕСА
Время «Ч» минус 3 суток

Когда мы достигли берез, Шестаков пояснил: начинается Крюковский лес. Еще есть листья, и тропинка крепка, снег обдуло ветром, мы споро шагали, обходя с разных сторон встречные елки и выбирая, где перейти овраг — он тянулся по правую руку с обрывистыми берегами и плоским дном, залитым черной водой. Мы искали мостки, за оврагом урчали машины, мы думали выйти на дорогу — так ближе, чем поездом.

Светлело, и казалось — теплеет, я так утомился, что вспотел. Шестаков нашел поваленную поперек оврага сосну, можно перейти, держась за ветки, я молчком выслушал его, впервые явственно на выдохе заболел правый бок, очень внутри. Я прижал боль локтем и кашлял, надрываясь, отплевывая под ноги и хрипло дыхая, ожидая приступа еще. Шестаков смотрел на меня жалкими глазами, беспомощно оборачивался то за овраг, то назад. Захотелось спать. Если б теплее.

На той стороне мы все двигались в гору, машины смолкли, толклись людские голоса — похоже на речное купание. Шестаков стянул меня с тропы, вел прямо на голоса, я искал подходящий пень; только приостановились, опустился на упавшую березу — ладно, и солнышко выкатило, свет просыхал на мокрых березах и капал. Только спину опереть не на что.

Впереди сажени на две выбрана земля до глины, изглаженной бульдозерными гусеницами, — похоже на карьер кирпичного завода. По окружности впадины краснело погонами оцепление, прямо внизу я увидал помост из свежих досок. За помостом растопырились пожарные машины. Спиной к нам вольными рядами тянулись солдаты с черными погонами, задние сидели на корточках и курили.

Шестаков досадно оглянулся на мой кашель и привстал на носочках, на помосте показались офицеры, одинаково держали руки на животе, им выставили микрофон. Шестаков показал наверх — там, на противоположной стороне впадины, на легких металлических вышках виднелись люди с видеокамерами.

— Товарищи солдаты... Слышно меня? Подравнялись там! — Матерно захрипело. — Снять ремни, кокарды с головных уборов. Из карманов часы, авторучки, расчески, лезвия, если какой... носит с собой, — вынуть. Класть к своему ремню взад строя. Командиры, проверяйте! Стать свободней, как люди. Чтоба рука ходила свободно. Проверьте, ходит рука? Что? Очки, значки тоже снять. Готовы? Командиры в укрытие! Что я... сказал? Я... стоять, как люди! Вольно, шапки сдвинуть с бровей, шинеля расстегнуть.

Я услыхал размеренное скрежетанье железа, вереницами по тропкам спускались люди в фуфайках милицейского цвета, в бронежилетах, в касках со стеклянным забралом, громыхали одинаковые, в рост человека щиты — накапливались за пожарными машинами, против солдатских толп, против нас. Краснопогонники из оцепления расступались, поднимались в лес. Мы было встали уйти, но детина с бесцветными бровями, оказавшийся ближним к нам, бросил:

— Си-ди.

Шестакову не сиделось, хыкал — каждое слово с помоста било под дых, подскакивал, вторил движениям, завороженно улыбался, сжав кулаки у груди.

— Минуту слушаем еще. Кто плохо понимай — помогайте. Учебное занятие. Вы — народ, вроде граждан собрались. Толпа. Проявляют недовольство, выпады, угрозы нарушения беспорядка. Отмечается кидание камней. Вам дали картонные трубки, вот я держу, нам привезли с ткацкой фабрики, на такие наматывают волокна. В трубки положить глину, придать вес и кидаться. Можно глиной, кирпичом. Не целым! В кулак. Обратятся разойтись, вы — бросаете, оскорбляете власти. После предупреждения — учебное занятие по отражению. Не стоять, как в штаны наложил, толкаться, подножки, захваты. Закончим, и прием пищи. Яс-на?!

Чернопогонники качались, подпрыгивали, зубоскалили, налегали на соседей плечом и весело-тревожно взглядывали на сомкнутый ряд щитов за машинами — щитоносцы набычились, не дышали, с такого расстояния незаметно дыхание.

— Давай! Вы — люди!

Топтались, выдыхали, толкались, через короткое время на помост вскочил командир.

— Я... не понял. Я... как сказал вести?! Какими... надо быть? Кончить, и обед! Или — мордой по снегу ползать. Проявлять борзость, вспомните, кто вы есть. Командиры... марш к своим!

К ближнему строю подбежал маленький капитан с еловой веткой, нарочито грубо вскричал:

— Вы-полнять! Кому сказано? — Стегал по спинам веткой, пока не сломал, и дальше, кому доставал, шлепал в затылок кулаком, дергал за хлястики. — Взво-од! Огонь! — Тише оканчивал: — По козлам. Бей красноту! Кто попадет в полковника — увольнение на двое суток!

В помост ударили первые снаряды — командиры с помоста спрыгивали кто куда, подымая сбитые огнем фуражки, скрылись за щиты, в щиты врезался град! Когда ловко пущенный комок глины тюкал в приподнявшуюся для обзора каску, чернопогонники хохотали, и дело двинулось весело — уже кидали не все, а кто навычней — выбегали на три широких шага, с размаху пускали снаряд, остальные набивали трубки, вышибали каблуками из-под снега куски кирпичей; щитоносцы держались, изредка поднимался какой-нибудь щит встретить посланный наверняка в лоб камень.

Из-за щитов голос, напомнивший мне прапорщика Свиридова, поддразнивал:

— Чернота! Чурбаны! Откуда дровишки? Два солдата из стройбата заменяют экскаватор!

— Граждане! Не поддавайтесь на хулиганствующие происки! Обращается губернатор Светлояра Гонтарь Николай Михайлович. Прекратите бросать камни!

Чернопогонники угомонились враз. К помосту перебежками подвели — точно я угадал — прапорщика Свиридова. Он взлез, снял шапку и перекрестился.

— Товарищи! Я виноват, что вы здесь. Ваш выход на улицы понятен. Нелады с водой, преступность, антисанитария, основа жилого фонда — бараки, но я уверен: у Светлояра, у России нету другого пути к возрождению, кроме уважения к закону, спокойствия и веры — всего, чем издревле славится великий русский народ! Приезд Президента России — доверие нашим усилиям поправить дело. Стыдно, что так вот мы отвечаем на доверие! Мы работаем! Арестован бывший губернатор Шестаков. Возбуждено уголовное дело против архитектора города Ларионова за получение взяток при распределении земельных участков. Областные комиссии проверяют милицию и службу безопасности. Их выводы, очень серьезные, объявим всем! Я верю, вы не пойдете за подстрекателями на беспорядки. Откажете мне в доверии — я уйду. Хотя так хочется увидеть плоды начатого труда и ответить за них перед вами. Мне предлагали применить силу, отвечаю: я со своим народом не воюю! Я верю в свой народ! И не пойду против совести — совести офицера, полковника, тридцать пять лет отдавшего служению Родине, сына, мужа, отца и деда. С нами Бог! – Свиридов вернул шапку на место, отшагнул и вернулся к микрофону, как только объявили:

– Обращается председатель женсовета города, мать-героиня, ветеран труда Гаврилова Прасковья Ивановна.

– В городе нету покоя, сорван подвоз хлеба в магазины, автобусы стоят, люди не могут уехать с птицефабрики. К больным не поспевает скорая помощь. Милиция здесь вся, а что творится у нас без милиции на Урванке и Залесном? Не дорогое ли удовольствие такая демократия ? Мой сын погиб в Афганистане, – Свиридов передохнул. – Я, как никто, знаю, что такое потерять близкого человека. Меня послали ваши матери, жены, дети – идите домой!

– Расходитесь! Освободите проезжую часть!

Офицеры снова бросились к своим чернопогонникам:

– Не поддаваться! Огонь! Посылайте их на все буквы!

Маленький капитан присел и зычно заорал:

– Не воняй! Свободу русскому народу! Ура-а! За Родину! Впере-од! – И отбежал к кустам, как и все офицеры.

А чернопогонники вдруг действительно подались вперед с веселыми матюгами, в щиты заколотили новые снаряды; детина-краснопогонник, оказавшийся нашим неожиданным стражем, умело сплюнул:

– Щас-щас.

– Прекратите движение. Прекратите движение! Предупреждаю: прекратите движение... Факел!

Толпа охнула – щитоносцы тяжело, словно ленясь, покатили навстречу, вобрав за свои спины машины – на машинах ожили мигалки, завелись моторы, над кабинами показались водометные трубы, толпа запятилась. Но задние не видели, задние теснили, подпирали спины, и ближние молча забарахтались в давке; я завороженно смотрел, как стремительно пожирается чистая полоска снега меж людьми, как пожирает ее в ногу шагающий строй – бросились! и слились, щиты громыхнули, дружно взлетели дубинки, вскинулись для защиты рукавицы, локти – все убыстрилось, замелькало, люди вертелись, словно ими играла река, падали, вырывались, качались вперед, продирались в сторону от удара, охали, шумное дыхание моря, гомон, грохот щитов, без крика; толпа поддавалась быстрей, чем давили щиты, – она, как тесто, выдавливалась в стороны, влево и направо, и на краях чернопогонники, очухавшись, уже не бежали, сцепились за локти и уперлись, силясь перехватывать и вырывать дубинки, пинали сапогами щиты, не пуская сблизиться, и не уступали; на края отжимало новые волны, чернопогонники охватывали щитоносцев шире, линия щитоносцев прогибалась в клин, но они вдруг отступили и подобрались, заново сравнявшись.

Открылся истолченный в грязь снег. На нем валялись шапки с разорванными тесемками и рукавицы. Из толпы выводили солдат с окровавленными лицами, они держали вперед руки, на ощупь, высмаркивались и сплевывали — им махали из леса, от палатки с красным крестом.

Щитоносцы успокоились. Но в толпе ни один не стоял: ковыряли землю, выворачивали кирпичи, гнули и переламывали чахлые елочки, нервные руки разбирали ремни, наматывали на кулак, взлетали в воздух медные бляхи. В исступлении то и дело на открытое место выбегали солдаты в надорванных шинелях, размахивали руками, выкрикивали прямо в щиты грязную ругань, угрозы. В гуще толпы тяжело согнутые спины раскачивали помост, пытаясь приподнять, уже все чернопогонники сцепились за локти, в цепи, расходящиеся все шире — подковой, растопыренными к горлу ладонями, толпа жила, незаметно, текуче заполняла ничейную полосу, набухала, надвигаясь на каски и щиты с рычанием, словно распаляемым ветром до рева; я ждал какого-то внезапного воя, удара, толкнувшего бы толпу в змеиный бросок.

Щиты разомкнулись так неожиданно, что толпа отшатнулась, общим криком пытаясь ободриться в непонятной пока опасности. В открывшиеся проходы проворно выбежали люди в бронежилетах, без щитов. Как в детской игре, они с разбега прыгали на цепи чернопогонников, прорывая их на сколько хватало силы, ловко опутали канатом гроздь голов и бурлаками поволокли ее к своим — щиты немедленно сомкнулись за добычей. За машинами пойманных чернопогонников заколотили дубинками — они послушно побежали по одному, закрывая руками голову и живот, по проходу, составленному из охранников с лающими овчарками, в гору, в синие милицейские перевозки.

А щиты разомкнулись вновь, рыбаки бросились за новым уловом, толпа побежала от них, едва не валясь с ног. Они все пытались догнать цепь и забрались слишком глубоко, приостановились, но — поздно! Люди учуяли их замешательство, нахлынули за спину и — вмиг! — бронежилеты захлестнуло битье и судорожные вздрагиванья сомкнувшихся тел. Щитоносцы передернулись, как живое, и потекли на выручку своим, тотчас на них повалила толпа с радостным ожесточением понятной, желанной драки, извергнув рой кирпичей. Толпа понеслась с такой силой, что первые едва успевали перебирать ногами — ими как тараном со всего маху пробивали бреши в щитах, выковыривая из железных чешуек ядрышки живого, уязвимого тела. Из гущи под радостный стон вдруг с тяжелым скрипом поднялся помост и словно пошел сам косолапо левой, правой, споткнулся и повалился на разбегающихся щитоносцев.

Я сам не заметил, как так вышло, но строй разодрала на части ввинтившаяся в него сила, крутанула, и на месте вязкого встречного движения людская мельница пошла закручивать живей, в одну сторону, разметывая там-сям остатки отбивающихся касок — все скорей, дерганей, суетливей.

— Конец, — произнес краснопогонник.

И все побежали к лесу, выбрасывая щиты, петляя; завыли сирены, машины тронулись — у первой тут же грохнулось лобовое стекло, под колеса прыгали рыбкой, из кабин водителей вытаскивали за воротники, один застрял ногой — его били на весу, не опуская наземь, машины не смогли двигаться — прямо на них бежали, крича, вперемешку все, кричали согласно, заодно, я не вдруг догадался: кричат «ура» — «ура-а!». Вдруг шипнул и выбросил струю водомет, она повела по снегу, размочалив рыжую грязь, уткнулась в старую сосну, сбивая кору и ветки — от нее ломанулись врассыпную, но струя задралась и пусто плевала в небо, растрепавшись, как кобылий хвост, — ее новые хозяева махали, стоя на кабине: свои! ура! Совсем вдалеке тяжело убегали командиры в папахах, изредка задирая руки, — стреляли? За ними гнались три солдата, один с лопатой, потом метнул ее вдогон. С треском раскачалась и завалилась первая вышка с видеокамерой, с нее прыгнули, бежали, все бросив. Кругом схваток метались и лаяли овчарки, в них швыряли щиты.

Мне казалось, прошла всего минута. Пожарные машины ворочались в толпе взад-вперед, облепленные солдатами, как воронами. В небо кидали шапки — ура! Я наблюдал, как убегал щитоносец-офицер: вдруг встал как вкопанный и пошел навстречу погоне, горячо что-то закричав, потрясая ладонями перед грудью, — обступили, толкнули, показывали на палатку с красным крестом, он крутил головой, тужась отвечать всем, толкнули так силь-

но — он на кого-то облокотился, отпихнули и ударили — сел на снег, шлепнули по каске — ляг! — над
всеми прогрохотал вертолет, пожарные машины
ездили по кругу, поливая друг друга, визг, в мегафон кричали желающие:

— Да здравствует седьмая рота! Ура-а! Дембель
давай! Советский Союз! Мяу! Наливай! Краснодар!
Орехово-Зуево! Ура-а!

Пролетел вертолет, ниже, в него целили водой
и показывали кулак. Маленький капитан гонялся
за своими, крича перехватывающимся голосом:

— Прекратить сопротивление! Отставить! Приказываю сдаться! Смирно!

Ему в плечо вдарила глина, он оторопело оглянулся, и точно в затылок его клюнул камень, он потянулся за свалившейся шапкой, пошатнулся и сел,
голова не держалась ровно, капитан собрал в кулак
снег, приложил к затылку и так держал.

Одна пожарка вдарила в другую, посыпалось
стекло, ее обливали, бегали с огнетушителями —
она задымила, в сторону бросились все, один кто-то
пьяно ходил рядом и показывал что-то руками, потом стал мочиться на колесо.

Наш краснопогонник стоял нем, как и мы, и вдруг
словно проснулся — прямо к нам неслись люди в раз-
вевающихся шинелях, зачем-то крича «ура!», он
присел и стрелял низко над головами, отчаянно матерясь и вопя:

— Назад! Стрелять буду, вашу мать, назад!

Вдруг, как из-под земли, его схватили за шинель крепкие руки, и он кубарем скатился вниз,

сразу отбросил автомат, перекатился на живот, спрятав лицо, руки, и странно тонко захлебывался:

— Не бейте! Не бейте!

Что ж мы?! — подбросило и понесло, прорывая кусты, еще дышал, но крикнули: «Стоять!» — и забит горячей ватой рот, деревья, как шинели, все бежит, бегу за человеком, он хватается за деревья, он падает с ног, поднимается и показушно выбрасывает пистолет — я отпрянул от него! — он что-то выхрипел, это Шестаков. Над ветками, разбивая лопастями все, прополз вертолет, я на голом откосе виден всем, впереди снова подъем и лес, но посреди ложбины чернеет ручей, пар — ну куда я иду?! Шестаков пьяными коленцами петлял следом, без шапки, держал руку на весу, словно для равновесия. В глазах щипало горячее, бежит там кто? И закашлялся до сухой, сипящей изнанки, уже без боли, жарко и печет. Шестаков стал, сел, руки не опустил; он рукой показывал — это значит, не я так дышу. Так лают собаки.

Там, по склону, двойной цепью густо валили за нашу спину краснопогонники в праздничных шинелях, с оружием наперевес — Шестаков поднял обе руки, я понял: в нас стреляют, я также опустился на колени и поднял руки — к нам волной катилась овчарка с седой грудью, и за ней кто-то бежал...

Снега мало, шли без тропы. С нами послали солдата — помогал мне идти, задорно оглядываясь, — там небо помрачнело от дыма, стреляют. Шестаков брел первым в чужой шапке и однажды заплакал, отворачиваясь от меня:

— Пистолет... Высушат за пистолет!

В поле солдаты в три лопаты, сменяясь, копают яму, носят землю, мне постелили шинель; мало снега, твердь; ты как? ты не ложись. Поддержите его, чтоб не ложился, пойду на раскопки просить машину, или вы лучше идите, если знаете кого...

— Чего копаете, мужики?

— Землю! Девка какая-то вчера приехала до начальства...

— Че «какая-то»? Археологини дочка, бабы, что в шляпе...

— А хрен ее. В общем, еще курган насыпать. Вроде уж снег, нет, еще курган на одного мужика, но пустой. Ладно бы чего нашли.

— Дурная голова рукам покоя не дает! Весь август стоял экскаватор.

Переезд у мясокомбината заслонили вагоны. Машина теплая, в тепле заболел бок. С офицером в путейской жилетке беседовал дед-вахтер, меня не узнал, он искал курить.

— Ну что, дед? Во сколько они теперь на водопой ходят?

— А-а, приветствую... Знакома мне эта личность! Еще травишь? Ошалели — и днем могут вывалить, и ночью могут. И не сразу к реке, бегают на бугру, визжат. Бывает, в сутки ни одной. Жратвы нема им. С воронами бьются — страшно! Похлопочи, пусть поставят военных. На птицефабрике полк стоит, а я — как перст! — Дед так и сяк взглядывал на

Шестакова. – На губернатора нашего смахивает как... Слышал, скинули его? Теперь полковник. А губернатор застрелился. Наши бабы ходили – гроб выставили в Доме культуры, закрытый. У него, – прошептал, – рога и когти нашли.

Дед оглянулся и понял, куда смотрю я.

– Да архитектор наш второе утро приходит. Становится у ихнего водопоя... отчаялся. А никак что-то они не сойдутся. Их разве теперь подгадаешь?

– Дед, посвисти ему, погромче! Погрози-ка ему кулаком! Да не бойсь, ниче не будет!

Степан Иванович запнулся в трех шагах от машины.

– Что, Степан Иваныч, и губернатора похоронили?

Наконец он ответил:

– Даже не знаю, что вам сказать.

– Не надо там стоять. Лучше вас арестуют за взятки.

Ларионов сплошь покраснел.

– Не трогайте. Про себя-то не знаете, и меня оставьте.

Отворили переезд, архитектор переступил рельсы и отправился левой обочиной – в город, пока я видел его.

Город сиял нагой внутри зимы: башни, трубы, гостиничный истукан поливали светом прожекторы, серебрились засахаренные стены, пылало стекло торговых рядов – горки колбас, капусты, медвежата пробуют мед; номера домов, расписания работ и движения автобусов, белые урны, ровные сугробы, чистая дорога черного цвета, отделенная камнем, чередующим черный и белый, укутанный холстиной памятник, цветники, ясно высвеченные дворы с горами золотого песка, играющими детьми, постовые в белых ремнях и сверкающих, как рояль, сапогах; били марши, били бархатной и звенящей колотушкой в мягкое сердце, на углах — веселые мороженщицы, парами гуляли бодрые старики, здороваясь, снимали перчатки, сверкая наградной чешуей из-под тулупов; гуляла свадьба, плясали ряженые: солдат с начерненными усами, лекарь, казак в папахе, цыганка, баба-яга, милиционер, русалка в белой косынке, грузин; с лотков продавали калачи, и самовар выпускал кипяток из костистого носа; мы выехали к дому отдыха, беременные пели на веранде кружком, на баяне играл санитар и сам подпевал тоже, по ровно заледенелой площади катались две девчушки на коньках, подымали руки, кружили и наклонялись в ласточку.

— Сам дойдешь?

— Я дойду.

— Пусть сидит. Вон уже носилки несут.

Понесли четверо, в лицо засматривались фонари, я подумал: мы так от дома далеко; как далеко! живешь рядом, а когда надо — разделяет железная дорога, кассы, очереди. Разделяет расписание автобусов. Версты от остановки. Нетвердая память, ее годности есть срок. Земля. Законы движения. Законы неодновременного местоположения тел.

— Хрен ли стали?

— Плачет...

— Где? Это снег натаял, нападал и натаял.

Посредине погасло, свет погас, холодней. Фонари слепли поочередно с треском, словно лопались, но марш еще бил. Догремев горький конец, с неба сказали:

— Хорошо. Всех на исходные. Свет, слышно меня? Договаривались же, два луча на фигуристов и сопровождать с запаздыванием! Сколько напоминать? Молодых мало на улице. Руденко, что у тебя за деятель пляшет в свадьбе — форма одежды парадная, а на голове каска? Оденьте по уставу! Отбой.

Носилки накренились, вдруг — вниз, подвальная недвижная стужа, я с собачьим скулежом вцеплялся в батареи, несли, сдергивали, придавливали локтем шею. Переложили на топчан — тотчас сел. Больше не ложиться. Тепло. Клинский — коротко остригся, обмороченно сдвигал губы дудкой. За желтой ширмой шаталась тень — выглянул Свиридов, ощерился и двинулся на меня, расстегивая рубаху.

— Хреново?! А мне? В синяк били! Какого хрена сел? Ляжь! Вот: в синяк били. — Вертанулся к Клинскому. — И ты смотри!

Я залез на каталку. Надо сказать: больше не лягу спать, я кашлял.

— Сюда. Теперь и шатание в ногах? — Из-за ширмы Свиридов вытащил длинного солдата, оторванный черный погон на неподпоясанном кителе, толкнул на стул спиной ко мне. − Причина? Кто приказал?

− За свободу хотели. За народ, − торопливо ответил солдат. Свиридов размахнулся и вмазал ему по щеке. Наклонился и прошипел:

− За какой на хрен народ? За какую, к чертовой матери, свободу?! − Завопил: − Кто водку принес в батальон?! Пьяные, падлы? Обиделись на выкрики? Сгоряча понеслось − да?! Я т-тебе по-ка-жу вырванные годы − про священный долг! Кто стрелял по вертолету?

− Товарищ солдат, молчать некогда, − уведомил Клинский. − В районе военное положение. В личной карточке есть ваша роспись, что законы военного времени доведены. Дело нешуточное. Тут домолчаться можно...

− Спьяну? − опять склонился Свиридов. − Сдуру? Все били и ты вдарил?

− Хотели... Ну, как лучше. Чтоб свобода как-то... Вместе, − промолвил после молчания солдат и слезливо выдохнул.

− Да твою же мать! Как пробить твою тупую башку?! − заревел Свиридов. − Скажешь: сдуру и один − десять суток губы. За свободу и вместе − десять лет! А при отягчающих − и лоб зеленкой помажешь! Тьфу!

Клинский посмотрел на часы и мягко погладил виски.

− Дуй отсюда, − махнул Свиридов. − Свободен. Погоди, только последнее скажи. Скажешь и пойдешь сразу. − И заорал во всю мочь: − Это он стре-

лял по вертолету?! Это он командовал?! Да?! — рывком развернул солдата ко мне. — Скажи! Да! — Тыкал в меня, другой рукой душил солдата локтем. —
Да! Скажи! И пойдешь!

У солдата из ноздрей закапала кровь, он подхва-
тывал ее губами.

Свиридов отворил дверь.

— Ступай. В синяк били. А виноватых нет. Снег
клади на переносицу. Стой, я тебе бинт дам. Пройдет. Как звать? Пройдет, Михаил! Дома ждут? Дай
тебе бог. Давай. Дуй до горы. Не он? Нет? Не бойся,
его не увидишь никогда, отпуск дам. Он?

Солдат шмурыгал, сморкался в бинт, задирал
голову, смежив веки, будто прислушивался. Свиридов крякнул:

— Ступай. Дневальный, давай рентгенолога.
Здрасти, товарищу грудную клетку. Подозрение
на воспаление. Ходит, понимаешь, без головного
убора. Ляжь, не бойся!

По запрокинутым рукам съехал свитер, рас-
стегнулась рубаха, не дышать, живот придавил за-
щитный фартук — прогудело.

Клинский возмутился.

— Свиридов, что за самодеятельность? Что-то
при новом губернаторе вы много себе позволяете.
Ты не в родном клубе! Что такое? Куда?!

Свиридов подпрыгнул и заглянул Клинскому за
шиворот.

— Ерунда! Показалось, рубашка ваша малень-
ко устала. Что ль, грязновата. А если и да, что ж
такого? Кто узнает? Никому. Только вы и я — мо-

гила. Я побег. Да че вы смурной? Забудем. Пусть я шутил.

Клинский сызнова задудел губами, прикрыл ладонями ворот рубахи, я решил, он закашлялся, но он так смеялся.

Старый двигал по столу сгущенку.

— Шестаков оставил. Арестовали. Водоканал, какая-то механизированная колонна заявила, что давали. И он брал. При мне признался. Неудивительно. Не удивлюсь и... Нюхаешь? Я пьян! Полдня заливал на площади каток — боялся простыть. Молоко привозили. Время то же. Завтра надо убираться. Все наше я собрал в мешок, закидал грязными наволочками. Послезавтра — Москва. Дотерпишь?

— Еле хожу. Противно.

Медсестра уколола — начали антибиотики. Выпил витамины, полоскал рот. Температуры у меня нет, есть слабость. Парили ноги с горчицей. Научили позе для отхаркивания. Кашель редел, но, взрываясь, оставлял ноющую боль, лечь на живот. Пожалуй, болят кишки и желудок, я крутился, чтоб застать боль в изначальном месте, застать ее глаза.

Старый поискал врача по кишкам, обещали утром, может, эта боль — день без горячей пищи? Ночью никто не придет. Если воспаление, антибиотики снимут и его. Второе одеяло. Но я смогу встать?

На два часа меня хватит? Нам на руку — я валяюсь, сторожить не будут. До станции самое большее час, в поезде сразу лягу. Но все может наладиться уже утром. Отравился? Что я ел? Отбой.

Дежурная сестра Старому: вас спрашивает какой-то с мясокомбината Григорий. Говорит, вы знаете. Старый: мы ж не можем ему помочь, что он до нас прикипел. Скажите, не пускают к нам.

— Нет. Пусть ждет.

— Ты не спишь? Болит желудок?

— Никого нет?

— Мужики у телевизора. Чего тебе этот Гриша?

— Ты прав: их нам не сдвинуть. Но крыс мы приведем. Из мясокомбината. Ты понял? Они на взводе, жрать нечего. Если отрезать от воды — тут же сдернутся!

— Подожди, ты проснулся? Что несешь?!

— Не ной. Сколько цехов? Мясокостный есть?

— Опомнись, самое меньшее — триста тысяч... Разве можно?

— До города час пешком. Дойдут в двое суток. Как раз. Развилок нет. В поле не пойдут — снег. Ты ему объясни, как правильно... Попомнят. Зови!

— Что ты несешь?! — с сердцем воскликнул Старый.

— Все равно.

— Хорошо-хорошо, хорошо. Но тебе не все равно — запомни!

— ...Да, Гриша, да, есть способ. Сядь. Трактор с плугом можешь?

— Да у меня кум в совхозе!

— Я тебе рисую: забор ваш, если лицом стоять.

— А где вахта?

– Вот. Это ручей, куда ходят пить. От угла забора пашешь вдоль ручья, до трубы, куда ручей втекает, и дальше – к дороге. Но между бороздой и дорогой оставляешь проход. В три метра. На этих трех метрах не колесить, чтоб не воняло. К воде им теперь не подойти – ночью они вдоль дороги уйдут, если вечером распашешь. Только не звони, что мы научили. Сделаешь, и сам за ворота не суйся.

АРЕСТ СНАЙПЕРОВ
Время «Ч» минус 2 суток

Не мог спать, и Старый ворочался от возбуждения. Как пацан перед выездом в грибные места. Как после драки. Мучает близость завтра и его ненаступаемость. Кажется, сон — миг, закрыл глаза, открыл — утро. Выходит, до все решающего дня осталось моргнуть. Так близко, что горячо. Но это отсюда, с вечера. Когда просыпаешься, уже не чуется, что вчера — миг назад. Просыпаешься другим — ощутимо прожившим сонное время. Тело помнит. Похоже, двоится дума о смерти. Если воскресение есть — умирающего от него отделяет один последний вздох. Но с какой же тяжестью суждено отделиться от земной приснившейся жизни, если даже одна сонная ночь так тягостна? Не думать о завтра, так скорей.

Мешались обрывками хворь, московские стены, напряг побега; суть — бежать легко, явной силой они не остановят, если успеем тронуться; после бабы простуженная мокрая пустота, грязные ноги, собирал яблоки; уедем, улыбаться; завтра они подожгут — способный подонок — дорожки через улицу, и я б так сделал, и еще добавил дорожки запахов; как же нас крутанули! Не посплю — откуда силы?

После бабы ноги склеились, слизь, отмыть. Как там друг наш с плугом? Вдоль дороги им незаметно. С машины, если не знать, не видно. Даже стоя заметишь не вдруг. Повалят густо лишь в первые часы. К утру растянутся. В городе первое впечатление не от числа — от непрерывности. Закон: где шли первые — пройдут до последней, хоть лопатой бей. Переселение не сворачивает, оно затапливает преграды. Куда нам до мальчика. Мать честная, сколько ж ловил?! С каждого подвала! Где-то держать. Кормить! Есть, есть тонкости, чем перед выпуском кормить — он не знает. Нет температуры — добро. Больно эта медсестра колет. Если ухудшение — то ведь не такое, чтоб я слег. Не поймешь время.

— Выспался? А кто ж тогда храпел?

Укололи — уезжаем! Укол последний. Пропахана земля у мясокомбината. Тридцать семь и три. Надо было спать в шапке. Я напился — вкусная вода. Празднично смотрел на часы — они за нас.

Ни разу не кашлянул — и дышу свободней! Беленькая беременная с мочалкой и полотенцем. Жаль, не скажешь ей: хочешь выпить? Она приостановилась:

— Хочешь выпить? Заходи после ужина.

Вдоль стены поплелся за ней. Игрались дверью душевой: пусти, и я; а если кто придет? да спят все; а вдруг? Все спали, я дал знак, Старый перенес в уборную мешок с вещами и затолкал под шкаф. Лестница — рукой подать. Запоры на окнах уже ходили свободно. Я обхватил раковину.

— Ты что?

— Резко нагнулся. Замельтешило.

— Иди ляжь.

Уже нет? Браться за мыло — нет? Умоюсь, нельзя отступаться сразу же. Вытянул из стакана зубную щетку и с первого раза состыковал ее с пастой — выложил белую веревочку на мертвую щетину. Мы еще дойдем и до мыла. Ткнул щеткой в рот — изнанку губ противно ожгло, неживой вкус наступил на язык, полетела щетка, заструилась из тюбика паста, я к стене и — вырвало.

Как стал к стене, так и некуда отступить — на штаны. День начинался-то хорошим. Слабость, свет убавился, губы дергались, по нутру сквозила пахнущая чужим боль — набежали из коридора, толкаются. Больше нечем — давлюсь слюной, свожу губы — ползут безобразно. Старый подтирает, лазит вокруг, отбрасывает чужие руки: сам я, сам — вдруг кто-то увидит наш мешок! — ведите его, погодите, — смочил руку и смазал мне лицо тепловатой, щекотной водой, — вот мои ноги, задергалось, сжало, полезло толсто со рта, и обжала неплотная густая вата ожидания — что-то, вот-вот, я спекся. Зимним ветром дохнул нашатырный спирт — я уворачивался.

— Тридцать семь и восемь.

Я прошептал без губ: минуло полчаса. Голос рядом продолжал: ну что, диета, язык! — язык обложен, м-да, таблетки будет — раньше случалось? Пили, небось? Желудок промыть или подождем? Температура, что температура — это, может, и не связано. Свиридов тряс у окна черной фотобумагой — там легкие, как два батона хлеба белого. Есть уплотнение. Может, он воспаление на ногах переходил. Кровь брали? Лаборатория опечатана. Дурдом! Ну, Старый, ждешь, когда все уйдут, они ж не знают про нас, позови ее. Он — как не расслышал. Когда был последний стул? Цвет обычный? Никогда внимания не обращаете? Что ели? А кто с ним ходил? Допросите в изоляторе Шестакова: что ели? Опять судороги, тазик! Что, тазик трудно догадаться принести?! Поменяйте подушку, что он на мокром? Что он вам показывает? Старый, ты ж понял.

Старый сдержанно в общей тишине:

— Что, брат, болит? Желудок? Не беда, отравление, отлежишься, в легких ничего нет. — Отвлекал их вздором.

— Надо ее.

— Что он просит? Что он просит? — раскудахтался Свиридов. — А ну — тихо! Что он вам сказал?

Старый раздраженно мазнул ладонью по лбу и с покорно-бешеным участием переспросил:

— Что? Что?

— Ты знаешь. Как мне без нее. Зачем она умерла?

— Без ка-кого? — уточнил Свиридов, жадно задышав.

— Это он... так... — Старый в один глоток усмехнулся и поморщился и сжал мое плечо, глядя под ноги — седая голова. — Довольно! Зачем столько народа?! Дайте ему отлежаться!

— Лишние уходят! Ирина Борисовна, в палату постоянный пост, вызовите еще медсестру — семь секунд! Даю машину.

— Не нужно пост, — вздыбился Старый. — Я сам. Что потребуется, подам. Дайте нам покоя.

Свиридов носился:

— Вы сами не рвете? Он опять! Придется промывать. Я, конечно, могу позвонить, но неудобно! Ей небось после свадьбы не до тебя. Всем молчать! Она?

— Хотя бы.

— Она. Видишь, чего ему захотелось. Всего не могу! Вдруг дома нет.

Старый запечатал ладонями глаза. Мы слушали.

— Говорит шестой. Майора Губина домашний. Ктой-то? Здравия желаю, Елена Федоровна. Точно. Есть такое дело — Свиридов. А Виктор? Понял. Ночью поджиг. А я вообще-то до вашей дочери. Нет Ольги? Да. А когда? Это дело такое...

Старый зашептал скороговорно:

— Ну что, что, что ты сразу духом пал? Скажи, не нужно! Еще ведь подсадят медсестру! Долежи до машины. Господи, с чего ты взял, что все?!

— Никак нет, Елена Федоровна, ниче военного, все московские мои подопечные. Рвет одного. Поноса нет. Просит Ольгу. Что могу? Они разве понимают? Им кажется, раз из Москвы... До шести побуду и — в штаб. Извиняюсь. Мужики, нету ее. Зуб лечит. Да и кто ты ей, чтоб: ходи сюда! Сиделку привезли?

— Свиридов. Позвони, где она лечит зубы.

— Хватит! — рубанул Старый. — Поговорим без дураков!

— Мне уйти? — обиделся Свиридов.

— Пока вы здесь, он будет просить. Такое состояние, отлежится — придет в себя, я ведь тоже немного понимаю. Не сажайте сюда никого!

Занесли стол, сиделка-старушка записывала, расспрашивала, расчертила тетрадь, читала газету, зевала, уснула.

Я поднимал голову, чтоб проверить: могу? Время легконого, я чуял сон, только не осиливал уснуть, лоб холодный, нутро не болело — пекло, я проглатывал воздух, воду принесли холодней, нет кашля — печет не меньше, — так и должно, когда проходит? Тридцать восемь и две. Старый на часы:

— Половина двенадцатого. Еще ничего страшного.

— Сходи за ней.

— С чего ты взял, дурак? Хватит пить, понимай: вода не утолит, начнут действовать таблетки; а-а, доктор, входите.

Ладони утопали в животе, — о чем вам особенно неприятно вспоминать? — я не могу, что неприятно вспоминать, врач не знал:

— Что же это...

— Обыкновенное пищевое отравление, — цедил Старый.

— Что же предложить?

— Самое простое: два пальца в рот. Или прочистить желудок: вода с содой. Или с марганцовкой.

— Давайте, тогда пускай он действительно, что ли, два пальца в рот. Или с марганцовкой. Я еще подойду к шести.

— Не беспокойтесь. Я рядом, развитие у него обнадеживающее, утром проснулся зеленей. Зайдите утром.

«Попроси ее». — «Ты меня пугаешь, ясно скажи: все, я сошел с ума, решил оставаться, и я успокоюсь». Да кто там? Опять Свиридов:

— Мужики, нашел ее по телефонам, просил, расписал, но сегодня не может. Завтра! И то — благодаря мне. Завтра до обеда. Или к вечеру.

— Товарищ прапорщик, можно мне с ней переговорить? — И Старый ушел к телефонам. Сиделка проснулась: как?

— Уйдите. Вы мешаете. Отсюда. На хрен. Мне противно. Свали.

Она перенесла стул в угол. Я бесполезно матерился: глухая.

Старый: нет, не может сегодня. И не хочет. Хватит. В обед выпей чай, съешь сухарь — силы нужны. Болит? Ну, слабость, понятно. Раньше времени не думай.

Еще раз Свиридов:

— На завтра. Но ее сегодня повезут куда-то на процедуры, где-то рядом, — вдруг сегодня забежит? Но не настраивайся.

Метет. Всполошился: как метет? как же дорога? Нет, просто с крыши подуло, хорошо б до обеда поспать; пойди попроси ее лично, не откажет. Нет. Позови Свиридова. Зачем? Попрошу машину ехать к ней. Ты успокоишься? Спокойно. Мы собирались вырваться. Ты даже хотел больше, чем я, верно? Сейчас хочешь? Если ты сходишь к ней, да. Ты мне ставишь условия? Надо тебе! Срочно в Москву! В больницу! Глядеть кишки!

Нет. Нет, ничего не надо, сидите, это у нас так, рабочие вопросы. Воспоминания детства! Я лучше знаю, что ему сейчас лучше, ага, ага. Вот и сидите.

Прости, ты не виноват. Но что я ей скажу? Зачем она тебе?! Нам всего-то четверть часа, и нас нету, и все вот это останется здесь. Распахали, мы запустили ход. Утром вышли — три километра в сутки, — они завтра придут! Поймут же кто, нас же и заставят останавливать! Они не знают, что не остановишь. Уходим сегодня, все!

— Скажи: хочу еще раз увидеть.

— Мы сегодня не едем? Не едем? А когда едем? Завтра едем? Вообще — едем?

Чтобы не ждать, я придумал уснуть, Старый отправился, раздельно и неумело матерясь. Я очнулся среди работы. Нежданно вывалился из нее и оказался лежащим в полусонной постели — что делал? Старый держит за руки — выпустил и промокнул губы мои влажной тряпицей, я хватал ее губами — пить, — отнял; в комнате новая пустота и холод, вбежала со шваброй сестра — моет у кровати, испуганно поднимая взгляд. Так опять?

— Да-а, и что-то по типу судорог, — подтвердил Старый. — А сейчас тошнит? Дай-ка. Тридцать восемь и шесть. Ого.

Что в комнате нового? В каждом ухе свои звуки — посреди головы они бумажно терлись. Поиграл челюстями: не трещит в ушах? не заложило? Поднял часы к левому уху. К правому. Одинаково слышно. Без пяти пять. Старый тепло одет, с улицы. Я вспомнил.

— Нет. Я ее не нашел. Дома нет. Никто не знает. Только завтра. — И громче: — Пей чай горячий. — На кровати появился мой бушлат, шапка, теплые носки. — Дует. Ты оденься. На улице так тихо. Готовятся поджигать. У подъездов коробки с крысами, банки, керосин, ветошь, из проволоки крутят что-то вроде факелов. Подвалы настежь. Через проспект бревна, это им кажется — дорожка мусора. Баррикады! Хэх, так пусто... Хоть пьяного увидеть, или чтоб выматерил кто. Надевай вторые носки! Знаешь... — Старый поджидал ухода сиделки — тоскливый, куксился. — Может, прямо скажу им, что подыхаешь, пусть выпустят одного, лечиться. Мы выдумываем про них ужасы, если по-людски обратиться — отпустят?

— Нет. У меня же нет ничего страшного.

Вернувшаяся сиделка вытерла руки, значительно оглядела нас и уселась.

— Тогда одевайся.

Поедем. Упростилось. Чуя себя заново, я без помощи сел, натянул бушлат, взял шапку; спросить воды? Старый сходил осмотрел коридор и успокаивающе кивнул. Проверил тумбочки: ничего нужного? И — на подоконник. За ним в млечно-мутном воздухе едва виднелись очертания домов. А приехали летом.

Я пробовал, как держусь на ногах. В коридоре санитарки и беременные обсели телевизор, на лежаке поперек выхода на лестницу спал Заборов, спрятав голову под бушлат, рядом на корточках —

солдат. Уборщица гнала щеткой бумажки в сторону уборной. Если задержится там?

— Как чувствуешь? Не пей.

— Так, глаза слипаются, вроде жар, а голова — обычно.

— А живот?

— Меньше. — Пекло глуше, но внутри пухло холодное резиновое мясо, все давя. Успеем.

Как ни настраивались — дрогнули, когда засигналила машина. Старый выглянул и необычно медленно проговорил:

— Что там у нас? Молоко привезли. Сядь, чего ты?

Все, обнял жар и защипало, заныло — от затылка к ступням, тяжело взлетал из нутра воздух, я сорвался на кашель, не спуская со Старого глаз, вцепившись в шапку — не забыть, чтоб там, где мы будем, не простывать.

Старый высунулся в коридор, скоро вернулся, у него появилась одышка, жадно смотрел в окно — Старый ждал, дождался и близко подошел к сонно нахохлившейся сиделке.

— Так и будете сутки? Ночь впереди. Ваша помощь понадобится главным образом ночью, когда я, как вы понимаете, сплю. Сейчас мы бы и без вас бы. — Перервалось дыхание, сиделка его не понимала, но приподнялась.

Автомобиль «Молоко» развернулся и пятился к подвальному окну — от крыльца к нему семенили буфетчицы. На дороге, до самых ворот, — ни души, один часовой прихлопывал лопатой сугробы.

— Пойдите отдохнуть. Набраться сил.

— При-ивыкла я. Сорок лет уже! Да ладно ва-ам. — Она оставалась стоять.

Автомобиль вдруг замедлил, повело на льду — забуксовал. Он не встанет под лестницу.

— Вы так еще порядочные, — прыскала старуха, благодарно шлепала Старого в плечо. — У нас такие — веревкой вяжем.

Водитель — в тулупе, собачья шапка — смотрел под задние колеса: лед. Всё. Буфетчицы закричали ему: далеко вон таскать — еще попробуй! Ругань. А если это не тот водитель, если он не уходит в подвал, если он сегодня не уйдет — чем пригрозим? Завел. Старый бессильно усмехнулся сиделке и вышел.

— А вам и совсем не надо у окна. Ишь молчит. Пойду жаловаться вашим.

Враскачку, взяв левее, автомобиль дотянул, дополз, додрожал — теперь лестница обрывалась над кабиной. Я вернулся в кровать, показал старухе: утихни, ничего нет; она куталась, засквозило — Старый открыл в уборной окно.

И вернулся бегом, уставился на улицу — глаза блестели, наверное, коридор спокоен, спят; сипло погромыхивали железные ящики — разгружают. Разгружают. Старый загляделся, как на реку, его медленные пальцы наконец-то поползли по подоконнику, показывая: водитель уходит, уходит медленно.

— Я вас попрошу, принесите клизму.

Сиделка отправилась. Старый считал:

— Осталось… шесть ящиков — пошли!

Коридор оказался новым — телевизор погас, остался брошенным кружок стульев и скамеечки в два крыла. Еще стул у поста старшей медсестры — яркая лампа, свет бил. Пустой лежак, где спал Заборов. К стене прислонилась швабра, под нею — с половой тряпкой ведро. Над выходом зияло багровое дежурное освещение.

Из растворенного окна уборной несло зимой, и дверь в палату захлопнулась — мы оказались в тени. Громыхали проволочные, суставчатые ящики, казалось — рядом, последние звуки, остается тишина снега, лестница, страх — тяжело отъехала зачерненная тенью дверь: из буфета вперевалку вышла сиделка, слепо глянула на нас:

— Гдей-то вы? Как полдник — все за сметаной. — Подергала процедурную. — Иду на первый этаж. Дотерпишь?

Мучительно долго шаркала — трогая двери, поправляя стулья, звякнул местный телефон — подняла и не расслышала. Вдруг я понял: тихо — они разгрузились, уже Старый манил меня.

— Стоят пока две. Запирают подвал. Говорят. Я — на лестницу, ты подашь мешок. Уходят! Сейчас, до угла. Пошел! — С воем-треском до упора размахнулось окно, Старый поймал лестницу, переставил ногу — вот снаружи весь, глянул вниз, захрипел:

— Мешок! Ну! Что ты слушаешь?! Ну!

— Пришли.

— Кто-о?!

В коридоре — каблуки запинались в поиске, я Старому — назад, все, потом; он кричал и вздрагивал на лестнице, лестница тряслась.

Я вышатнулся на вид.

— Мы тут. Здравствуйте.

— А-а, где они, оторвали от важных дел. Где здесь свет-то?

Осветилось, Свиридов обнимал, ковырял пальцем под ребро: а? угодил? Показывал бровями: тяжело, но привел! Видите, до уборной сам гуляет, а утром хоронить собирались, что значит: вы пришли, во-от; рядом еще переминалась мать ее в очках и неприязненно торопилась, вся росла: руки какие-то большие, будто накачивают. Невеста оказалась за спинами у всех — лицо выбеленное, черные глазастые, губастые дыры — она отворачивалась, волосы переливались в моих глазах, мелькали — волнуется? Блин! — рявкнул Старый и — о господи — опустился на лежак, забивая слова-гвозди: все! все! Итак? Ну, итак? — мать торопилась, и она, им надо: зуб удалили так неудачно — загноилась десна, да, вот такие врачи. Во-от такая дуля напухла, тронули — гной струей! Все — в гное! Дряни вылезло — чуть ли не кусок спички вылез, выдавливали-выдавливали, стакан наверное, ватой заткнули — полон рот ваты. Немного расступились, и меж нами оставались только шаги — она едва поклонилась: здра... — я мелко кивал, тряс; сиделка бросила на колени Старому клизму со змеиной трубкой, желтый наконечник; вазелин нести? Что молчите? справились уже? нести? «Да-а, — провыл Старый, — да». Да! — и прочь, смотреть за улицей. У вас... процедуры, тогда мы пойдем? А то уже время. До свиданья? Она спрашивала, чуть приблизясь, – рукой не достану. До свиданья. Выздоравливайте. А-а-ам, запел Свиридов, так э-м-м, ведь д-д-для чего-то, вроде что-то... Хотели? Да, хотел. Я: можно вас – одну минуту? Сюда. Стойте, куда это сюда? Елена Федоровна, да это их палата, да ничего страшного – пусть. А мы тут раскопки обсудим. У нее температура, еле жива! Побыстрей, слышишь, Ольга? А она поколебалась, тварь, она непритворно раздумывала. А это необходимо? Я прошу!

«Говорите». – Дверь плотно. «Сядь». – «Нет, так говорите. Говори теперь». – «Я хотел – я хочу, так выходит: нету времени», – я потянулся к ее руке. Сиделка занесла клизму – тут положу. Оторвала руку: что такое? Для чего? Начинайте говорить, или я уйду. Да. Она отшатнулась и выронила сумку, она не побежала, упорно, молча срывала мои руки, пока не упала на кровать, но пыталась еще встать, и мы съехали на пол, не била, только упиралась, и, я чуял изо всех сил, все молча, пока я погружал руки в покровы смертной слитой плоти, вянущих за вздох до касания цветов, – на лицо ей упала моя шапка, она выдернулась из меня, содрогнувшись, как от касания мерзкого, мохнатого зверька, – сверкнула белая вывернутая шея, закричала страшно так, изогнувшись, я перестал видеть: какое-то мельтешение, вскрики, беготня, я откатывался, не могу ж я кашлять в нее, нашел плоское место, сесть, пока еще могу; что за похабщина?! Руки отрубить! Как меня подводишь! – на другом конце молчала она, трогая больную щеку, обиженно плача, волосы рассыпались и раскачивались.

— Где она? — Они ее увели.

Старый бормотал, не мог убрать со стола руку с часами. Одетые мы, как на поезд. Руки еще помнят, какое тело, какая ткань. Я погладил одеяло — совсем другое. На одеяле остался сгусток ваты — из ее рта. Я понюхал пальцы, ожидая особенного запаха, кажется — да. Но слишком скоро — нет. Если бы она пришла еще. Не успеет. Вот они — скоро будут. По снегу они ходят быстрей — не лето. Выпалил:

— Старый, а машина?! Что мы сопли жуем?

— Ждет! — взвился Старый. — Ждет тебя! — Лупил по столу. — Целый день! Дурак! Дурак! — Отбросил стул и подлетел к окну. — Стоит... Слышишь? Ох ты. Все равно — водитель сейчас придет. Нет смысла. Бесполезно. — Мы вынеслись в коридор — пусто; окликнут — не оборачиваться! Ходу! Скорей! Пока дойдет, пока заведет. Я — в окно: синяя спина автомобиля так близко, хоть прыгай. Лестница! Пошел, пошел, Старый, мешок — он вырвал мешок из-под шкафа, выбрасывал из него грязные наволочки, хрипело в горле, праздничная дрожь.

— Тяжелый, ты что наложил? — Поднял. — Железо... — Он вытягивал из мешка желтую лакированную доску. Да потом! — я переставил ноги на лестницу.

— Вот черт... — Все ковырялся, и я узнал: в его руках приклад, забывшись, он подымал, тащил из тяжко повисшего мешка и вытащил ружье, перегнутое пополам, с особым стеклянным прицелом трубочкой. − Еще коробки...

− Бросай! Всю эту... Скорей!

Он потерянно уставился вниз, не выпуская оружия, − под лестницей стояла синяя «Нива».

В уборной − куда? Нет. Кому бессильно улыбнуться? Кто? Пнул дверь − нет. И не слышно. За окном − нет. Мы на холме.

− Успеть самим это сдать! − В коридор! под ожиданием окрика. Кто тут? Лампы горят, никто еще не вернулся? Старый нес в охапке − не останавливаться, я валял стулья, не скрываться, кулаком по дверям. − Так! Чье это хозяйство? − В буфете тарелки с кашей на раздаче, черный хлеб; я звал на лестнице: − Кто живой? − На первом этаже работал телевизор, на вешалках − прогулочные теплые пальто и шинели, на столиках − стаканы сметаны. − Эй, хозяева?! − Из урны дымила, наверное, папироса, но даже на вахте − нет людей, я ткнулся и в женскую уборную, уже бегом, жадной опрометью, бросился к хлопнувшей двери − Свиридов!

Он плевался:

− Ну ты дал! Ну ты! Еле упросил... А что у нас вахта не охраняется? Чья-то машина. − Он помучил телефон. − Нет гудка. Вы почему без сиделки? Где Заборов?

− Мы нашли оружие! В мешке! В уборной!

Свиридов ошарашенно озирался:

− Ни хрена себе вояки, вон уж где оружие бросают, я покажу им, где орехи растут. Но где народ? Ведь только что... Кто есть на этаже?

— Никого.

— Как? А где бабы? Ладно бабы, где охрана? Раздевалка. — Бухал в дверь. — Раздевалка, твою мать!

Он потолкался в комнаты, пожал плечами, сызнова помучил телефон, плюнул, и мы вывалили на крыльцо, в тишину — в темнеющий, но еще не перепоясанный фонарями вечер, стужу. Старый прижимал к себе приклады-стволы, как сломанные лыжи.

Свиридов побежал, вздрагивая от собственных шагов, заглянул под черные елки, постучал в сугроб, ответивший деревянным отзвуком, и посулил чьей-то матери сто чертей. Хмуро посмотрел вдоль дорожки — подальше, у ворот, расхаживал часовой.

— Тревога! — гаркнул прапорщик. — Шагом марш ко мне! Что за дела?..

Неживые окна, хоть бы очертания головы, движение белого халата, голос; скелеты деревьев, крыша, ровно присыпанная бесследным снегом. Часовой продолжал выхаживать туда-сюда.

Свиридов не снес и широко пошел к воротам, свирепо взрыкивая:

— Товарищ солдат!

Часовой стал, снял шапку и прислушался. Скользнул в калитку, и нам было видно, как он, что есть сил, вдарил бежать через площадь, набычившись против ветра.

Свиридов остолбенел, пощупал у пояса:

— Ракетницу я... Так вот отойди на час. Так, таак, а чьяй-то машина? Кто разрешил машину? Пропуск на машину есть?

Тишина нестерпима, она придвигалась, мы бежали за ним, страшась, что и он пропадет.

— Товарищ прапорщик, потом машину…

— Как могли въехать? — Свиридов с пьяным упорством перся к «Ниве». — И не закрыта. Ну. И где пропуск?

— Товарищ прапорщик…

— Ну-ка? — Он залез, загудел. — А? Во народ! — Загудел. — Я покажу! — И гудок.

— Мы больше не играем, — зажмурясь посильней, закричал я с холма. — Выходите! — И споткнулся о свою черную тень — обрушился свет!

Гудки слиплись в вой, я уворачивался от света, Свиридов переломился через сиденье, цепляясь за руль, его тянули за подбородок черные лапы и вырвали! Старый осел на колени, вскинув дрожащие пальцы и взвыл от первого чужого прикосновения, я очумело двинулся припасть хоть к Старому, уже волоча на себе щупальца, но немного они дали себя потянуть — на сажень, и вмерзли ноги, а я все тянулся — хоть головой, я спасал глаза, сейчас упаду, но подхватили, волоком потащили, ноги сгребали снег, подхватили ноги; закрыл глаза, чтобы они не знали. Что я вижу.

ВЗЛЕТ КРЫСОБОЯ
Время «Ч» минус 1 сутки

Остаток своего времени я хочу пролежать. Холодно ли, не могу сказать, но сквозит по лицу. Я чувствую горячее в голове, неловко уснуть: как оставишь это без присмотра. Сон содержит три части: засыпание, покой, пробуждение — лучше не начинать, если не уверен, что хватит времени на все. Столько пил, столько пил сегодня. Не хочу пить, а печет горло — не залить. Отчаяние. Первое условие отчаяния — темнота. Другого не видно, человек лежит один и вынужден... Есть лазейка: представлять себя не одного, но так может молодой. Отчаиваешься всего раз и сейчас, а другие разы — воспоминания вкуса первого отчаяния. Молодой я предвидел: отчаюсь первой близкой смертью или собственной неизлечимой болезнью. Нет, получилось в Казани. Мы чистили цирк — конюшни, клетки, буфеты; наняли нас частники — пирожки, сладкая вата, только позволили «индивидуально-трудовую деятельность», такие пугливые были еще «итэдэшники». Цокольный этаж. Помойка. Старый поехал к семье, я досиживал договор. Глядел отдаленные последствия? Не, меня не отпустила падаль, я ждал заключения санэпидстанции на падаль в гостинице «Дустык». Или «Дуслык»? Почту оставляли в дверной ручке, я ходил в цирк вдоль реки, первые дни декабря. Без настроения, обслуга узкоглазая. С двенадцатого ряда циркачки с голым задом, под оркестр — розовые коровы. У гостиничной душевой они же — переломанные спортсменки плоского вида, подросткового роста, полувековые тети с детиной-мужем, детинами-помощниками. Город такой: задумаешься — за тобой очередь занимают. Забывал, что делаю, просыпаюсь и не пойму: почему?

И заболело ухо ночью. Днем — уезжаю, все, Москва, а в четыре часа—пять заболело, я ничком дожидался света, отъезда, к уху подушку — все возможное тепло, лекарств нет, никого не вызовешь, кому там? — город, я помню, блины гниющего, обрызганного, тяжелого снега в грязи, не вода — муть течет, балконы подперты ржавыми трубами, беззубые проходные дворы... Что толку в тепле, может, хуже? То вроде спишь, а то несомненно понимаешь — нет, и глаза не закрываются, и ни-ко-му здесь... Боли-ит. В ухо капала и затыкала ваткой мать, и тогда в Казани эта нестрашная боль столько вытащила за собой нестерпимого. Совсем обжился, простился, а тут вдруг невозможно снести, что не вернется немногое скудное: теплая рука, наполненный дом, отзыв на первый стон, всемогущество матери. Клочок ваты в ухе. Отчаяние — не боль. Гробы спрячешь, а дряхлость незаметно жрет заживо дорогих. Нас оставляют жить — для чего же нас берегут? Дозволяя отчаяться. Тогда в Казани отчаялся, а потом — повторения вязли на зубах, не достигая сердца, как и ни хотелось иной раз повыть и подхлестнуться.

В застенке вместо обычного деревянного помоста — нары, убираются на день, крепятся к стене. Подложили матрас, я на брюхе, голову на край. Когда рвало, когда мелко трогающая язык щекотная дрянь опять прорывалась, распирала горло, протаскивала кислую судорогу коротким выплеском, уже слюнявым, порожним, — тогда я выносил голову за край, чтоб не марать матраса, и мгновение плаксивого вздоха я видел целиком зарешеченную дверь. Я уяснял условия задачи.

Лечь на бок и видеть дверь всегда? Тогда запачкаю матрас — как спать? Переваливаться с живота на бок в застегнутых на спине наручниках?.. Рядом люди. Посчитать немедленно; допросы — потом допросы, голову потребует другое. За дверью — ступеньки наверх. Худшее — мы в подвале, ниже улицы.

Однажды по ступенькам взошли. Дверь по звуку железная, но без осмотра дверной коробки такое знание бесполезно. Ведет ли дверь на улицу? Навряд ли. Какой-нибудь внутренний дворик. Передернуло, рвота походила уже на зевоту, на невыговариваемое слово, меня подвинули обратно, свалили на спину, утерли морду поездным полотенцем — насупленный парень: пиджак и галстук и белая рубаха. Он повозился с пуговицами и воткнул мне градусник под руку.

— Сколько там время?

Он скоро, словно обрадовался, выпалил:

— Не задавать вопросов. Молчать!

Считаем, еще ночь. Крысы двигаются вторые сутки. Расстояние. Мы ведь не пешком шли. На машине, в разговоре, скрадывается. Величина пять-шесть километров условна. Не меньше? Хрен их знает, соблюдали они санитарные нормы размещения промобъектов? Караульный не ответит, в какой части города застенок. Низина? Если вотчина милиции — во дворе клетки с собаками. Ладно. Даже в паскудном раскладе полсуток еще есть. По дороге они растянутся. Достигнув домов, разойдутся. Вечером кто их увидит? Вечером еще не переполох — крыс всегда много, перемещения объяснят поджигом. При наибыстром движении мы обязаны покинуть город вечером. Последнее — завтра до подъема. В день приезда гостей. Ужас — когда переселенцы «подтопят» окраины и опять образуют поток, гуще, чем при движении вдоль дороги, вдобавок растянувшиеся остатки продолжат непрерывно входить в город — часов шесть подряд. Пока они где-то залягут. Отягчающее: небольшой город, бараки, то бишь хилые подвалы, изначальная закрысенность, праздник, шум. Местные, изувеченные поджогами, вовсе одуреют — опасней они. У переселенцев что... Голод, подавленность, нечувствительность к опасности, потекут всюду вниз.

Надо решать задачу, исходя из того, что не уйти, эти шесть часов я — один здесь с запечатанными руками или в кабинете на этаже. Когда начнется, никому будет ни до чего. Плачет кто-то. Проверим, что мне дано. Я беспрепятственно сел и встал. Караульный не покинул табурета, другой узник плакать не перестал.

— Константин. — Узнал я, наш водитель. — Да брось ты, прорвемся! Жена твоя знает?

— Позавчера к отцу. На черта она сдалась?! Подсуропила мне. — И потрогал штаны. — Заразу. Бородавку. Остроконечная...

— Кандилома?

— Она! Я называю: канделябр. Аммиаком каждый день прижигают, слезы сами текут, видишь. — И длинно высморкался.

Окна нет, кирпич, тыльная стена к улице? Полы деревянные, дерево не радует. Изношенные плинтусы. Отопление — две трубы, нехорошая нижняя. Зато без окон. Но дверь. Зарешеченная дверь. Хоть сеткой бы затянули. Над нижней петлей отверстие. Доступ свободен. Ближайшая угроза — норы.

— От двери. Сядь!

Ладно, сволочь. Коридор посмотрю, когда по моему хотению поведешь на парашу, если нет ведра; сколько увидел моей температуры? — молчит. Больно, живот. Солдат — по коридору. В шинели. Улица близко? Четыре, пять. Пять шагов и вернулся. Надеемся, он дошел до угла, а не до конца коридора. Коридор нужен длинный. Что ж, не трясут, пока я еще?.. Чтоб не налезали, коридор. Болит. Когда позовут, будем говорить, когда позовут, все решится, они меня, и если... Колола медсестра, пальто на халате. Костик спал. Караульный шлепал меня по морде.

— Требую, немедленно, пусть вызывают.

— Куда ты хочешь?

— Раз меня арестовали! Требую, в чем я виноват?! — Вдруг я перестал видеть его и пытался проговорить через тьму: — Требую допроса! Или отпустите, я... Наручники! Вызовите Клинского!

Наручники разорвались, я развел сладостно руки, и та новая сила подняла меня на свет — я зажмурился, караульный выкликал часового, доставал ключи, шепча:

— Спал бы... Какой-то там Клинский. — Убежал наверх, дверь на улицу, почему не зовут, не хватает, думай, чего не хватает, не могу понять, что вообще есть, убедить отпустить, но они мастаки переубеждать, шкуру трогает холод — как они переубедят, уходить скорей, из-за жара неявно желание спать, все равно разбудят. Когда откроют дверь, сам не встану. Держаться правильно. По-хозяйски, мы им нужны. Костик заворочался:

— Подать чего? Не жди. Продержат, пока те уедут. Давно ушел?

Сколько — час? — два, не менее. Поднялся — и почернело, жаркое; я впился в решетку — пусть заметят. Как долго. Решетка начала вырываться, словно повис. Сесть, а страшно отцепиться, взголосили: часовой! часовой! — усадили, на ладонях железный хлад, пришаркал: че ты хотел? — заспанный, без ремня, хочу на допрос — хрипом. Когда должны — покличут. Всем плохо. У всех важное.

— Ну доложите, — озвучивал меня Костик.

— А они, что ль, не спят? — пробурчал дежурный и крикнул в сторону: — Вызов кружкой или кирпичом? — Кирпичом постучал по трубе, утопающей в потолке. — Вишь, молчат. Да спят, собаки! — И еще постучал.

Я забыл, много после зашаталось, часовой пыхтел: да держись ты! — я ловил перила, лестница обтянута железной сеткой в рост — не забыть, через улицу шли — опорожнилось нутро, часовой отпрыгнул: черт! ну? все? вытрись! — в голову, под кость, набивался горячий песок, его утаптывали частыми толчками, распирался, особо больно ломясь в затылок, утоптали, сыпят еще... разрешите? Пожалуйста! Где же стул?! Я не вижу стула! Как же без стула?!

— Прошу вас на диван.

В застекленных коробках бабочки, нет бы родное — садовую муху, да мала, не признаю; приблизились, увидят, как дрожат руки, дрожат колени, подсел на диван кругломордый товарищ с маленьким ртом, из-под дешевого спортивного костюма рюмкой торчит галстук, ворот белой рубашки. Наспех застеленная раскладушка.

— Вы знаете, такая горячка, что мы по-домашнему. Здание совсем не приспособлено. Видели сетку на лестнице? Это же бывший детский сад... Что вы так волнуетесь?

— С кем... я говорю?

— Я исполняю обязанности начальника Светлоярского отдела Управления Министерства безопасности России по Тамбовской области.

— А кто Клинский?

— Подполковник Клинский... Видите ли, у него теперь другая работа.

Мои руки. На левой ладони появились две однонаправленные царапины. Мужчина предложил:

— Вас проводить?

— Что? А вы не хотите... — Нет, не с этого! — Я требую: почему нас задержали? Что вы хотите доказать? Я требую адвоката. Я объявляю голодовку. Обращаюсь к Генеральному прокурору. У вас не получится ничего... Произвол.

Мужчина умоляюще загородился ладонями.

— Прошу извинить, я в должности первый день. Я ваши обстоятельства как-то пропустил, столько дел... Одну минуту! Сейчас попытаюсь освежить. — Выгреб из-под дивана связку ключей и отпер сейф. — О-о, да тут завал, набросано... Вы не помните, на какую букву? Или по статьям надо смотреть?.. Нет, сами не найдем. Если... А прописаны вы где? В Москве? Вы там живете? А здесь почему? А, вот, Москва, двое вас, повезло — сверху лежало... Точно. Пожалуйста, ваше дело. — Положил мне на колени сшитые листы. — Как раз умыться схожу, чтоб не мешать. Будете уходить — ключи часовому. Придерживайте, если листок не подшит, чтоб не вывалилось, у нас строго. Простите, я, как говорит молодежь, не сразу врубился, у нас каждый отвечает за свое направление...

Буквы сплавились в ручейки смолы, листы слиплись — я наслюнявил щепоть, но не мог листнуть. Спекалась строка, которую пытался прочесть.

– Не могу. Прочесть.

– Да? Извольте, я вам почитаю. Что тут? Так, так, – промахивались страницы. – О, да тут много, я всего не буду, чтоб не задерживать, и так столько продержал среди ночи. Ага, вот тут, в конце, суть. Ага, ага. Я лучше перескажу человеческим языком, а то наши понапишут. Вы готовили убийство Президента России во время посещения нашего города. – Поднял глаза на календарь. – Завтра. Задержаны с оружием при погрузке в автомобиль. Автомобиль угнанный, из деревни Палатовка. Бывали в деревне? Протокол опознания. Две винтовки, снайперские, что-то марка не написана, патронов две коробки, карта города, бинокль, фонари, ваши отпечатки...

– Деньги.

– Про деньги нет. А были деньги? При задержании сразу надо было заявить. Разберемся, деньги не пропадут. У вас в рубашке схема покушения... М-м, трудно что-то понять, крестики. Винтовки в масле, похищены с гарнизонного склада, вот акт, прапорщик Свиридов похитил. Дальше список задержанных по вашему делу. И все? Нет, еще на вторую страницу список продолжается... Того, что я прочел, достаточно?

– Я не понимаю.

– Неясности тут на листке отмечены. Насколько посвящен в замысел полковник Гонтарь? А-а, теперь и я понял, почему подполковник Клинский вынужден возглавить городскую администрацию, а я очутился здесь. Роль бывшего мэра — умышленно он выбрал вас? Иван Трофимыч, кажется, умер. Если так, скорее всего допросить не удастся в полном объеме. Но суть такая — покушение на убийство.

— Вам самому не смешно? На что вы надеетесь? Отпускайте нас, пока не поздно. — Мне надо наступать! — Вы так далеко зашли, но времена уже не те! Как глупо... Ваш Клинский сядет в тюрьму, но вы хоть о себе подумайте, и вы с ним?

Мужчина потупился и вдруг погладил мое плечо.

— Послушьте, прошу, не подводите меня. Я ведь и не умею записать, как надо, спросить, я, честно признаюсь, по прежней работе не юрист, а тут такие сложности, да в первый день! Секретаря нет, лишних вывезли. Видите мое место работы — листа чистого нет. Уж не срамите, я к вам по-людски, так и вы... Это уже не наше! Мы выявили, задержали, а расследует такой уровень Москва. Вечером передовые прилетают двумя самолетами, триста человек. Отпразднуем, проводим, они вами и займутся, нам не по плечу! Я удивляюсь, как удалось без жертв задержать — повезло! У нас, — он понурился, — и держать-то вас как следует негде: заковывать? стрелять при бегстве? или живыми? Нету навыка, и слава богу. — Осенился крестом. — Ого, так что, выходит, пять часов? — Он сдвинул занавеску и загляделся.

Огонь, зажгли фонари? Но ветер перевалил огонь набок и протянул в сторону. Через улицу, на той стороне. Огонь держал человек, и огонь отразился в ряду окон, нет, не отражение — тоже огни, там играли огни, сходно поднятые над головами, и под нашими окнами также высвечивало, посверкивал снег и перемешивались тени. Огни вокруг домов, пересекаясь нитями тяжко натянутой паутины, небо мигнуло и побледнело — заскользила ракета, искрясь, огни послушно прочертили короткую дугу, и по снегу такие маленькие полились горящие комочки, бусины так больно понятной мне прерывистой линией — я услыхал, хоть невозможно, режущие крики, ржавый скрип вырвавшейся колодезной ручки. Я отвернулся, напугавшись пустить слезу.

— Красиво получилось, — произнес мужчина. — И дешево. Умеем, когда прижмет! Жаль, никто не видит. Немцы сделали б из этого народный обычай. Гости, сосиски, пиво на каждом углу. Прославились бы. Инвестиции. Оркестры, девушки в венках, почетные граждане с факелами. Первого грызуна поджигает бургомистр. Приурочили б к концу жатвы — зрелище! Вон как летают! Вы бывали в Европе? И мне не довелось. Да и зачем, как там — и так ясно.

Он уходил умываться, переоделся в костюм. Из коробки вынул туфли, вдел шнурки, обулся. Походил и снял. Вытащил из стола валик ваты, щипал и подкладывал в туфли, в носки.

Нездоровится, совсем утро. Солдаты волоком меня, под порогом — щель. Сегодня? Да, я долго не запоминал, сделали укол, давление, врач смотрел язык. Измерили температуру. Я не спросил, они не сказали, приносили есть, чай пил, так согрелся, что спал. Наш бывший водитель, Константин, вымыл полы. Мое положение отчаянное: идет день, полная крысопроницаемость двери. Народ не обучен.

Пока Константин убирался, я попросил рассказать, что по углам. Со слов я определил три норы, две — близко, по-видимому, разветвление одного хода. Я велел над каждым намалевать крестик мелом. Я не пытался вставать — надо силу сохранить. Радуюсь столу. Стол за меня. Остальное против. Бульвар перед зданием, вход в подвал с улицы, наличие обширного двора. Но стол — какой нужен, квадратный и круглые железные ножки, железо неокрашенное, скользит. Важно, что придумал Старый? Когда начнется, убедить их открыть камеры. Кого их? Все убегут.

После обеда. В обед Костик хлебал. Я попробовал сухарь — четверть часа мучительно вывертывало, я учуял привкус крови во рту. Царапины на руках подсохли и потемнели. После обеда. Я потребовал человека — хочу заявить. Старый не придумал бы лучше.

Никого не хотели звать. Никого не находили.

Позже нашли, но я уже не смог идти. Прежний мужик принес сухарей, передала жена его, заявляю: мы признаем, что готовили покушение по заданию, готовы рассказать, если для сохранения безопасности нас вывезут из города в Москву. Передайте: расскажем, что требуется. Меня недослушал — позвали чай пить, да еще я говорил тихо, я старался говорить громко, но он только сказал, что все это, наверное, важно, и приказал вернуть наручники. Я ошибся. Я понял, больше он не придет сюда, оставшееся время может кончиться хоть сейчас.

Начало — обязательно вскрикнут. Хотя солдаты невнимательны. Последует такой сухой, такой сыпучий шорох, приливающий, перекликающийся свист, потом — молния. Пусть это будет позже вечера! Может, кто-то прибежит прежде? Пустая мысль. Когда заметишь, за тебя думают ноги. Если увидел — их не перегонишь.

Мне трудно представить, мы работали с поселениями, имеющими границы. Дом. Кузница. Подвал. Они сидели, мы приходили. Тут же движется четверть миллиона, больше, выталкивает из нор местных, на огромной поляне все кипит, нам — некуда. Мы только убивали. Нам в голову не приходило переселять и смотреть: что? как? После землетрясения. Тогда их видел Паллас на Урале, и после живое стало мертвым. Шли стаи в Нижней Саксонии. Я видел статьи, но не читаю по-немецки, да и там численность не сопоставима. Пугает душа. Я знаю все про одну крысу, про любую: бежит, спит — определю и положу. Если крысы живут оседло, мне достаточно знать одну, чтобы совершенно понимать семью, стаю, подвал, свалку, мясокостный завод, даже город и край. Но когда они сдвигаются окончательно, потеряли дом и совершают главное движение своего поколения, с численностью нарастает бессилие ума: крыса — понятна, бегущая семья — сложна, бегущий мерус — трудновычислим, если из-под земли выходит парцелла — я ее не пойму. Даже если всадим меченых крыс, радиомаяки в ошейники. А если побежит кусок земли, страна... Может, только с самолета? Мы же — у них под ногами. Это случается в дикой природе, и это дикая природа.

Да, вспоминаются фермы на Пролетарской. Старый давал мне отчеты, свою молодость, подвиги государственной службы. Семьдесят второй год или третий — на Пролетарской доломали последние свинофермы, Москва их дожрала. Новостройки. В свинофермах — четыре твари на метр площади. Из труб сочится вода, зерно, комбикорм, тепло — крысы греются на спинах у свиней, подъедают последы рожениц, уши любят. У поросенка ножку отгрызть, лакомство — навозные личинки. Мы в Молдавии с одной фермы сняли двадцать шесть тысяч, еще местные не разрешили полы вскрыть. Мы заснялись у горы падали, на память.

На Пролетарской фермы докурочили — крысы ручейками переходили в подвалы новых домов, народ смеялся. Декабрь. В новогоднюю ночь вдруг оттепель, и полилось в подвалы — хреновая, конечно, изоляция, воды порядком набузовало, — крысы полезли наверх по трубам, мусоропроводам, щелям, выгрызали штукатурку, дверные коробки, полы; народ не услыхал — орут телевизоры. Дело к танцам — крысы вошли под ноги и заструились на свету, под марши, народ попрыгал на столы, били, чем под руку, но так много поднялось крыс, что шевелился пол, под диваны, под кровати... живешь и не задумываешься о крысопроницаемости зданий и сравнительной плотности резцов крыс и стройматериалов, те люди, гуляки, поняли: жизнь легко проницаема, и весь-то их покой... Милицию. А что милиция против синантропных грызунов? Санэпидстанция — праздники. Только третьего января приехал Старый, тогда главврач, три этажа чистили полтора месяца; похоже, но численность... Они остановятся, когда решат остановиться сами, когда войдут в им понятные берега, нет проку противиться — надо пережить. Переждем. Неизвестна их душа, куда подует? Соотношение усталости и общей, прущей в потоке силы, соотношение будет свое, какие к нам дойдут? Что решат насчет двух млекопитающих, застигнутых.

Сядем на стол. Никакую не задеть. Поцарапаются по штанам — пусть, куснут — да, они в страхе, им можно. Только не раззадоривать кровью — замотать тряпьем руки, щиколотки, лицо, уши, не отшвырнуть, на первый же крик набросятся все.

Константин. Константин! Сядь ближе, пока говорю, не спрашивай, не поздно, первое: не бойся. Второе: опустить уши на шапках, поднять воротники, втянуть кисти в рукава, закрыть лица, сесть на стол... Если куснут, первое: не бойся, не дай кровь! Ноги убирай, я сейчас еще раз объясню. А он просто еще ничего не знает, он не оборачивается, я не звал, я еще сплю, а время, поторопись окликнуть, все через силу, я сам слышу себя? Чтоб понял, когда станут кусать, — покусыванье еще не жратва, не дай им мяса! Костик смотрел, куда смотрит?! На меня, трясутся ноги мои, ничего не сделать — сами подтягиваются, рвутся от царапающих всползаний.

— Холодно? Шинель спросить? — спрашивает он.

Вот и успокой его, если сам... это ничего, озноб, они могут укусить, болезненно, скоро не заживет, слушай! Константин пропал, на его место легко опустился Клинский и дал пить — теплую, пахнущую чайниковой ржой, я тянул воду в себя; черный с переливами рукав, золотые гербовые пуговицы и снежная кромка рубашки, он расчесан и чист — я попил и рассматривал утоленными, выспавшимися глазами.

— Сколько время?

— Чего не спится? — И торжественно встряхнул истертую газету. — Визит! Начался! — И затряс головой. — Не верится! Состоялись переговоры, выступление в Верховном Совете. Программа предусматривает посещение раскопок древнего русского города Светлояра и участие в открытии памятника на истоке реки Дон. Возрождается подлинная Русь.

— Так написали?

— Да! — Провел пальцем по отчеркнутым строкам. — Завтра. Завтра. Уже вечером — первый самолет, два! Все, больше ничего не будет, все пойдет само. Готовность. Чуть пахнем паленым, — он насмешливо улыбнулся, — проветрим! Я — без дел, навестить. Круг забот, понимаешь... Не тот. Другой уровень соответствий. — Поднес руку под мой нос. — Завтра пожмут. Вершина моего рода... Я мимоходом слыхал, хотели признаться? Достойно! Нынче люди русские делятся — патриот или не патриот. Мы с вами патриоты!

— У тебя. Ничего не получится.

— Получится, — ласково прошептал Клинский и пожал мне плечо. — Дорогой. Свидетели, отпечатки, улики, видеосъемка, захват. И признание. И те, что приедут, — не мы. Не разговоры. У них ведь тоже, ох, какие свои обстоятельства — им кажется, их обстоятельств никто не поймет, а мы их еще убедим, что нас-то они вполне понимают. Вы их увлечете, сам посмотришь, какие польются слюни. Мы что? Мы так, случайно наткнулись. Повезло! А они нароют, они из этого сделают дворец! Дело — это такая странная покатость: не сможешь остановиться — точно окажешься где-то. У них, у зверья, кроме рож... А надо видеть, какие там хари, — так сразу спешишь и говорить, и любить; остается одна поджилочка и та вот так, вот так-так — ходуном! У них, кроме кулака... Кулак-то особый — или сжимается, или чуть ждет, разжиматься не может. А сжиматься — сколько хочешь. У них еще есть — я в Москве, когда мастерство повышал, нам показывали — подмога памяти. Они помогут вспомнить. Даже если не вы сами, а другие, в пивной, за столиком рядом затею излагали, у вас отложилось: помогут — и вспомните! И в деталях совпадете. Да что ты! Будут грызть и визжать! Грызть! И визжать! В клочья! — Нетерпеливо переворошил газету.

— Они спросят: зачем?

— Как?

— Как сказать, для чего мы?..

— Ха! Почем я знаю? На то и следствие. Разберутся! А вдруг Трофимыч не приемлел демократизацию? А вы не соглашались, а Свиридов начал угрожать? А вы решили сдаться? Все в ваших руках. Дайте, я отомкну вам руки. Черт, до сих пор... Быстро не научился. В знак доверия! Рискую, ваши истории известны поверхностно. Может, вы по чужим бумагам и готовились там где-то? Еще продумаю про это, да ладно, тихо... Стэндап! А? Нет, я пошутил. Хотел проверить. Больше ничего не помню... Хальт! Нет? А что вздрогнул? Холодно? — Распорядился, и Костика вывели, тряпкой высушили подбородок, край нар и полы — меня сызнова вывернуло, долго, пока Клинский прекратил жарко сотрясаться и ясно сложил свое лицо, я помогал ему, мы участливо вздыхали.

— Вам лучше спать. Чай, сухарики. Уколы приходят? А ваш товарищ бесится. Кстати, также готов всячески помочь следствию. Так что у вас намечается некоторое соперничество. Нет-нет, не стыдно, это не хухры-мухры — суд рассмотрит! и учтет, кто добровольней и чистосердечней. Требует вас отправить на лечение — сладу нет. Укол сделали, сейчас спит. Врачи считают, что нет у вас особо угрожающего — расстройство кишечника, естественная слабость. И у меня бывает. Только в другую сторону. А температуру собьем! Вы меня от-чет-ли-во видите? Я повторяю: опять снежок пошел. Чем вы так напряжены?

Лежа неловко слушать Клинского, трудней понимать, — заново повозился, чтобы приблизить к себе речь, и Клинский догадался, что беспокоит. Касания. Узко, но вот обмелевший жар освободил лицо, и все немного изменилось, снизилось — я выше, почему? Спина теперь оперлась о стену. Сказать — и поскользнулся, стоило захотеть сказать, словно спрыгнул обратно в сплошь жгущее нутро, обнимающая глухота, и так испугался, так испугался, побыв под плитой, едва не до слез, судорожно подтягивал колени — нет, слова сказать, не молчать:

— Расскажу. Что надо.

— Не «что надо», — Клинский выговорил с омерзением. — Что значит — что надо?! Правду! Что краснеете? Почему пот?!

— Нас. В Москву. Признаю...

— Итак, в чем вы признаетесь?

— Правду.

— Ну, правду... Правду. Что такое правда? Эта область мало изучена. Ясно, что правда посредине. Только нигде не указано, между чем и чем. Я думал. Между хорошим питанием... И чем? — Неистово проорал: — Что вы положили объявить?! Не слышно! Кого пытались убить завтра? За деньги достали оружие, составили заговор?

— Его.

Тихохонько:

— Что значит: его? Его. По-русски говори: легитимного президента. — Он поприслушивался, будто слова звучали и без него, потер руки и нетерпеливо придвинулся. – Итак, вы правда хотели убить его?

– Да.

– Да, – он перевторил на другой лад. – Да... Меня бесит. Убить. Когда мы установили вашу затею и начали разрабатывать, меня с самого начала... Как же вы меня бесите... Дорогие. Видите ли, есть поступки, вообще не переводимые на русский. По-английски понятно, и каждое слово вроде имеет точный перевод, а сложишь вместе: чушь, чушь! Глупость. Брехня! Басня. Президента убить. Ты где живешь? Кому он нужен?! Как же надо нас пре-зи-рать, чтоб плести такое. Дорогой, – голос ослабел до беззвучия, – и вы надеетесь, я поверю, что вы считаете его, – мне на ухо, – существующим? Нет... Вы не подумайте, я не из старых коммунистов. Не из долдонов, кто понаслышке. Как партия отцам велела. Я читал, учил. Я бывал. Все, что передовое выходило, – доходило. Есть тетрадки – могу показать, я переписывал. Признаю, это важный вопрос. Человек, в том числе и наш, привык, так сложилось, что-то держать в этом месте. Но чтоб замахиваться на убийство... Тьма людская вообще не думает. Ребенку ноги тепловоз отхватит или урод народится, тогда подмоги просят, жилье и, пока пишут, – верят. А есть смелые. Как я. Я всегда сомневался. Мне нужен протокол. Протокол осмотра места события. А по обстановке я определяю: у них все есть! пропасть слов и чудес! Людей – миллионы! А протокола нет. – Он поднял перст. – Кто видел?

По телевизору показывают? Так они много чего показывают. Им нетрудно показать. Окошко в Кремле светит? Да я таких окошек... Ночью свет горит в отхожих местах! Да, хочешь возразить: как же явления, люди видели. Ты знаешь этих людей? И я. Они, кто очень видел, все потом куда-то деваются, их забирают в Москву — думаешь, спроста? Да я много чего увидал бы, если б меня куда-нибудь забрали! Где его дети? Где огород? Недоразумение! Оно может показаться к нам, но как же его убить? А почему вообще решились? Это допрос — отвечать!

— За деньги. Нам обещали.

Клинский согнулся и схватил ладонями рот — его расчесанная, пробуравленная канавкой пробора голова встряхивалась, он держал смех, прорываясь в хрюканье, смех качал его, ломал, он не мог выкашлять смех, как кость, боролся, вздыхал, отвернулся, утирая в глазах. — Не могу смотреть на тебя, разбирает... Ну. Ну. Ну, а что бы потом? Бе-жать? — Сник и захохотал опять до задыхающегося сипенья: — И-ых-хых-х-х, — потому, что я кивнул.

— В другую страну.

— В какую? — немедленно вставил он и закатился уж совсем, не держась, выжимая слезы сплющенными веками — лицо маслилось. — Н-не говори, не... — Отмахивался, еле угомонился, и свирепо: — Да какой дурак вам поверит?! Кого хочешь надурить?

— Значит. Мы отсюда не уедем?

— В конечном... Не знаю. Надеюсь. Мы с отвращением... Жалко... Что я оказался сцеплен с такой мразью. У меня вызывают презрение люди, неспособные пострадать за чужую идею.

— Я смогу там. Убедить.

— Нет. Вы не те люди. Тех уже нет потому, что они могли убеждать. Ну что?!

— Тогда. Отпустите нас.

— Вот чисто московская тупость. Я ж толковал: кулак или ждет, или сжимается. Не может разжаться. Думаешь, я скажу и — отпустят? Ага. Я тотчас сяду к вам. Пусть уж как идет. Что-то обязательно вырвется: жалоба, мертвые. Крюковский лес или снежок, русская зима — вот мы и представим вас, чтоб нас не раздавило. У них, ты понимаешь, у этого зверья — короткая расправа. Надолго не выезжают. У них строго — вернуться к обеду. Раззявятся на нас, вот тут вы нужны — на нас они плюнут! А вас помочалят. Тут уже и время уезжать. И мы опять на расстоянии. Наши расстояния — вот во что я верю. Вот они есть — и могут все. Дурачина Трофимыч решился сократить. Видишь, слабо верим, и сколько ради него накурочили, а если б еще верили? Добро начинали, хотели только хорошего. Встретить, как надо. А если его нет? Вот ты, ты чего приехал сюда?

— Нужны были деньги. Расширить дело.

— Да полно врать! Это ты из американской книжки взял, что нужно хотеть денег. Совершенно без толку приехали! Ты ж не осмелишься в наше время признаться: хочу очистить город. Вышла напрасность, человека нет, а тело одно производит лишь волосы, ногти, кушанье для, там, членистоногих. И страна напоминает муравейник, коммунисты хоть бальзамировали, черви не жрали, и у них − был. Там. Мы − без толку, у нас − нет. Жизнь народа, дорогой, напоминает ванну с водой. И все теряет смысл, когда вынимают пробку, когда образуется воронка и закручивает. Нету человека. − Опечаленно взглянул на меня. − Хоть бы кто себя объявил, что ли? Удобный случай. Все ж сразу примут, если найти горку повыше. Да. Да. Нет. Я и так думал. И так. Кажется, бессмысленность можно заткнуть, совершив еще большую бессмысленность. Революция без причины, у? Человек. − Погрозил мне пальцем. − Образ. Сможет любой. Только улыбайся. Подхватим. Народ хочет. Пойду.

Клинский свернул газету и помахал прощально, он поднялся, лакированные туфли, он глянул в часы, как в колодец:

− Я ухожу. Да?

− Хотел спросить. В машине. Не было денег?

− За что деньги? Вы ж не поехали. Товарищ солдат, выпустите меня. Спасибо. И постойте пока вон там. − Протиснул лицо меж прутьев. − Ну что? Ведь случаются невероятные побеги, при нашей-то захолустной расхлябанности. И затею не предотвратишь, ведь ее пока и не выяснили, а? Погромче, не могу же я бегать к вам за каждым словом. Громче! Так ослабел, что через губу плюнуть не можешь? Так что? Да? Или подумаешь? Ну! Времени нет думать. Как? И завтра — Москва, больница. Кладбище. Я шучу. Да? Да — так да.

— Я не сказал.

— Вы не любите Россию.

Давно он сказал? Только, проваливаюсь обратно, события утра, дня, события прошедшего двигают меня, все подвижно. Но я не могу расставить по мере реальности. Мы не выстрелим. Они выстрелят, кто-то, — возьмут все равно нас. Мужик мог не отыскать трактора, в любом случае я не могу бояться, мне стыдно. Крысы — по-дешевому это напоминает урок. Расплату. Нет. Немедленно обороняться, пока я помню, — я же помню! Не лежать, часовой принес одеяло, розовое, пара белых полос.

Одеяло бросили на соседние нары, часовой хотел укрыть, но я дал знак — не сразу, сам, потом. Когда часовой дошел до угла и стал неслышен, вытянул руку и медленно, как выздоравливающий, скатал одеяло в ровное полено и оставил руку на нем, чтобы не раскаталось.

Проснулся, лежал, взглянул на руку — держит одеяло — и тотчас попытался сесть. Спустил ноги. Сейчас же раздвинул их, пропуская на каменный пол влагу, засочившуюся из судорожно зазевавшего рта. Одной рукой поддерживал жаркий лоб, второй — свернутое одеяло, рот растягивался, пытаясь выговорить одну и ту же букву — долго. Жмурился, словно от удовольствия, наклоняясь на тот бок, что придерживал локтем.

Со второго раза расслышал ясно звонок — телефон? сигнализация? или в дверь — на весь подвал?

Звонок оборвали выкрики — ЭТО? Схватил одеяло под руку и, нажимая на стену, начал бегство к столу. По коридору один за другим пробежали, громко перекликнувшись, — смотрел на свои ноги, когда открывал глаза. Чисты.

Вцепившись в стол — пол чист, — отдыхал; вот распахнулось наверху, там дверь на улицу, и не закрылось — зимний ветер, без порывов, ровно задул по коридорам. Перевернулся и задом забрался на стол, и ерзал, ерзал, подтягивая за собой ноги, пока спина не достигла стены, а колени — подбородка, поднял воротник и проверил пуговицы до горла. Все время выкрики, я уже не открывал глаза на каждый — отдыхал. Увидят ноги. Если доберутся. Потом развернул одеяло на коленях, нижний край подсунул под ступни. Снял шапку, шапкой заранее решил укрывать лицо — самое важное. Пытался развязать тесемки, но получился узелок, пытался расслабить его зубами, дрогнул и отвернулся к стене — рот раззявился, опять выгеживал из себя, к стене — не мараться скудной рвотой, долго так просидел, но — спешить. Когда смог повернуться, шапку беспокоить не стал, вернул на голову и подергал, чтоб села глубже, на уши, но шапка прихватывала только одно ухо, осталась наискосок, руки утянул в рукава, нет, прежде-то рассчитывал: одна в одну, но руки могут сразу понадобиться. Развернул одеяло до подбородка; стол, как надо, железо. Холодный. Теперь послушать — беготня по коридору, они еще не поняли, все успел вроде, выполнил, осталось спрятать руки, накрыть шапкой лицо.

На руке не зажили царапины. Нет, все-таки вечер, наступает праздничное. Прибегают. Не особо страшно. Страшно. Уморился слушать и смотреть, буду смотреть. Хорошо поработали и многое сделали, только с погодой не повезло. Хоть бы растеплилось. Подводно бесшумно за распахнувшейся дверью сплотились шинели, какие-то палки вносят на плечах, всех запускает дверь, ни один не смотрит, спасать? С палок провис зеленый брезент, и расправили носилки, за порогом один, руководит, больше всех торопится, — потому, что взмахивал руками только он, все портят, не смогут нести, когда... Я еще раз открыл глаза: Витя уже говорил мне рядом, размеренно разжимая губы, его рот мигал перед моим носом, разглаживая влажный, блестящий комок зубов, не трогай, подталкивал в плечо соразмерно словам, но скоро оставил, сохранить шапку, они же бросят, когда... Отстаньте, первым делом они оторвали от болящего живота руки и сиднем, как живого бога, свергли меня на носилки, нет! — им хотелось, чтобы я лег, заставили, и я лег, снова обхватил брюхо, теперь они позволили, шапка осталась со мной.

Несли по снегу — что? вечер? — лучше бегом, ступая с жующим, сухим шорохом, Витя поторапливал, стало лучше — кончалось, я хотел сказать — качалось, и я плыл, так хорошо далеко от розового снега, попавшего под уходящие, растопыренные, солнечные ножницы, в добрых руках. Уже почти бежали, лучше, спасут, пронзая оцепления, солдаты на каждом шагу, уже загодя выкрикивая пароль — в поезде также хорошо, еще теплей, у проводника — аптечка. И боль замерзла, так.

Я понял, мы дошли до людей — понесли без спешки, обходя, опустили и поставили — как поставили?! Плавным усилием, чтоб не пугать, надвинул шапку на лицо, дышать-то я смогу, и направил ладони в карманы, прячь! — шапку живо скинули, насунули, как им надо, под голову подклали чью-то шинель, повыше, но руки пока оставили мне. Пусть. Отвернутся — и я попробую еще, шапку.

Столысо разной обуви: сапоги, сапоги, сапоги, вдруг оставят?! От земли! — вскинулся на локтях: а, мы, оказывается, на площади, неподалеку от ворот дома отдыха, вон взбирается дорога на холм, как пробор — на затылок со лба; немного, я думал много, но дюжины две офицеров и невоенных, с тяжелыми лицами, местные, многих видел. Они как один глядели на снег в особом месте — но снег чист пока! — все местное начальство, ветер развернул ледяные знамена, и они простерлись над и просеивали снежную пыль, она сыпалась со звуком мышиной пробежки — не бросят меня? Они на подходе, обратно лечь; далеко там, мне показалось, забор редкий, но там — оцепление. Оттуда гнали кого-то бегом, посмотрю и лягу — пригнали Старого, он уморился, хыкал и сплевывал, держась за бок, я обрадовался — вместе! — он едва глянул в ответ, и морда с той стороны у него показалась синей, он все почесывал тот глаз. Старый как-то неудобно встал, все что-то у себя трогал — подскочил Клинский в распахнутой шубе, кричал, взмахивал часами, но в общем без угрозы, что-то объясняя — куда-то им ехать, что ли? — торопливо, и потащил Старого впереди своей свиты и указал на снег, куда смотрели все; Старый замер столбом и долго-долго смотрел туда же, совсем не меняясь лицом, как в стенку, снова потрогал глаз и оглядел после этого руку — ничего на ней не осталось? Раз-два, тяжко опустился на колени, оперся на руки и почти коснулся бородой снега, сейчас удобный случай: я лег, накрыл шапкой лицо, руки — в карманы, только голая шея, может, так и привыкнут, и оставят? — нет, шапку вернули на место.

Меня вдруг подхватили нести, так разворачивали, что я увидел гостиницу — столбина такая, и вспоминал давнее, что было связано с ней, уже остановились, носилки поставили опять, что же они... Я поискал Старого, но его оттерли спинами и не давали обернуться, а меня приподняли, чем-то высоко подперев плечи, — так, конечно, я шапкой не закроюсь. Делать нечего.

Я рассматривал свои оцарапанные ладони. Заживают. Зима выгоняет из них силу.

Вдруг я заметил: напротив на корточках сидит Клинский с ошалевшими глазами, на шее — тяжелый воротник хомутом, за ним склонился Витя, милицейский Баранов, погоны, еще шапки — что? Я?

— Посмотри! — кричал Клинский. — Какая-то провокация. Что вот это?! Что случилось?! — Тыкал, тыкал в снег перчаткой, лицо его комкалось, как флаг на ветру.

А-а, они вынесли меня на место, куда водили Старого. Чтобы и я? Надо, что ль, становиться на колени?

— Посмотрите, пожалуйста, — нагибался и Витя. — Как ученый. В качестве консультации. Мы вам отдельно заплатим. Обратите внимание. Что это значит, когда столько червяков?!

Рядом, совсем вдоль носилок, ползли белые тонкие черви, переплетаясь струями и волнясь, когда наползали друг на друга, — множество, дорожкой шириной в сажень — если не знать загодя, кажется, снег струится, черви текли по черным следам, выходит, их пробовали затоптать, — таксис*, очень мощный таксис; я вытянул руку, чтобы выковырять одного, но рука смерзлась в закорюченную лапу, я только раскорябал снег, то недоставая, то, напротив, давя, — не мог уцепить одного.

— Что вы хотите? — жарко прошептал Клинский. — Побыстрее, если можете!

Я показал на таксис и отделил от остальных один палец — одного. Клинский с отвращением поковырялся в червях и бросил мне в ладонь одного, брезгливо, будто стряхивал с руки сопли. Я вылепил из ладони чашку и заглянул: что щекочет ее дно, — ну, я так и думал, личинки мух. Наконец-то. Где-то идет крупный выплод, я опо-

---

* Таксис — упорядоченное массовое движение, свойственное некоторым организмам, в том числе личинкам мух.

рожнил ладонь. Хорош? Все? Но они что-то все держали меня высоко и не давали прилечь. Ждал, ущипнул снег — снег казался совсем настоящим, прямо таял в руке, без запаха, надо ж, как они нас приучили.

— Что это?! Нам ехать встречать людей — откуда черви? — запричитали они вперебой, с отчаянием взглядывая на червяков, шевеление червей мяло им лица, так испугались, лаяли так часто, что я не мог втиснуться с ответом, а хотел, догадался, как только скажу — дадут лечь, улучить минуту, сильнее заболел живот, как же трудно ждать, руки еще свободны, главное, шапка есть, они перестали, я торопливо прошептал:

— Это таксис.

— Таксис?

— И он сказал — таксис, — проговорил Витя в затылок растерянно смолкшему Клинскому. — А что это означает? Откуда столько червяков? А что нам делать?

Вытолкать бы из-под спины опору, но подпирал человек, подсел кто-то спина к спине — не дают лечь, хотя я сказал, не бросят меня? — я зажмурился, не выпуская рвоту — мое, потянул колени к себе, нижняя кромка тьмы жарко напухла, от нее отрывались и всплывали багровые пятна.

— Молчит. Дайте ему лечь — хочет лечь! Ах ты, гадство! Так, давайте второго — бегом! Этому врача, что ли. А, вот и вы. Владимир Степанович, да? Очень рад, губернатор города Клинский, да, теперь я, второй день заступил, а тут такие накладки. Кто же вас?.. Вас били? О господи, сам не последишь, так... Сегодня же найду! Погорячились, наверное, но все равно – так не дело. Владимир Степанович, я понимаю ваше особое положение, под следствием и все прочее, но хотя бы в качестве совета: какие-то странные черви, в таком количестве, никогда ничего подобного! И так совпадает с событиями, так похоже на диверсию. Откуда? Как вы считаете?

– Я же говорил – это таксис.

– Так. И товарищ ваш подтвердил – таксис. Но мы ж не знаем.

– Шарф мне дайте!

– Руденко, дай свой шарф! Пожалуйста.

– Закройте моему товарищу дыхательные пути!

На лицо мое упала волосатая тряпка – лучше шапку.

– И всем! Советую носы, рты прикрыть. И не надо здесь задерживаться, действует на слизистую, останетесь без глаз...

– Что такое?!

– Идемте, я сказал, берите носилки, на ходу расскажу. – Меня и вправду понесли. – Вот это таксис – мощнейший выплод болезнетворных червей-курциусов. Их используют как биологическое оружие для заражения местности. Бывает, сами собой захватывают большой сравнительно участок, чаще в Средней Азии, при плохой эпидемиологической обстановке, где есть брошенные дома, павшие животные, даже грызуны, или в почве исторически зараженный участок –

откуда это у вас? Я вообще второй раз в жизни вижу. Первый — в Таджикистане. Что еще... Да, пожалуй, и все.

— Владимир Степанович, дорогой, а делать что теперь?

— Ничего не делать. Видите ли, у них есть латентный период до выплода, тогда еще можно что-то... А теперь вон сколько их — может быть, миллион!

С минуту молчали. Старый, изломав голос, добавил:

— Они уже идут трактом. Яд, диарэлен, уже выделен, они собрались и двигаются в место окукливания. Сами-то черви уже безвредны. Отравлена местность — вот где-то в пределах площади, ну, может, дома еще ближайшие захватило, наверняка не скажешь.

Остановились, носилки на снег, шарф сбился с лица, — все собрались вокруг Старого, уткнув носы в перчатки, носовые платки и воротники, я положил на лицо шапку, но ее скинули.

Старый подошел и присел на край носилок, я потянулся за шапкой, он мою руку отбросил, разминал и разглядывал в руках снег.

— Что-то я не слышал про таких червей, — выдавил Клинский и усмехнулся, оглядываясь на своих.

— Сам второй раз вижу. Ваша санэпидстанция должна знать. В Москву, в институт паразитологии позвоните. Но вообще это по линии гражданской обороны. Так, все? Можно нас в помещение, поскорей?

— Что мы должны делать? — спросил Витя. Его оборвал Клинский:

— Майор Губин, позвольте я как-нибудь сам! И ты хочешь нас убедить, что все вот это — это что-то страшное? Да?

— Нет, ничего страшного. Диарэлен чем хорош — короткий период распада. Через неделю чисто, надо только людей не допускать и где-то на версту вокруг раз в день орошать. Я приблизительно говорю, все это в уставе гражданской обороны. — Старый больно стиснул мое запястье. — Видишь, старик, где пришлось таксис увидать.

Клинский прорычал смутное и пробежался туда-сюда, горбясь, будто шуба давила его, он то хмыкал, то горько переминал губы, оглядываясь на своих.

— Сколько?

— Через полчаса взлетают, — ответил военный, слушающий радиостанцию.

— И если мы все это не сделаем?

— Да пожалуйста. — Старый пожал плечами. — Нам-то что. Ничего страшного не будет. За две недели само выветрится. Простой водой можно поливать.

— А что люди? — спросил Витя, начальство толпилось за его спиной.

— Простейшее недомогание, головная боль, обмороки. Скорее всего — обмороки. Жертвы примерно — один на сто. Но это необязательно, вот в Таджикистане, я запомнил, двадцать шесть человек погибло. — Старый разъяснил: — Из тысячи! Там, правда, посуше, и они уже начали эвакуацию. Точно никто не скажет.

Вечер смягчил землю и крыши, и снег запятнался пушистыми тенями, снегопад густел, густели косые пряди и вязли в коричневых лужах, покрывая их шершавой ледяной шелухой, и ветер стаскивал ее в острова. Старый держал мои руки, не давая достать шапку, все заливал мел; поцарапанные руки, почувствовал железную ложку во рту, выталкивал ее, будто облизывался, и сладкая истома изгибала спину по какому-то лекалу, шевелился и сразу словно поскальзывался с провалом, и сердце обливало тело испуганным жаром, раскаляя ступни; разглядывал свою переносицу как бы изнутри, сдвинув брови, чтоб крепче держать это место, и холодно застилал, растекался мел, поглощая все.

— Пусть нас уведут, — предложил Старый. — И вам лучше в помещение. Видите, он совсем сник — побыстрее!

Клинский бегал, как собака на проволоке, и всплескивал руками на поворотах — подпрыгнул к Старому и пихнул в плечо:

— Да? Но ты, конечно, знаешь? Как нам помочь? Но запросто не выручишь? — И злорадно расхохотался. — Кому мы верим?! Кого слушаем? Всем продолжать. Молчать! По местам, слушать мою команду. Ишь что он придумал! Читать нам условия! Это убийцы, они на все теперь идут. Да? Ты можешь нас выручить? Встать!

Старый поднял на него глаза и с дрожью выговорил:

— Я могу. Но тебе, быдло, я не стану. Будет тебе хуже — мы рады. Людей жалко. Но это твой грех.

— Товарищ подполковник, — взмолился Витя. — Дайте я с ними договорюсь!

— Молчать! Увести. Все же ясно! Продолжаем. Как можно остановить? Как можно отменить? Еще лучше! — взвизгивал Клинский и чуть не подпрыгивал. — По местам!

Витя сделал два больших шага к носилкам.

— Владимир Степанович, я вас прошу, я уважаю ваш опыт, простите меня, нас... Вы же не такой, как сейчас хотите, я ж знаю, какие вы. Вы теперь совсем знаете наши обстоятельства, значение для Светлояра, страны. Взлетает первый самолет. Завтра на этой площади должно... Десятки тысяч. Столько преодолели. Не для меня. Я, наверное, вам противен, так вышло, мы разошлись. Для народа. Не лишайте нас... Мы виноваты перед вами, но нет непоправимого...

— Майор Губин! — заревел Клинский. — Я вас предупреждаю!

— Скажите одно: есть? Есть способ? Чтоб вовремя. У нас столько силы, если бы еще знать!

— Вот какой плотности оболочка. — Старый показал в ладони раздавленного червя. — Уже час, как опорожнились, и снег, и такая влажность...

— Я запрещаю переговоры с преступниками! Уведите! Майор Губин, что, непонятно?

— Никак нельзя?

— Если по науке, ну, еще — полчаса... Если сейчас же оросить. Особый раствор. Все очень быстро, Витя.

— Что надо?

Клинский рванул у близстоящего радиостанцию и буднично распорядился в ее черное ухо:

— Машину, конвой. — Дождавшись отдаленного взвывания мотора, впустил ладони в карманы и подержал рот раскрытым, прежде чем сказать: — Э-э, Виктор Алексеич... Товарищи, мы тут все знаем заслуги майора Губина, они есть, но я, к сожалению, должен... В ходе следствия, в ходе допросов задержанных известных вам деятелей армейских... Того же Свиридова допрашивали. Есть данные, что, так скажем, и майор Губин, да, не избег...

Витя закусил губу и тускло смотрел, как из подъехавшего вездехода спрыгивают солдаты, их командир вопросительно повертел головой и, отыскав Клинского, поднял ладонь к шапке.

— Я не склонен, это не в моих правилах так сразу доверять, первому... Мало ли. Но обстановка требует надежности. Крепость, товарищи. Да. Майор Губин данной мне властью отстраняется от службы и до окончательного разъяснения побудет... Капитан! — Клинский кивнул на Витю блестящей лаком прической. — А нам, скажем так, пора к аэродрому. На летное поле.

Капитан звучно скомандовал, ни слова не разобрать, но солдаты поняли и окружили Витю, снимая автоматы с плеч, он пообещал Старому над красными погонами:

— Отпустим, когда разберемся. Неделя.

— Нет! — выхрипел Старый, сжимая руку лежащему на носилках. — Ближайшим поездом. И чтоб все деньги. Мы никому не расскажем.

— Ближайший завтра, полдень. Будете молчать?

— Пусть. Но чтоб — все деньги.

— Капитан, в чем дело?!

— Договорились?

— Дай слово, что не обманешь.

Витя коротко задумался, пока солдаты брали его под руки, наморщился, неприятно кивнул:

— Обещаю.

— Пусть все обещают, кто здесь. Что уедем первым поездом с деньгами, что заработали. А мы будем молчать.

Витя запнулся, словно налетел грудью на проволоку, солдаты заломили ему руки, и он, вывернув на сторону голову, из-под низу раздраженно прошипел:

— Ну хватит уж!

— Хватит, капитан, — немедленно откликнулся один из командиров.

Капитан пошатнулся, как оглушенный, подержался руками за шапку, также громко и невнятно приказал солдатам — их руки разжались, Вите подняли шапку, он водрузил ее на место, глянул на часы, поежился и нерешительно подступил к Клинскому. Клинский насмешливо тряс, тряс прической и ухмылялся, зло показывая зубы, он приосанился, стал ровней, шуба добавляла ему роста и стати, тараторил:

— Ты? Что? Что? И?

— Вам. Товарищ подполковник... События вышли на уровень других соответствий, и они потребовали. Они потребовали. Они — потребовали. Мы не можем быть безучастны. Я... известить — руководящими особым районом создан временный орган для проведения праздника. Председателем доверено быть мне. Объявляю вам арест. За плохое санитарное состояние. — Витя напрочь задохнулся и судорожными всхлипами поправлял дыхание.

— Опомнись, — убедительно прошептал Клинский, чтоб слышали не все. — Ты ж не существительное лицо...

— Капитан. Ну вы поняли, по обстановке, — слабо махнул Витя, отвернулся и немного ткнул ладонью в своих, затем — в носилки.

Начальство оказалось уже расположенным в затылок — они потянулись к Старому, снимая на подходе папахи, и каждый внушительно говорил с полупоклоном:

— Я обещаю.

— Я обещаю.

— Обещаю.

Старый кивал: да, понял, спасибо, не поднимаясь с носилок, не ослабляя занятых рук, с каждым обещанием подымал голову меньше, а потом вовсе не поднимал.

— Они же сожрут и тебя, — шелестел только Вите Клинский. — Опомнись. — И забарахтался в солдатских лапах. — Скажи, чтоб оставили меня! Прочь! Слушать мою команду! Дай скажу! Посмотри сюда! — Его подталкивали к вездеходу, и после особого толчка он совершенно смолк, но на Витю смотрел безотрывно. Тот нелегко, будто под гнетом, оборотился к Старому. Старый перечислил:

— Две цистерны горячей воды. Бочку хлорки. — После каждого указания один командир отбегал в свою сторону. — Два мешка пищевой соли. Восемь пачек стирального порошка. Поливальную машину. — Старый уже сам выбирал, кому что назначить. — Два литра спирта. Восемь человек. Скорую помощь. — И когда Витя остался один, Старый заключил: — Все.

— Сейчас… Успеем? Главное — чистота, надежно. — Губин потерянно оглядывался — командиры разбегались, продлевая тропинки, похожие на солнечные лучи, к ним ехали машины и спешили тени, затрещали и вспыхнули фонари, схватившись вкруг площади хороводом, Витя заозирался, как впервой, словно глаза ему развязали, и застрял, заметив: с Клинского срывают шубу, чтобы легче прошел в вездеход. Клинский смотрел на Витю, растрепанный и багровый, солдат шлепнул по его морде рукавицей, чтоб не смотрел, Клинский зашмыгал — у него закровавил нос, но упрямо не отворачивался, и вездеход тронулся, Витя, как привязанный, ступнул следом.

— Еще лучше, — собрал последнее Клинский. — Они же и червей напустили! Нам же лучше! — И больше не слышно, Витя жалобно выговаривал вслед:

— Я же пообещал… — И шел за вездеходом, виновато расставив руки. — Я же обещал. — Ступал точно по гусеничному следу и причитал: — Я же обещал!

Он лежал, чуть накренясь в сторону, туда, где снег еще не впитал мокрые пятна рвоты, подогнув ноги. Старый поднимал воротник, унимал дрожь, захватившую губы, украдкой бормотал, поминутно озираясь, вглядываясь во все стороны обиженными, больными глазами:

— Хочешь посмеяться? Откуда выплод... Из клумбы. Только сейчас дошло, ветчина, что с крысой нам, помнишь, мы ж там прикопали. Там уже кишит. Я-то думал, собака прикопана. Обычно собака... Повезло. И все-таки — мы их переиграли. — Старый помял разбитую половину лица. Больше всего его беспокоил глаз — Старый сжал из снега лепешку и накрыл ею опухшее веко, посидел так. Лицо заблестело. Старый держал снег одной рукой, другой продолжал сжимать его руки одна к одной. Когда Старому требовалось руку сменить, перехватывал, но потом заметил, что его руки остаются спокойно на местах, и Старый их больше не сторожил.

Также холодя глаз, Старый поднялся и выглядывал, с какой же стороны подъедут машины, чуть размял ноги, позагребал снег, расчищая веер темной мостовой, споткнулся вдруг о носилки и невольно нагнулся — не побеспокоил ли? — чтобы успокоить, тронул плечо одними кончиками пальцев и тотчас отпустил. Старый застыл над носилками, опустив обе руки, болезненно взмаргивая распухшим глазом, порой сильно жмурясь двумя, потом сел, вытащил из-под края носилок шапку, расправил ее на кулаке и накрыл шапкой ему лицо.

ВРЕМЯ «Ч»

Тишина совершенная меж зданий, над каждым подъездом полыхает фонарь. Протоптанная дорога утыкается в черное бесснежное русло — здесь под землей скрываются трубы с горячей водой, — и весенне пахнет грязью, дорога продлевается на той стороне.

На железном листе горел ящик из-под бутылок — солдаты грелись, один играл на баяне с безучастным лицом, как слепой, — баян словно сам по себе сворачивался и разворачивался в его руках. Он не последовательно играл, он пробовал разные песни с середины и бросал, а припоминая, и вовсе пусто шарил пальцами по клавишам — хватало его ненамного, я смотрел на горящие доски, они покрылись алой чешуей, и мне также доставалось теплого воздуха; спать захотелось.

Больше не пробовал песен. Очнулся песенник. Признался:

— Я не угадал тебя.

И я не узнал Свиридова, наряженного в новый милицейский тулуп, костер высветил ему лицо — переносицу и глазницы соединил опухший синяк с малиновыми краями, щека, обращенная к свету, выступала круглой шишкой с грецкий орех, угол губ – расцарапан, от него на шею уходили красные полосы. Прапорщик рывком обнял меня.

– Пустое. Лишь бы Отечество, что нам еще? Мы оказались нужны и вели себя, как положено. Все зачтется.

Мы сговорились попасть в школу – там командование, на двух верхних этажах, завешенных черным. Но кругом школы волнисто легла колючая проволока. Перед воротами школьного двора шалашом поставили две бетонные плиты, солдаты ходили вдоль забора, не убирая за спину автоматов. Они не отвечали, когда мы пытались спросить. Свиридов не находил знакомых, по его догадке, Губина теперь охраняли переодетые солдатами курсанты областной школы милиции.

По нашим бумагам нас допустили лишь в раздевалку, в три яруса заставленную кроватями, и там Свиридов добыл две миски пшенного супа, а хлеба давали от пуза. Дважды всех строили, сверяли по списку и пытались выпереть нас. Тут прапорщик заметил направлявшегося выше Баранова и убедил дежурного по этажу, что Баранову знаком и имеет до него дело. Баранову доложили, он признал нас и взял с собой, провел сквозь три поста, на последнем, на лестнице, я заметил пулемет.

У двери на этаж, забранной в железо, нас прослушали особой машинкой, напоминающей телефонную трубку, – у Баранова взяли ключи, радиостанцию, пистолет, у Свиридова отобрали две ложки и зажигалку. Затем два молодца обыскали вручную и велели ждать.

Мы ждали на коричневой лавке. По лестнице больше никто не поднимался. Снизу до нас доносились звяканье железа, говор, зачитывали заступающих в караул, повторив одну фамилию трижды – под разным ударением. Из-за железной двери не доходило ни звука.

Минуло четверть часа. Баранов постучал в дверь и справился, точно ли про него доложили? Не отперев двери, ему повторили: ждать. Свиридов собрался поведать о своих злоключениях, но из-за двери ему тотчас велели помалкивать. Так что ждали молчком и зевали.

Как один вздрогнули, когда дверь отворилась. На этаже не горел свет. На подоконниках, через один, из мешочков с песком выложили бойницы. Под каждой, завернувшись с головой в шинель, спал человек. Мы шли на цыпочках.

Вход в приемную запирала железная дверь, откатывающаяся в сторону, как в вагоне электрички. Нас поставили против глазка, провожатый посветил на каждого фонарем – дверь отъехала и сразу вернулась на место за нами, лязгнули запоры.

Босой здоровяк в расстегнутой рубахе – видно, его разбудили, еще кто-то спал под батареей – погрозил нам: тихо! – он бесконечно прислушивался, прислушивался у прошитой гвоздиками двери в кабинет и, уловив что-то, яростно замахал: теперь давай! – будто дверь подчинялась не ему и важно успеть.

Свет жарко хлестал изо всех ламп, отражаясь в лакированном столе, длинном, как дорожка в бассейне, мы дружно уставились на пустое кожаное кресло в изголовье стола, но Витя сидел в углу, отгороженном сейфами, там ему поставили особый стол, и он безучастно ждал, когда мы его заметим.

Свиридов сбил по дороге стул, и Витя нечаянно вздрогнул, ему стало неловко, что мы это заметили. Он сидел в белой рубахе с ослабленным галстуком и разглядывал белый телефон, выдвинутый вперед из прочих.

Только здесь окна были свободны от черных занавесок и полны до краев ночью и огнями, окна загораживали щиты из толстого стекла, к щитам, раскинув беспалые руки, в разных положениях прислонились грузные куклы, на которых упражняются борцы, одну куклу нарядили в генеральскую фуражку с золотыми листьями.

На полу, за спиной Губина, посадили еще двух кукол, мы приблизились, и я разглядел: это живые охранники не шевелились.

— Столько света, — прищурился Свиридов, мы усаживались.

Витя равнодушно сказал:

— Пусть видят. — И вперился взором в герб на телефонном диске, изредка колупая его ногтем. — Баранов, прости, ты ждал. Были люди.

Я подумал: нам не встретилось ни души.

— Виктор Алексеич, разреши мне, — сочно начал Баранов, но тут же убавил голос. — Войска сосредо-

точены. Командование округа отнеслось с понима-
нием, выделено еще два батальона, они на подходе.
Где-то через час разводим приветствующих на
улицы, балконы, случайные прохожие, праздную-
щие на площади открытие памятника, посетители
раскопок — туда, мне кажется, за глаза хватит трех
тысяч. Последними — участников собрания в гостинице.

— Что сейчас?

— Одеваем, повторяем слова. Букеты вяжут.
Примут горячую пищу, и разведем. Войскам дово-
дятся приказы. Необученное население охраняется
по месту отдыха — им готовим прямую телевизион-
ную передачу.

— Женщин хватает?

— Одеваем по зиме, а зимой, Виктор Алексеич,
внешность одинакова, тем более издали, раздадим
солдатам платки — сойдет. Виктор Алексеич. Виктор Алексеич!

— А?

— Самолет сел?

— Уже и второй сел — телевидение. Еще триста
человек. — Витя услал стражников. — Промни-
тесь. — Бросил царапать телефон и улыбнулся
Баранову. — Так, ты говоришь, многовато у меня
охраны?

— Кто сказал? Что за бред?! Кому я так говорил?
Я ж за вас вон с какого...

— А думал?

— И не думал! Сердцем матери клянусь! Кто вам
такое плетет?

– Ладно. Ты здесь не сидел. Ты не пробовал отвечать за праздник. Здесь у человека отрастает много рук. И все они чуют холод. На моем месте будешь, вот тогда... – Витя перегнулся через стол и ухватил милиционера за локоть. – Вот тогда... Ты... Хе-хе.

Баранов неуверенно подхихикнул, облизнув заблестевшую губу.

– Вот тогда-а... Уж ты... Хочешь? На мое место?! – заливался Витя, выпучил глаза и утвердил: – Хочешь. Немного остается, торопись, а?

– Виктор Алексеич!

– Сейчас так говоришь...

– Хватит! – Баранов чуть не плакал. – Я ж вон с каких с вами. Зачем вы?

– Не приедет. – Витя зевнул и белый телефон задвинул в общий ряд. – У них. Изменилась программа. Уже есть в московских вечерних газетах. Что теперь... Можете подумать. – Губин коряво улыбнулся и добавил: – Но немного.

– А самолеты? – оглушенно спросил Баранов. – Назад?

– Ты их видел? Какие самолеты?!

После этих слов молчали долго.

Витя изучающе смотрел на Баранова. Свиридов заткнул уши кулаками.

– Ну, ну, полно вам, – Витя шутливо насупил брови. – Что скажем народу?

– А что надо сказать народу? – отнял руки от головы Свиридов.

– Что. Ну как – что? Правду, наверное, да?

— Правду. Да... Наверное.

— Ну, сказать правильную речь, — подхватил милиционер, а прапорщик фыркнул:

— Где ж вы видали неправильные речи?

Губин несвободно рассмеялся, вскочил, прошелся, ничуть не выйдя из-за стены, образованной сейфами, и цапнул Баранова за плечи.

— С чего ты взял, что я не пошутил? Может, мне важно глянуть, как себя поведешь?!

Баранов бросился на выход, дернул дверь, Витя хохотал.

— Открой! Сволочь!

— Ся-адь! — весело восклицал Губин. — Пошутил. Он, правда, не приедет. Просто... Смешная вещь. Но я как надо не расскажу. Есть смешные вещи, очень смешные, но их не расскажешь. Сейчас сижу и думаю: объявлю им... Так не поверят! Как доказать? Газету? Газету и здесь напечатают. Подумают, что испытываю, — Витя серьезно спросил: — Видите, как смешно? Плюнул — ну и хрен с ним, завтра не приедет — сами убедятся. А потом понял: нет, не поверят. Подумают, на самом-то деле приехал, а мне для чего-то надо изобразить, что — нет. Я не могу ничего. Одно осталось. У нас уже есть удачный опыт. Поверьте на слово — не приедет.

Баранов отпустил дверь, нашел задом ближайший стул и смежил веки.

— Попросил кинуть нам хотя б министра культуры. Но он в Германии. Как только передумали ехать — я не могу никому дозвониться. Так что? —

Витя покраснел и закричал, злобно взглядывая на Баранова: – Что такое?!

Еще раньше я услышал за дверьми возню – женский голос, не удержали – невеста ворвалась, нетвердо, как на высоких каблуках, пошла к Вите, протягивая руку к его лбу.

– Что ты придумал? – На свету огромная, неуклюжая. – На улицах одни солдаты... Меня хватали за руки. Я что, я уже не могу видеть тебя? Мне страшно!

– Кто пустил?! – надсаживался за спину ей Витя. – Уберите это, это! Отставить. – Отстранялся от ее руки. – Вон! Я – маршал республики!

Услышав сапоги, она проворно села, обняла его колени, жалась к ним головой, Витя откинулся и встряхивал ногами, будто вцепилась собака, и колотил рукой по столу, как от боли; ее оторвали, Баранов заломил вырвавшуюся руку, выволокли, за дверью страшно выкрикнула его имя, громыхнули двери – тишь.

– Извините. Нет понимания. Они еще не знают, какое... Продолжайте.

Баранов докусал ноготь на большом пальце – сломал – и признался:

– Никому не говорить, радио глушить. Но вообще страшно. Хочешь обижайся на меня, хочешь – уволь, но я, раз такое дело, всех бы наших отпустил. Теперь-то зачем? Надо быть рядком. И дальше думать.

– И Трофимыча! – подхватил Свиридов, все на него взглянули удивленно. – Я даже рад. Что-то такое должно было вылезть под конец. Раз мы вышли на битву — нас будут искушать до конца. Обязательно в конце привидится: все пропало. И наша святость — последним подвигом превзойти. Я принимаю ответственность на себя. Помилование: всех задержанных отпускаем с этого света. Второе, самое важное. Вы не знаете, как с народом, — подмигнул Свиридов. — А я знаю русского человека! Настроение народу нужно переломить, и все забудут.

— Каким образом?

— Собрать всех, на площади молебен, и объявить: ближайший вторник — день введения счастья.

— А что во вторник? — растерялся Баранов.

— Первое, до вторника еще есть время. — Свиридов обвел всех взором. — Второе, во вторник — введем счастье. Ведь, если не врать, — лукаво прошептал, — ведь это именно и было в замысле, чего ж нам этого стыдиться?

— Благодарю, — крякнул Витя и выразительно взглянул на Баранова. — Свиридов, убирайся в лечебный отпуск. На десять суток на раскопки. Отлучишься — уволю без пенсии. — И рявкнул: — А ну пошел на хрен отсюда!

Свиридов пообещал от дверей:

— Короче, на коленях будете просить!

Той же ночью мы выехали на раскопки.

Нам дали грузовик. Заодно он вез археологам хлеб и воду. Мы сели в кузов придерживать молочные бидоны с водой. Пришлось ждать, в город вводили людей, мы возвышались надо всеми, смотрели в черные окна того берега, под нами вели людей быстрым, рабочим шагом, мужчины и женщины врозь, несли бумажные цветы и картинки на палках, словно дворницкие лопаты, воспитательницы гнали детей.

В хороших шубах и полушубках, рослый и молодой народ расходился в согласии с числами, начертанными мелом на стенах, и особый человек затирал мокрой тряпкой число.

Долго тянулись народные хоры и плясуны в русских нарядах с длинными рукавами: женщины в унизанных жемчугом круглых шапочках, мужчины в картузах несли балалайки, ложки, дудки, пересмеивались, женщины, сцепившись рядами, напевали на ходу.

Безо всякой передышки вслед потащили белых голубей в клетках с купольными верхами, несли вчетвером, как ларцы, свободные от ноши собирали в кулак сроненные перья. Казаки проехали быстро, и мы смогли бы протиснуться, но водитель уснул, пока его толкали, нескончаемо повели людей именно для площади — с разбивкой на мужиков и женщин, ветеранов, детей, они двигались еле, их поминутно останавливали, отделяли отряд и смешивали, как надо, показывали, кто с кем стоит, раздавали детей, флажки, знамена, представляли начальников; первые отряды уже достигли площади — оттуда доносились пробные крики «ура!», пока еще жидковатые; отдельно, обочиной, гнали людей для балконов, офицеры фонариками указывали им места, где придется стоять, загорались первые окна, в них показывались головы или высовывалась рука с флажком, кричали: так видно? Чаще махать? Пробовали, куда падает цветок, как его лучше бросить; в толчее прошли фигуристки на белых коньках, я поздно приметил, только со спины, толстые накладные косы, и повалили духовые оркестры: железнодорожный, пожарный, музучилища, мясокомбината, птицефабрики, — с трубами, начищенными, как яичные желтки.

Свиридов не вытерпел и вылез искать ближайшего коменданта, нашел какого-то генерала, но тот не брался остановить людей, зато по его команде раздвинули рогатки с колючей проволокой поперек переулка, и мы двинулись в объезд.

Приехали, и там сильнее пахло снегом, я выглянул — березы снег застелил до верхушек, словно белые тропки ведут в небеса, под ними кутались елочки-церковки с зелеными крестиками на макушках, еще, невидимый, стучал дятел в небесные двери, но его не пускали. На вылет. На выезд. Но оказалось, глубоко внизу постукивал мотор.

— Вот ведь, — зацедил Свиридов. — Мачту так и не подняли!

— Товарищ прапорщик, — ахнул у грузовика знакомый мне с прошлого раза мужик. — А мы думали, шо... А нам брехали!

— Прохоров, скоро светает, а мачта где? Вот так, оставь вас. — Почти бежали вниз, темные края раскопа двинулись наверх и срастались с небом.

– Та бурим.

– Шо – бурим? До сих пор? Где мачта? На что шатер тянуть? А если растеплеет и дождь?

Внизу, на дне, успокоился мотор, у буровой установки собирались рабочие и стражники – работали ночь напролет? Мы пропускали ступеньки, то и дело переходя на прыжки.

Свиридов наконец спрыгнул на дно, обогнул лужу целебной воды, закрытую льдом, и влез на ящик.

– К утру! Мачта должна стоять! И шатер должен быть, так сказать, натянут – художники его расписали. А то шо ж, накопали богатств, а сохранить ума нету? Что гости подумают? Елена Федоровна тут? Тут. Что?

– Старались.

– Шо – старались, время – пять сорок! Старались они – третьи сутки, а мачта не стоит! Где мачта? – Свиридов пощурился, ему указывали все – чуть выше, на уровне древнерусского кремля, лежала длиннючая металлическая мачта с выдвижным наконечником, зацепленная лебедкой за основание. – Готова. Раствор намешали? Щебенка? А в чем же трудность? Прохоров!

– Та забуриться не можем.

– Шо? Пять метров не забурить? – Свиридов в сердцах плюнул.

– Та камень. Не можем место выбрать. Всю площадку избуравили – один гранит. Во, – Прохоров пнул светлокаменную колоду, зеленую от мха. – Бурим – натыкаемся. Вытаскиваем – на ей надпись. И так везде. И бурить страшно — вдруг шо разорим?

— Какой гранит? Как везде? — всплескивал руками Свиридов. — А ну свети.

Очертаниями колода напоминала гроб, я сразу понял, она рукотворна — по краю плоской поверхности ровные бороздки, по углам переходящие в узор узелками, как девичья коса. В широкой части зияла выструганная воронка от касания бура, но сама колода даже не треснула. То, что сперва показалось мне следами корней и влажными отпечатками земли, и правда были тесно вырубленные буквы. Под ними разборчиво читались сложенные попарно ЦС, ИС, КТ. Свиридов, натужно сопя, поковырял надпись, противно стряхивая с пальцев налипшую глину, позвал:

— Елена Федоровна, ты... Что тут, эта?

— Отойдите от света, вы ж мне загораживаете, тут... Э-э... «Лета 7115 февраля в 23 дн...» Так написано: дн. «На памят святого священномученика Поликарпа Змирского убиен бысть на государевой службе князь-стольник Юрий Мещера, а погребен того же мсца 27 дн на памят прпдобного исповедника Прокофя...»

— Ничего себе, — промямлил Свиридов и зашипел: — Елена Федоровна, какой гранит?! Ты ж говорила: глина! Должна глина!

— Ах, что я могу знать? Вы уехали, про вас такое говорили... Я одна. Сказали бурить. Откуда я могу знать? Может, так и надо!

— Ну, тихо... И что же, Прохоров, что ли?.. И еще, значит, как бы, такое, есть?

— Сплошь! Вон — мы сколь раз пробовали, столько и вывернули. — Прохоров раздвинул людей, давая простор взгляду.

Свиридов смурно уставился на каменные колоды, побольше и меньше, разно раскинутые по всей площадке, дыхнул и слабо сказал:

— Ну, а хоть вот эту прочти...

— «Лета 6814 преставись раб Божий князь и старец Исаия Петров...»

— Еврей, — заметил кто-то, Свиридов вскинулся:

— Кто сказал? А ну отставить! Я покажу... Я... в общем, разойдись. Пятнадцать минут технологический перерыв. Закурить и оправиться. Можно в туалет — малая нужда. Всем покинуть рабочую площадку! Поживее, живее. — Он уже нетерпеливо манил: — Прохоров, поди-ка, ага, сюда. — Схватил того за ремень и впечатал кулаком точно в лоб. — Ты мне что, мразь, откопал? Ты откуда достал эту пакость? — Прохоров угибался, норовя перехватить кулак, свалился на колени, Свиридов гвоздил. — Убью, тварь! Уволю без пенсии!

— Так находки ж! Федоровна!

— Прекратите... Или я уйду!

— Стоять! Все-все-все, прости, ну-ну... Ну вот здесь — что написано?

— «Анастасия Бахтеярова доч».

— А, тварь... А тут? Тут?

— «Священноиерей окольничий Борисов. Схимница Надежда. Волею Божею не ста Андрея Стефанова Веламинова. Иоанн... Калашников. Князь Прокопий Смойлов Траханиотов».

– Черт, черт!

– Не торопите меня! «Стряпчий Барнышлев преставися... Аврам Григорьевич Огин-Плещеев». Это... Не разберу. «Стольник Клешнин. Старец именем Андрей. Монахиня Елена, в миру Потемкина, преставися с миром. Зубачева Елизавета. Засекин. Епископ Крутицкий Пафнутий. Инок Григорий. В месяц январе 24 день Федор Михайлович Мстиславский. С нами Бог, никто же на ны». Сколько еще? Да что мы глаза ломаем, где ваши накладные – сверьте!

– Рот закрой! – Свиридов отступил в сторону, развернул на каменном гробу свиток, выуженный из потайного кармана, и уперся в него фонарным лучом.

Прохоров потрогал голову, на четвереньках добрался до груды палок и присел на них – палки, видно, наносили для костра, женщина темнела недвижно, как столб, – там, выше, над нами, завиднелось небо, словно чья-то рука оторвала его от земли; Свиридов листал-листал, страницы всхлипывали, женщина крикнула:

– Смотрите на «эн»! Надгробья! О господи...

Свиридов согнулся – страницы хлестали его по лицу, там, выше, теплело – снежная соль, щепотками достигавшая нас, словно ветер стряхивал ее с невидимых деревьев, теперь обратилась в холодные крапины – они кололи лицо.

– Нету. – Свиридов потушил фонарь, в темноте еще потерянно, пусто перебирал листы. – Нету такого. И что ж, Прохоров, вывернули, и еще, думаешь?..

— Вообще земли нет под ногами! Глина — тока на штык. И сразу эти камни, где ни забуриваемся! Вынимаем, под ей — другая. В одном месте решили вынать, пока будут, — шесть штук вынули, и все равно еще есть. А попробуй их вручную вынуй — окапывать надо, кран. Тесно лежат. Чуть костей только между. — Прохоров указал на кучу под своим задом. — Я уж приказал сносить на всякий случай. То монета попадется, то пряжечка, кресты. Вы говорите, забуриться. Сразу, прям, бить. Разобрались бы сперва. Шестой бур выщербили.

— Что за гадство! — вздрогнул Свиридов от дождинки, угодившей в глаз. — Елена Федоровна! Что за гадство?!

— Ну откуда я могу знать? — приговаривала женщина. — Что я вам, археолог, что ли? Кости. Думайте скорей. Сюда же приедут. Надо как-то сохранить вид, чтоб раскоп...

Дождь соткал из нитей сеть и мелко зашуршал по клеенке, прикрывавшей находки, рабочие возвращались, надевая на шапки пластиковые кульки и капюшоны из плащевки, становились забором вокруг.

— Думать нечего, — выдавил Свиридов. — Нечего думать! Превозможение! Ребята, колоды зарыть на хрен обратно. Наносить глины и заровнять в гладкое место — до лучшего времени!

— А костяки?

— Кости побить в мелочь и раскидать в поле. Прохоров, приказывай! Елена Федоровна, к одиннадцати будут плясуны, певцы, подвезут местных жителей, наше дело — помост, лесенки и лампы, на случай — в городе запразднуют и к нам припозднятся. А? Чего тебе, Костромин?

Свиридова тронул за хлястик стриженый парнишка:

— Товарищ прапорщик...

— Слушаю. — Свиридов будто обрадовался и уже наступал на него. — Че такое?!

— Может, хоть для истории надписи списать, или хоть кости оставим, там — тряпки, одежа.

— Для истории? — скорчил рожу Свиридов. — Молчи. Я сам знаю, какая нужна история. Ты вон туда смотри. — Пальцем ввысь. — Там что?! Там дождь. Дождь! Смотри туда — дождь! Иди вон зарывай, ломик возьми, на руках не подымете, ну! Дождь! Дождь!

Дождь зачастил. Заблестевшие сапоги растаптывали дно в жижу. Небо холодно пасмурилось. Не верилось, что наверху сплошь лежит снег и лиственницы стоят в хвостатых шубах. Пусть дождь сильнее — побыстрее пройдет.

Дождь сверкал спицами, ветер немного добавил ему наклон, плечи темнели. Я не взялся помогать — людей набралось вдосталь, одни спины. Поддевали ломами колоды и перекатывали к ямам, ломы вязли в глине, принесли березовые чурбачки, чтоб подкладывать.

Отдельная артель собирала черепа и кости в ведра и вереницей тащила наверх, держась за протянутый канат. Рядом блестели свежеоструганные мостки с площадками и перилами, но их берегли, а то потом не отскребешь. И я поднялся выше на два яруса.

Я встал под клеенку, берегущую отрытое поселение — горшки и какие-то осколки, уже заделанные под стекло. Рядом на щите написали красиво, что где, — дождь баюкал легчайшим грохотом, травяным громом, под клеенкой затеплилась и вспыхнула на всю яркость лампочка, рядом пережидали дождь две женщины в пушистых одинаковых шубах, они держали указки, как шпаги.

Свиридов командовал слышно. Здесь — удивительно слышно. Зажмуришься: люди рядом, отчетлив каждый матерок и хрип, а по правде — вон они где.

Свиридов проломил на луже лед и ковырнул дно палкой — мягко. Воткнули в воду заостренный кол и забивали кувалдой — пошел, пошел! — нет камней? поддается!

От лужи прокопали канавки и выгоняли воду лопатами, выбрасывали синеватые ломти льда, друг друга пятная брызгами из-под ног, дождь торопил и добавлял злости.

Бур подкатили, не опуская, стоймя, впряглись в два каната, Свиридов руководил взмахами шапки — бур подвигался тяжкий, как царь-пушка, диски подсовывали под колеса, и, уже быстрее, он съехал по наклону на осушенное дно, растопырили лапы, подставив под каждую железную плиту. Попробовали движок, незаметно пал ливень, шорох потяжелел, и клеенка прогибалась, с краев ее брызнули веселые струйки, опускалась мгла, вода мельтешила, несясь с сухим треском, разламываясь на лету и с шипом входя в замаслившуюся землю. Над раскопом повис тихий ровный вой, я поджидал облегчения — очистится небо, сбавит напор, но небо темнело и дождь обваливался весомо, усиливаясь с каждым приступом, убыстряясь, люди хотели переждать, но Свиридов, заглушая вой, кричал: нету времени; колеса бура заблестели сапожной ваксой, люди спешно затаптывали ямы, набросанную глину, кто закончил, и лишние брели наверх, цепляясь мокрыми пальцами за глину — канат давно выдернули. Люди поднимались, отдыхая на уступах, одни спины, будто влажная чешуя — змея ползла, кто срывался и ехал вниз, того подхватывали и возвращали в цепь. Ливень глушил; женщины, спасавшиеся со мной, встрепенулись — вода просочилась меж клеенкой и задней стеной уступа, заровненный лопатами пол мигом вымок, вода сплелась в канатик, и он на глазах протер в глине извилистый путь и сильно брызнул вниз, на следующий уступ, вода разветвилась под ногами, запружая поверхность вокруг ящиков с находками, слева прыгнул, промяв клеенку, еще ручей, я показал женщинам: уходите, они боялись; Свиридову кричали со всех сторон — вот! — по уступам вокруг провисли мохнатые, зажурчавшие ручьи, пронзая палатки и найденные древности насквозь, обламывая края уступов, резко высветив глину, завихряясь на пути ко дну. Свиридов плаксиво наморщился и отвернулся — движок взвыл, бур крутанулся, лопасти слились в мельтешащее пятно, Свиридов потянул вниз рукоятку с красным шариком на конце — бур легко опустился до земли, вонзился в грязь и с изменившимся, утробным звуком, задрожав, двинулся вглубь, труднее, но все так же последовательно ровно, рука у Свиридова напряглась, и он вернул рукоятку вверх, чтоб прочистить скважину, — обратно бур пошел весело, выскочил с чмокающим звуком и одним движением раскидал темную грязь, облепившую его валиком, и заблестел, как прежде.

Свиридов заглушил движок, особой палкой с черными метками замерили глубину, показали ему, сколько есть и сколько осталось, — бур взвыл и снова погрузился в скважину уже совершенно легко и в глубине достиг наконец плоти; теперь Свиридов не спешил возвращать бур, гнал глубже. Запела лебедка — мачту стаскивали ниже, от ее маковки тянулись канаты к катушкам, расставленным вокруг раскопа. Оставшиеся окружили бур, ждали, опершись на лопаты, смутные и безлицые в ливне, как рыбы.

От нашего уступа отломился край, вода уперлась в него вдогон, обежала, подмыла, и он поехал дальше, еще по течению раскисая в грязь, я оказался в луже, и бабы скулили в луже — они решились и побрели к лестнице, поднимались, перехватываясь по перилам, снаружи лестница оставалась чистой.

Свиридов еще дважды поднял бур, очистил, замерили — осталось немного. Показали — на локоть, одежда вымокла, и сразу перестал чувствовать холод, под шапкой таился еще кругляш сухого тепла, ливень не смирялся, но бил уже равномерно, без обвалов — выдыхается, все! — бур победно выскочил — смеялись и протягивали руки, — на самом острие налип кружок жирной земли, чернозем! конец глине! Отламывали, мяли землю, перебрасывали Свиридову, показывали большой палец: «Советский Союз!» — к шуму воды приплелись истошные возгласы, я высунулся из-под клеенки — бабы испугались, почти добрались, но от их дерганий снялся с места и поехал пролет лестницы, они вовремя отцепились и теперь ползли на карачках, марая шубы, им бросали веревки, но они не видели, лестница искривилась, отделивши щелями пролет от пролета. Вдруг спокойно всхлипнула вода, словно покидая ванну, я обомлел: бур проваливался, лишь верхушка еще торчала над землей, люди лежали вразброс, приваленные землей по плечи, одинаково барахтаясь, сверху закричали все по-птичьи, непрерывно. Я, пьяно шатаясь, подбежал к лестнице на помощь, дождь редел, бур проваливался глубже, дно так страшно приближалось, будто я падал сам, я заметил пену, крутит вода! — не проваливается бур, тонет, это поднимается вода, лестница стонала и раскачивалась. Лезли ко мне брызгающиеся грязные кульки, перебирающие розовыми когтями под визг, рвущийся отовсюду, они словно отпихивали воду ногами, а вода гналась, с шипением распираясь на каждом уступе, срывая клеенки, выдирая палатки, заглатывая доски и коробки и опять распухая, я бросился прочь, от притяжения грязного клокочущего пузыря, я давал себе слово оглянуться на каждом следующем уступе, но смог остановиться только наверху, попробовав землю, заметив деревья — куда лезть. Вслед за мной пружинистая сила выбрасывала других, они кулями валились в грязь, задыхаясь и отплевываясь, унимая в руках дергающиеся, хватающие движения, разрывая ремни, сбрасывая брюки, исподнее, стаскивая друг с друга сапоги, никто нижним не помогал: смотрели и кричали, снизу доносились кличи Свиридова:

— На-за-ад! Спасать! Вязать плоты!

И сейчас же его вышвырнула наверх та же страшная сила, и он взбрыкивал, скидывал одежду, истощенно хрипел и выжимал шапку, мутная вода без ряби казалась неподвижной, но, если глянуть на края, заметно, как поднимается она, мерно раскачиваясь, как опирается на уступы и разливается шире, опять показалось: мы падаем — невольно все отступали; противоположный край раскопа вдруг оказался другим берегом — далеко, грязное тесто пучилось и соединяло берега, люди замолкали, носились и кричали две чайки, ныряя к воде и качаясь в воздухе, вода замедливала подъем и вращение, в ней можно было различить тряпки, черенки лопат, доски, кверху днищами плавали лестничные звенья, то и дело вода выпускала из нутра неприятно рыгающие пузыри. Дождь истощился, небо выбелилось. Дождь растопил снег, и кругом открылось поле, слегшая трава, похожая на бурые водоросли, весенне пахло хвойными иглами, в мокрых кустах с сухим трепыханием путались воробьи, деревья почернели; разжигали костры, я нашел Свиридова, он, приплясывая, переодевался в сухое, слезы сползали с его лица сами собой, я спросил:

— Докопался?

Он зашатался меж молчащих, сбивающихся у костров людей, оборачивался, замирая на пузыри, выпрыгивающие из глуби, он хватал неуверенно за ближние рукава.

— Все здоровы? Что, или кого-то нет? Слава богу — живы! Или кого-то нет? Носить дрова, установить очередь! Посмотрите друг на друга — кого не хватает? Все? — И возвышал голос: — Ничего, ребята, подымемся! Возьмем у американцев опыт. Американцы давно придумали, как поднять. Не повезло — подземная вода, избыточное давление. Нам поверят!

Свиридов закрыл обеими руками лицо — по дороге спешили черные автомобили и останавливались «елочкой», крылышками распахивались дверцы, последним прибыл автобус Львовского автозавода.

Прапорщик едва не упал, но освобождался от подхватывающих рук.

— Уже. Умеют работать. — У него слезливо схватывался подбородок. — Я отвечу! За мной не ходить! — И покачался навстречу бежавшим от автомобилей — развевались плащи, я не отставал, Свиридов что-то приговаривал себе под нос, смазывая ладонью по бровям, негромко запел, тяжким вздохом набирая дыхания для очередного куплета, остановился, дойдя до отведенного себе предела, и опустился на колени, расставив руки коромыслом, и заплакал в голос, я вцепился в его плечо.

— Товарищ прапорщик! Встаньте!!

— Пусть! Теперь — их воля. Девять областных музеев...

— Свиридов, отставить! Вста-ать! — просил его Губин, он добежал первым. — Что за проявления? Смотрит же личный состав! — Витя остановил своих. — Не подходить!

— Решил для жителей водоем. Пусть моются. Белье можно постирать. Теперь мы здесь отдохнем. — Прапорщик опустил руки и броском попытался ухватить Губина за колено. — Прости!

— Что? Свиридов, я прошу вас! Что вы такое... Встать, смирно! С вами просто невозможно по-людски... Мы торопимся, внимательно прошу. — Витя зацепил за шею Свиридова и меня, мы ткнулись в его щеки. — Кончено! Едем встречать Президента. Город ждет. Будем праздновать. Недостойно отменять. Тем более — все готово, осталось заполнить чем-то место. — Губин тряхнул меня. — Вас в городе мало кто видел. Рост подходит. Оденут. Парикмахер, волосы. Ваше отсутствие, товарищ прапорщик, также не заметят.

Только немного подкрасить. Молчать! Вы сделаете, я прошу. Кому зря не поручишь. От вас всего ничего — выйдете на крыльцо, посмотрите, на вас посмотрят, снимут, и проезд по городу — распорядок сократим. Вам — только рукой помахать. Я придумал, товарищи подсказали. Знает еще один. И вы. Я буду рядом. Все время буду рядом. Никто близко не подойдет. Да их никто близко и не видел. Это последнее, честно. — Губин заново встряхнул меня. — Это не противоречит... В полдень — на вокзале. Успеем. Все, идем, идемте, ходу, вон, в автобус, там занавесочки. — Повлек нас, но Свиридов дурашливо начал упираться. — Товарищ прапорщик, вы что?

— На колени! — приказывал Свиридов и смеялся сам над собой. — Проси на коленях! Падай в ноги.

Губин измученно улыбнулся и потащил нас дальше. Свиридов взрывами хохотал, восклицал:

— На колени! — Вис на его руке и делал вид, что все, дальше не иду. — Целуй руку!

Все расступались, мы — одни, догнал лысый солдат в телогрейке и подпихивал Свиридова в зад — подсаживал в автобус. Губин заученно проговорил кому-то внутрь:

— Это офицеры Министерства безопасности. Вы поняли, нас попросили из Москвы на случай иметь похожих людей. Для безопасности. Я понимаю, что поздно хватились. Ну хотя бы отдаленное сходство. Когда пора, я постучу.

Выпрыгнул, автобус поехал, мы увидели зубоврачебные кресла, зеркала и старух в синих халатах, спросил время: восемь утра; Свиридов прошелся меж кресел, его усаживали, окликнул меня:

— А правда у меня походка генеральская? — И зевал, а нам протирали лица водой с церковным, похоронным запахом.

— Вот чем закончилось, — протянул лысый солдат, он тоже с нами, я вздрогнул, предупредил Свиридова:

— Клинский! Не слушай его! Чего тебе? Чего ты к нам ладишься? — Посмотрел на его череп, ожидая увидеть впадины, бугры, синие пятна.

Солдат залепил лысину руками и невесело тянул:

— Не-ет, ничего они не успели надо мною — все обошлось. Что думаешь первое? Земский собор? — Заикнулся и посидел, разинув рот, словно челюсти расперла пружина. — Главное сделано, остались мановения руки. Нагнали силу — пойдет сама. — Ему неприятно, что заикание все заметней, он отдохнул. — Сейчас не хочешь, а там затянет. Лучше прикинуть загодя, что первое? Направление. Хоть из рук не уронить. Будет противно — никто не имеет... заставлять целую жизнь. Подменим. Простите! — Он поцеловал мою руку, я запоздало отдернул. — Не губи. Не забудьте меня. Я для себя корыстно не брал, мы-мы-и... — Заикание одолело, он пятнами покраснел от смущения и ушел к водителю, на соседнее сиденье, где помещаются ученики, билетеры, экскурсоводы.

Старуха запрокинула мне голову на кожаный подголовник.

Растерла по ладоням маслянистые червячки вазелина и легкими нажатиями пальцев слева и справа крепила на мой нос мокрые тяжелые нашлепки мучного цвета. Разгладила... И продолжала лепить уже ноздри.

Старуха оборачивалась на изображение, не видное мне, я покосился: прапорщику втирают в щеки черный порошок. Он сидел не шевелясь — спал.

Что теперь берет? Взяла вату, смяла из нее две лепешки, прикладывая для уточнения размера к моим щекам. Вырезала из белой простыни два лоскута круглых и промазала их края белой, пахнущей спиртом жидкостью. Приложила вату к щеке и накрыла ее лоскутом — смазанные клейкие края пришлись на кожу. Она разгладила лоскут по окружности — приклеила. И взялась за другую щеку.

— Подсохни. Пока буду одевать.

Старуха ловко снимала все, я только чуть приподнимался и наклонялся, подымал поочередно ноги, просовывая в новые штаны, она зашнуровала ботинки.

— Не туго? Рубашку потом, а то уделаем. Улыбнись. Щеки надуй. Глаза закрой — открой. Вот так, носом потяни — ну! Ничего. Смотри в зеркало.

Старуха запятнала какой-то мазью лицо и размазывала пятна равномерно — кожа становилась белесой. Намазала румяно скулы и с них размахала розоватость по щеке, к нижним векам, к уху, на подбородок. Провела розовую полоску над бровями. Наклеенные щеки закрасила не сплошь — оставила по белому пятнышку в монетку. Щеки получились толстые, провисшие.

Особой, щетинистой кисточкой старуха выкрасила седыми мне брови и чуть подправила их размер. Другой кисточкой подчеркнула коричневой чертой нос, обозначила ноздри.

— Губы. Пусть, наверное, улыбается, да?

— Твоему — да, — отозвалась вторая, красящая Свиридова. — У моего все равно не будет видно. Может, мне зубы выбелить?

Кисточка щекотными касаниями продлила линии верхней и нижней губы, чуть задрав — улыбающийся рот, чистую кожу в уголках закрасила малиновым.

— Как новый. — Старуха рассмеялась. — Ишь замер. Состарим!

Она обмакнула бархотку в баночку с порошком, напоминающим пепел, и прогладила ею лицо, особо задерживаясь на висках, глазных впадинах, верхних веках — там кожа стала землистой.

Автобус остановился. Старухи одинаково посмотрели на часы.

— Приехали уже?

Лысый солдат промолчал. В окна накатывал ветер. Старуха попыталась отвернуть шторку, но снаружи по стеклу ударили железным. Успел увидеть самолет. Летное поле.

— Главно, чтоб не дождь.

Выше кадыка она провела одну над другой две коричневые черты. Между ними закрасила белым. Подбородок вышел двойным, тяжелым. Она взялась рисовать морщины, я подумал, скоро — все, и захотелось увидеть Свиридова, чтобы он хоть взглянул, но там, где был прапорщик, чернела поблескивающая лысина, и старуха клеила на нее кучерявую шерсть.

— Сиди спокойно.

Снаружи не расслышали, и вкрадчивый голос Губина сообщил:

— Работайте спокойно. Время еще хватает.

Старуха нарисовала морщины от носа вниз, углами вокруг рта, дуговые над бровями и выше — мостиком над переносицей. Каждую морщину она разгладила пальцем — они стали мягче.

Смочила в миске расческу и со лба волосы убрала назад, сгладила вихры, освободила уши — теплая капля упала на шею. Старуха сняла с болванки гладко зачесанные седые волосы, накрыла ими лоб мне, натянула к затылку и надела на голову совсем, поправила. Где высовывались подлинные волосы, она загораживала их седой прядкой, приклеивая ее к коже, чтоб не задралась.

— Пробуй — кивай, сильней кивай. Дай рубашку оденем. Она без пуговиц. Я прям на тебе нитками на груди прихвачу, сверху галстук прикроет, пиджак все равно не расстегивать. Кто там будет приглядываться. Белая рубашка и белая, хорош. Пиджак...

Подбитый ватой пиджак толсто торчал, как кавказская бурка. В нем жарко и не повернуться.

Старуха потрепала волосы на лбу — топорщились, прижимала их, отпускала — не лежат, достала из кармана ленточку и расправила на лбу.

— Да что ты? — И отдернула руки.

— Нет-нет, не хочу. Без этого... Не это.

— Видали его? Так спокойно сидел... Почему не надо? Паричок поддержит, а то будет отставать — некрасиво.

— Нет, уберите ее!

Старуха мученически вздохнула, оглянулась за поддержкой к лысому, теребя ленту.

— Не пойму... Вам цвет не нравится? Почему какое-то отторжение? Вам же самому свободней будет. Давайте так: я попробую, чуть-чуть. Не понравится — сразу снимаю, я сама увижу, если плохо. — Она говорила неестественно, как ребенку. — Пробую. Сами убедитесь, как вам сразу будет хорошо. — Ловко промазала ленточку клеем и вмиг налепила ее на лоб, прихватив нижнюю кромку седины, и двумя движениями от середины ребрами ладоней пригладила.

— Вот.

Поболтала кистью в баночке и быстро-быстро закрасила ленту белесо-розовой мастью, захватывая и лоб, границы ленты и лба слились неотличимо.

— Во-от. Сейчас еще подсохнет. Ну, убедились? Никогда не надо отказываться, если не пробовали. Я ж не говорю, как вам лучше делать вашу работу. Так и свою работу — я лучше вас знаю. Теперь и головой можете свободно, а то боялись бы повернуться... Зойк, покажи своего. Ох ты, — рассмеялась. — А что ж так жирно на щеки?

— Взопрел.

Двери пропустили Губина в светло-сиреневом генеральском мундире, душистый, фуражка в руке, негромко:

— Самолет сел. — Заглянул в закуток водителя. — Иди в караулку! Мамаши, спасибо, вы здесь... вот вам в сумке перекусить. На первое время. Прошу. — Растерянно взглянул на меня, белое лицо. — Машина — вот, рядом. В заднюю дверь, прошу. Вы... Вы без шляпы? Прохладно... У нас. Вот так встречаем, оплошно. Пожалуйста.

Автомобиль, огромный и сверкающий, как мокрый зонт, ждал впритык к автобусу, самолетное завывание, и я торопко пробрался в чрево — на мягкие диваны, водитель за непроницаемой стеной, диваны напротив друг друга, напротив поместился негр — коренастый потный негр с безобразно вывернутыми губами. В светлом костюме. Он все трогал земляными руками: столик, пепельницы, телевизор, рычажки, опускавшие стекло, кнопки нажимал — в потолке зашумело, и нас обдувал теперь сквозняк, негр вытер пот на лбу и напуганно осмотрел свою руку.

Лысый опечатывал двери автобуса, Губин прокричал вдаль:

— Пускайте водителя! — Насунул фуражку и осторожно забрался к нам. — Удобно устроились? Сейчас поедем. Я подумал: без сопровождения, без мигалок, а уж доедем до места, там — все... Ничего?

Прошу прощения. — Он избегал моих глаз, принужденно улыбался. — Чуть обождать. Минуту. Песню включить?

— Человек вон этот, — негр спрашивал. — Что с нами?

— Что вы? Какое? А, этот, остриженный? Честно говоря, хотелось бы, да. Хотя он, вы правы, не вполне официальное... Но по существу — опытный товарищ, помогает, а-а... У вас какое-то есть?.. Почему вы спросили?

— Останется пусть.

— Да? По совести говоря... Впрочем, я и сам... Думаю, что... — Автомобиль шелохнулся, Губин припал к переговорному устройству. — Сел? К гостинице, со стороны бульвара, вход в кинобудку, знаешь? Давай! — И замкнул дверь.

Лысый сноровисто обернулся и взирал, как удаляется автомобиль, не сойдя с места. Его заслонили подбежавшие спины. Мощное радостное движение увлекало, мы летели, как к бабам в чужой город.

— Не холодно? А вам? На месте у нас небольшое празднование, подготовили, что можем... Сами увидите, не стану предварять, — тараторил, то плаксиво жалясь, то потерянно усмехаясь. — Удобней смотреть с крыльца, надеюсь, одобрите, чтоб трибуну не городить, тут я осмелился распорядиться... И всем видны. Обратите внимание: с вашей стороны проезжаем птицефабрику, поселок птицефабрики, сама-то фабрика разбросана, несколько производств. Крупнейшая в области. Договор с немцами заключили на перо, но развитие сдерживает несовершенство нормативных... − Губин поперхнулся и больно потискал пальцами губы. − Позвольте, я занавеску задвину? Благодарю. Да-а, столько ждали. А теперь − не верится...

Веки у негра кроваво закраснели, он опустил широкий раздавленный нос с маленькими ноздрями и причмокивал.

Я не мог найти, на что возможно смотреть, и все не могли. Но вскоре я начал вслушиваться − у водителя играет? Всплесками, мешаясь с птичьими отголосками людей, − просто мы подъезжаем. Мы мчались незрячими, и звуки для нас окрашивались и получали рост: там пробовали согласие золотые безбрежные оркестры, бухающие барабанами, расходились и схлестывались, и так же схлестывались внутри болезненным комком разминувшиеся под разные марши вдохи и выдохи, все пробивали гудки автомобилей. Мы словно сидели у растворенного в весну окна, когда все звуки свежи, значимы после зимней заклеенной глухоты, мы оказались на берегу вороньих кличей, спешащих каблуков, шершаво трущих о дорогу подошв − там текли реки, они текли строем и, пересекаясь, не смешивались, добавляли тревоги звуки непонятные, случайные, их доносил в щепоти ветер: какие-то жестяные удары, хлопки, как о пыльный ковер, словно лай собаки, стругающий кашель, и сверху всего звонко переламывался церковный звон, словно небо прохудилось и с него сочились частые колокольные удары: долетало все поразительно, потому что человеческие голоса так сплотились, что казались тишиной, человеческие голоса не разделялись, безлико шумели, как прибой, вокруг, и я боялся дыхнуть, казалось, мы на дне — раздавит, по крыше ударят кулаки, брызнут стекла и руки потянутся к нам.

— Подъезжаем, — сгорбился Губин, откашлялся. — Под-ез-жаем! Город наш, посмотрите, красивый... — Пальцем очистил от занавески самый уголок окна и приложил глаз, отправив фуражку на затылок.

Негр беспокойно пересел, посжимал-разжимал кулаки, пофыркивая, как собака, — душно и страшно вспотеть. Спросить бы воды.

Губин ощупью нажал переговорное устройство.

— Вплотную к кинобудке, к двери! Покажи им пропуск. Выйди постучись — откроют. И сам уходи на площадь. После одного человека отвезешь на вокзал. — Спина у Губина бугрилась, он кратко глянул в зеркало, неузнающе мазнул глазами в нашу сторону.

— Ну. Пойду!

— А вот скажите, скажите, — распаляясь, залопотал негр, обиженно подергивая головой. — А вот я слышал: вы имеете значительные раскопки археологии. Их желаете показывать?

Губин, казалось, удивился и после неприятной заминки уверенно, но медленно подтвердил:

— Верно. Есть действительно ценное месторождение, — говорил почему-то преимущественно мне. — Целый город. Но это не совсем здесь. Дальше. На берегу озера. Красивое место. Жаль, что не можете дольше остаться. А то — оставайтесь. — Стараясь улыбнуться. — Будем рады. Что-нибудь придумаем.

На улице он расправлялся:

— Охрану отсюда! Убирайте, убирайте всех!

Что?! Грохот затопил нас, тяжелые страшные марши, запаленные выдохи тел — это негр бездумно включил телевизор, и мы завороженно уставились: неузнаваемая площадь, покрытая шапками и плечами, сплошь осененная знаменами, как травой, раскачивалась вокруг переливающейся массы оркестров, грохотавших, грохотавших, как сердце, гнавших волны от себя; площадь лежала как шерсть, как брюхо зверя, расставившего свои косматые конечности в улицы и переулки, и молчала; жутко, словно мы слышим трепет каждого знамени; в телевизоре пошуршало, и близкий голос буднично сообщил:

— В гостинице «Дон» подходит к концу представление Президенту России и Генеральному секретарю Организации Объединенных Наций руководителей города и области. Сейчас наши гости в сопровождении губернатора Виктора Алексеевича Губина, которому, как стало известно буквально только что, указом Президента присвоено звание генерал-майора, выйдут на крыльцо гостиницы и примут участие в праздновании открытия памятника «Исток Дона».

Марши оборвались по едва уловимому муравьиному взмаху, набрали воздуха, и общей мощью загрохотал гимн.

– Скорее! Надо идти! – орал Губин, отворив дверцу, заглушая. – Я прошу! – Заткнул телевизор, но гимн гремел громче, с улицы, близко, потряхивая землю, по которой мы пробежали в растворенную дверь, в страшном воздухе, в кинобудку и дальше – меж круглых железных коробок и киноаппаратов, уткнувшихся в отверстия в стене, похожие на корабельные бойницы, и вышли в голый, дочиста вымытый проход, упиравшийся в двойные стеклянные двери, – издали сияло золото круглых ручек. Верхняя часть дверей пропускала небо, внизу сгрудились дома, на донце темно шевелилось человеческое тесто, гимн взрывами оглушал, я задыхался в броне тяжелого, обшитого ватой пиджака, негр унимал трясущиеся руки.

Губин оперся на стену, запрокинув бледное лицо, морщась, будто болит, сглатывал, скулы ему перехватывали невидимые скобы, очнулся, поболтал губами, сильно насунул фуражку и, как только отыграл гимн, растолкал двери и прошел крыльцом уверенным шагом на глаза неистово взревевшей толпе – и долго успокаивающе держал поднятой руку, другой, затрепетавшей, никак не мог достать бумагу из кармана кителя.

«Этот день... Многие века...» Я не понимал ни слова. Он читал короткие, громкие слова. Когда замолкал – площадь хлестала ладонями. «История нашей великой страны...» Рубаха моя намокла совсем, горячая испарина уводила зрение, мешала дышать. Я боялся свалиться. Я чуял, если хлопают, значит, сейчас – мы. Но он брался читать дальше.

«Свершений... На пути...» Так тянулось, иногда вдруг холодно — когда ветер растворял чуть двери и проскальзывал к нам ледяными свитками, казалось, все обойдется.

— Господин... — негр показал мне: послушайте.

— Мы не так. Не надо было строить. Нам важным оставить лицо, впечатление от нашей великой, нашей русской земли, ничего другой оставить не можем. Так сломать, сровнять, а построить малую часть. Но на великий размер. Все пройдет, все пройдут, от нас останется эта часть. Приедут другие, приплывут, найдут нас и скажут: какой же великий был тот народ, если такой великой у него такая малая у всех часть, и как же был велик тогда их весь город, и — замолчат. Выстроить одно — крыльцо, уборную. Проходную. Но — большую.

Я ответил знаками: все уж, идет за нами. Губин пьяно пробирался к нам сквозь двери и рядом махал фуражкой на распаренное лицо, пот с его бровей капал на щеки, он норовил подхватывать его губами и кособочил рот. Негр отвернулся, на площади — ни звука. Негр отправился прочь, Губин ринулся вслед, с воздетой рукой, но не мог проговорить сквозь перехваченное горло, лаял:

— Хэй-эй-хэй, — пытался отхаркаться.

В проход запятились два солдата. Один натирал пол обутой на босу ногу щеткой, второй осушал тряпкой получающиеся мыльные разводы, Губин засипел:

— Кто?! Да кто?!

Солдат с щеткой мигом оборотился, увидел меня — ахнул, они бросились прочь, один поскользнулся и полетел негру под ноги, крутанулся на полу, подальше от протянутой негром руки, Губин намертво ухватил негра под локоть и чеканил, вздыхая:

— Я рад. Что мы провели. Успешные переговоры. Позвольте вас, теперь...

Подтащил негра ко мне, мой локоть сам собой подставился Губину — он двинул нас вперед, мы миновали двери, за ними стало не продохнуть — и заухали взрывы, в небо высоко побежали лохматые тропинки салюта, пересекаясь, разбухая вспышками, наливаясь светом, как царапины наливаются кровью, превращаясь в цветы, замирая и пропадая напрочь, рассыпаясь огненной дробью и хором взлетая еще, — «Ура-а! Ур-ра-а!!!» — раскатывалось в ответ, мы остановились на высоком крыльце, выложенном серыми плитами, расступались ближние люди, образуя вокруг нас поляну с ровными углами, а народ стоял там — дальше еще, за легкой оградой, внизу, и площадь смотрела на небо, салют влажно дрожал на лице Губина, он еще подвигал нас вперед, туда, где, как цапли, одноного стояли микрофоны, на постеленный коврик, красный с желтой каймой; салют ослеплял разные щеки домов, то приближая, то затемняя их, площадь вдруг закричала разом: откуда-то со стороны, в небе, оказались легкие чашечки парашютов — от них заклубились цветные дымные хвосты, закручиваясь друг за дружкой, ослепляюще засияли прожекторы — они тяжело поводили безухими головами, пока тесно собрали свет на той стороне площади, на глыбе, завешенной мешковинным полотном, как зеркало; Губин негромко проговорил в микрофон, но по тому, как замерла площадь, я понял: его слышат.

— Дорогие друзья! Мы все так долго ждали этого дня. И так много сделали, прежде чем он наступил. Право. Открыть памятник. «Исток Дона-а». Предо-ставляется. Президенту! Российской Федера-ции! — И он сильно захлопал, и замолотили руками все, заревело, удушающе затряслось, Губин поощрительно улыбался мне, встряхивая, как лошадь, головой: ну! Я ступнул к микрофону.

— М-мы... — Не прерывалось, гремело, — мой голос не усиливался, Губин отрицательно тряс фуражкой: нет нужды — и, ударяя в ладоши, задирал правый локоть, и делал умоляющее лицо, и я зеркально поднял руку, словно желая поправить волосы, и — «Ура-а!!! Ура-а-а!» покатилось, раздробляясь в невнятный рокот и собираясь наново, — «Ур-ра!!!» — с глыбы слезла веревка, и за ней ломтями отлеплялось полотно, как простыня с мокрого тела, открывая каменную громаду памятника, на которой вновь сошелся свет, и тотчас взмыли вокруг снежные усы фонтана, и я догадался: это сделала моя рука. «Ур-ра-а-а! Ура!» — взлетало и угасало, и знамена кружили, гоняясь за своими хвостами, свертываясь в воронки; снесенными ветром яблоневыми лепестками сошли с рук и белой рябью замелькали голуби, поднимаясь ввысь и темнея. Губин шагнул трижды на ступень вниз и остановился впереди нас, смирно, только завел за спину руку и потряс ею — и я как завороженный поднял свою ладонь и также мелко замахал ею, будто протирая невидимое стекло, и немедля ряды народа смешались и пошли в пляс, волнами приседая, раскручивая пенные подолы, вверх растягивались гармони, подымались ложки, белые, как кости, дудели в рожки с ближних крыш, вкруг фонтана разноцветными венками завелись пестрые хороводы, над головами, словно подброшенные, взлетали плясуны в кумачовых рубахах, новые парашютисты в небе образовали звезду. Губин чаще, чаще хлопал, ближние к нам, в погонах, хлопали также, не видим ни одного лица, я даже не чуял ветра, хотелось спуститься — вдруг наткнусь на стекло? — визги и посвист неслись отовсюду, негр как заведенный ладонями ударял, он начал повторять какие-то слова, я скосил глаза: негр плакал, жалко расклеив толстющие губы, и черные капли ковыряли ему рубаху и воротник, он тягуче, вчуже твердил:

— Нащь народ. — И рыдающе набирал воздуха, чтобы опять: — Нащь народ! — Уморился хлопать и беспорядочно завзмахивал руками: плясал, что ли, по-своему? — площадь увидала его и весело шумнула в ответ, подавшись к нам, подвинув легкие ограждения, и негр заплакал совсем навзрыд, схватившись пальцами за щеки и раскачиваясь, Губин не решался оглянуться, но зыркал по сторонам, чтоб по лицам ближних людей понять — происходит что за его спиной?

Негр шлепнул меня в плечо:

— Скажи им!

И площадь тут же захлестнул единый крик восторга — нас видели! нас понимали! — пляски смешались, махали нам, кричали каждый свое; негр, морщась от слез, еще крепче бил меня в плечо, пожимал руку, показывал поднятый над головой черный кулак, а я хлопал, хлопал, с трудом соединяя ладони — их разделяла непустота, я дышал, я жил, я уходил отсюда, все заканчивалось, я легко оторвал взгляд от людей и смотрел на дома, окружившие нас, но мне мешали люди, махавшие, пускавшие ракеты из каждого окна, бросавшие распадающиеся на лету охапки цветов, я поднял глаза на крыши — но там люди в белых накидках выкладывали собой буквы и поднимали на плечи гимнасток и плясуний, я поднялся взглядом на трубы, впечатанные в небо, и город оступился, отпустил; негр, для опоры, ухватил микрофон и тер его в руке, как яблоко, и дышал на него, как на руку любимой в стужу, он подтолкнул меня к микрофону, я кукольно подчинился; вдруг он указал на меня и крикнул во всю мочь:

— Включить! Слово предоставляется...

Я увидел, как качнулся назад Губин, чуть не упав навзничь, но не успел и слова вымолвить, как негр ударил пальцем по сетчатому шарику микрофона, и на всю площадь бахнул барабанный удар — включено! — все смолкли мертво. Негр вознес левую руку, правой — подталкивал меня; сейчас и я услышал ветер и понял, почему не чуял его, — у меня не осталось открытой кожи; негр довольно взрыкнул, злыми движениями суша себе щеки от слез, и показал вниз:

— Скажи им! — Его безбровое лицо смялось жирными, пластилиновыми складками — умоляющими. — Скажи ты им! Да? Нет? — Выпустил мое плечо. — Нет. — Тронул волосы, оглядывая площадь с края на край, совсем на задах еще покачивалось небольшое движение, а так — каменно все молчали, образовав правильные ряды, изгибающиеся подковой.

— Люди, — начал негр. Обернулись даже ближние в погонах, и Губин наконец-то смог повернуться к нам, бредяще шевеля губами, я смотрел точно на него и повторяюще начал смыкать-размыкать рот.

— Он, — негр показал куда-то поблизости. — Знает правду. Как вы тут — знает. Больше не так! Мы для этого здесь. — И негр ищуще заоглядывался, будто что-то приносил сюда и оставил рядом, где? — ближние оторопело подались вширь черепашьими редкими толчками, и негр это увидел и как вспомнил. — Вот! Вот! — Выбрал окаменевшего Губина. — Иди сюда!

Губин скрипуче замедленно повернул голову на ближних, через другое плечо обернулся на площадь и вдруг действительно двинулся к нам, тихо переставляя ноги на невидимом заплясавшем канате, негр от неожиданности сам отступил, но Губин этого не видел, он смотрел на свои ноги — чтобы ровно поставить, а негр в ободрение ринулся навстречу и поймал Губина за воротник.

— На колени!

Губин попытался еще один раз обернуться к народу, но негр ударил кулаком ему по козырьку, фуражка перевернулась и слетела с головы, перескочив две ступеньки, простоволосый Губин опустил лицо и снизился на колени, покорно поместив их рядом на коврике, поставив руки по швам.

— За неправду. — Негр схватился за погон Губина и рванул — с мясом! Губин кулем покачнулся, и вышло так, словно сам подставил второе плечо, негр рвущими усилиями выдрал второй погон, по площади разнеслись женские стенания, там все колыхнулись; негр утомленно повел головой, опять чего-то поискал, приказал:

— Возьмите его судить!

Стремительно к нам побежали люди, негр попятился и наткнулся на меня, мы вдвоем, я защищающе вскинул руки, кто-то скомандовал, вокруг Губина согнулись спины, его подхватило и снесло, как волной, последний подобрал откатившуюся фуражку, перед нами вытянулись каких-то четыре офицера, держа руки у козырьков, я не мог понять, они тихо так шуршали, но негр слышал.

— Что?! Самим не стыдно? Не мне служить! Народу! Им! — Повлек всех, и меня, вниз. — К народу! — Мы спускались. — Вот им! — И приходилось уже бежать. — Вот им! — Негру не терпелось, он оторвался и помчался дальше один во весь дух, вынеся руки узко вперед, словно выбрал и сейчас ухватит какую-то одну шею, вокруг нас, опоясывая цепями, тоже бежали вниз командиры, черные пиджаки, надрывно припадая к рациям, дуя в свистки, с крыши докарабкался вверх вертолет, голос с неба:

— Остаемся на местах. Приветствуем.

Толпа пятилась, пятилась, скоро освобождала площадь, многие уже показали спину и пробивались прочь, из недр было выставили детей в русских нарядах со связками белых цветов, дети нетвердо чуть пробежались навстречу, но увидали негра, замялись, прижимаясь друг к дружке, не выдержали и поворотили назад, выбрасывая цветы и истошно плача, их пытались вернуть, ловили за руки, но потом и те, кто пытался вернуть, также бросились прочь — люди утекали во все стороны, прорываясь на улицы, разбегаясь ручьями в переулки, набиваясь в подъезды, — бесшумно, только топот, только детские вскрики слышались окрест; негр достиг наконец железного трубчатого заграждения, за которым еще вот сейчас начинался народ, но теперь — голая площадь, люди разбегались со зловещей проворностью, будто скатывался спешно ковер, будто давали место для игры.

— А? Где? — голосил негр. — Что, нет никого? — Командиры надсаживались — назад! — и разбегались вдогон, как пастухи, негр с бессильным отчаянием воскликнул:

— Надо было в помещении собирать! С помещения — ни один бы не ушел! — И остановился, схватившись за бок, опершись на подставленное плечо.

К нему бегом подволокли пойманных двоих детей и старика в пальто с оторванными пуговицами. Дети визжали, старик беспрерывно кланялся, его били для этого по затылку.

— И это все?! И это? — возмущался негр и, плача, смеялся. — Отец! — Обнял старика. — Я сделаю! — Потряс его, у старика начала отлипать борода. — Собрать погоню! К народу! Где? Садись!

Уже подкатывал длинный открытый автомобиль для осмотра воинских строев с деревянно сидящим солдатом за рулем, негр толкнул меня: полезай! Сам вспрыгнул уже на ходу и дал направление: «Туда!» — довольно расхохотавшись, и ткнул меня кулаком в бок:

— Не бойсь, достанем! Все тут будут! — И потряс кулаком, вцепился водителю в плечи. — В отпуск поедешь!

По обочинам разбегались остатки людей, лихо прыгая через ограду, хоронясь за бульварные лавки, залезая в кусты, захлопывались, повизгивая, окна, форточки, балконные двери — деловито, стремительно; за нами цепью подстраивались и подстраивались черные лакированные автомобили, грузовики, вездеходы, бронемашины, мерцающие мигалки перекликались между собой, понеслись быстрее, уже увидел там, в протяжении улицы, черную, убегающую тьму, негр в запале разинул рот, захрипел, поднял руку, давая задним знать: настигаем! Ехали так быстро, казалось, люди сами бегут навстречу, солдат притормозил.

— Что? — гаркнул негр.

— Обратно бегут.

Негр выпрямился.

— Ага-а! То-то! Останови. — Негр стал ногами на сиденье, приосанился и провозгласил: — Ну щто? Понимать?

Люди бежали к нам на последних издыханиях — утомленно раскрытые рты, багровые лица, волосы клочьями, спотыкаясь, слабели ноги, — бежали широко, растворяясь в ближних дворах, черные; неясный повторяющийся крик — я задрожал, смотри, не закрывай глаз сейчас! — нисколько не останавливаясь, как не видя нас, они пробегали мимо, словно рядом с пустотой, ямой, за спиной у нас — крик, их пытались все-таки остановить, опирались на наш автомобиль, он раскачивался, я глядел только на руки — руки, руки, руки... негр крутился, как на сковороде:

— Стоять! Слушай мои! Что кричат? — Дернул солдата. — По-ихнему понимаешь?!

Люди обтекали нас, их оказалось не так много — так быстро минули, и опять пустая улица, но там, еще далеко, опять надвигалась сплошная тень, как и следует тени — беззвучно; отставшие обегали нас, путаясь в брошенных варежках и шарфах, также крича, и теперь можно разобрать, что кричали. Кричали:

— Крысы! Крысы!

— Кры-сы? — незнакомо повторил негр и ошеломленно, часто стал утирать глаза. Я медвежьи повалился на плечи водителя.

— Поворачивай! Поворачивай!!! — Не смотреть, нет!

Автомобиль нестерпимо медленно катнулся вперед-назад, трудно — на узкой улице, сзади корячилось сопровождение, поворачивая, гудя, автомобиль заехал на мягкое, траву, перевалив камни, ограждавшие обочину.

— Скорей!

— Назад!

Назад не вернуться, убегают люди, затор, мы скользнули направо, негр что-то увидел.

— Крысы! — заколотил он водителя. — Ходу! Быстрее. — Автомобиль рвался, ветер разогнул меня, слева на дорогу высунулась пожарная машина, я успел заметить башенку с шатровой крышей и лестницей, винтом ведущей наверх, — пожарная каланча.

Потеплело. И сквозь снег сине проступила земля. На вокзале раскрыли окна. Воробьи прыгали у Старого под ногами — он грыз семечки.

Ларионов вынес из вокзала сумки.

— Идемте. Поезд сейчас подадут. Я вам взял в столовой на дорогу. С чаем тогда... Здесь, — остановился, тихо добавил: — Деньги я под низ положил. Не будете считать? Ладно. Тепловоз дотянет до Ельца, а там прицепят к скорому. Ну-у... Хотелось до места проводить.

— Да ладно. И так спасибо.

— Все наши вам привет передают. Хотели подъехать, но у кого что... Все на местах, пока отбудет.

Из-за складов, из-под моста тепловоз толкал вагоны, на первом висел рабочий с желтым флажком.

— Владимир Степанович. — Архитектор не выпускал руки Старого. — Вы, в общем, простите. Что все вот так получилось.

Старый нагнулся и поднял сумки. Занес их в вагон. Вагонов подали три: пассажирский и почтово-багажные — туда бросали посылки и запечатанные сургучом мешки. Старый потер стекло, запыленное в два слоя. Покрутил радио. Но музыка доносилась из города. Старый спустился на платформу и сел на бронзово выкрашенную урну. Слушал.

Невеста пробежала мимо. Дежурная показала ей на Старого — невеста вернулась, размашисто выставляя загорелые колени, черный щенок на поводке, она радостно надувала щеки, подпевая доносившейся музыке.

— А-а, все-таки застала!

— Да.

Старый глядел на ее белый воротник, широко легший на плечах.

Она потрогала шею.

— Что? Что-то здесь не так? Я ненадолго, — сообщила, как большую, смешную для него, тайну, помахала кому-то. — Не уходи! Сейчас! Вам — вот, вот, подарок вам, берите. Нет, берите, — смеясь, говорила Старому, как глухому, перехватывая его руки, и он невольно улыбнулся. — Вам книга, в поезде будете читать. Переписка Льва Толстого с родственниками. Я по вашей внешности подбирала — вам такое подойдет. А это! — подтянула щенка, он покорно пересел поближе. — Собака! Я хотела подарить этому, вашему другу. Тоже возьмете вы, пусть будет хоть так. Пока! — Не коснувшись, поцеловала Старого в бороду. — Счастливо. — Не сдержалась, прыснула и быстро-быстро помахала ладонью, растопырив розовые пальцы.

Проводница разломала ящик из-под пива и постелила щенку картонку. До обеда Старый смотрел в окно. В обед он попросил теплой воды, накрошил в воду хлеба — щенок почти не ел. Поезд лязгал, в голове, как у мешочника на крыше, ничего не оставалось, кроме встречного гудка.

Долго стояли в Новом Осколе, внизу, вдоль вагонов женщина предлагала газеты:

— Читайте русские газеты! Читайте русские газеты. Индейцы не читали своих газет, а теперь и рады бы, да не могут — под землею темно.

— Тань, — Старый пригласил проводницу, она принесла чай, они ели круглые коржики. — Знаете, я понял основной закон нашей жизни. Звучит он так: наша жизнь тяжела. Но любая попытка облегчить жизнь делает ее невыносимой. Но... Только — если так, то не стоило городить все это.

Вечером проводница сама подошла к нему — он так смеялся, прочитав в книжке какое-то место:

— Слушай: «Соня же просит прислать мужика для вывода крыс и фартучек детский», а? — Потушил свет, вернул книжку на столик, лежал на спине, вытирая слезы, щенок скулил — ложился и вставал.

Куда мы ехали? Мы возвращались в Москву, на ровное место.

Мы возвращались в Москву, зима уходила ногами вперед, утекала в канализационные люки. В Новом Осколе снег пластался только по канавам, в Ельце холодно моросило, в Узловой я увидел сухую землю и траву, исцарапанную граблями, и яблоки в палисадниках, наверху, у желтого вокзала из бочки продавали квас; в Настасьино трава скрывала людей, идущих с корзинами, солнце припекало, дежурный по станции в рубахе с коротким рукавом спал на лавке.

В Ожерелье еще держалось лето, и Старый слез с поезда, взял пива в столовой у моста, опустился под сирень у головастой водокачки, на нижнюю треть выложенную из белого неровного камня с воротцами и колоннами, посредине — из темно-кровавых дореволюционных кирпичей, а верхушка — из советских, морковных, под крышей число — 1949. Щенка привязал к забору и стал ждать московской электрички.

Я прошел мост, заглядывая свысока в открытые вагоны: бревна, щебень, уголь, трубы. С прошлого раза за мостом накопали ям, вывели стены; сквозь стройку я вышел на поле, поделенное загородками, уставленное ржавыми телефонными будками и кузовами — садоводы; по бревну перешел ручей, за следующим оврагом — деревня тянулась направо вниз, я поднимался налево на ши-

399

рокий, по-особому ровный склон, там ходили люди, что-то разыскивая на гладкой земле, прямо передо мной гуляли три старухи с баночкой краски, одна утверждала:

— Ноги у тебя — как у кузнечика. Прямые! Прямые — и все. Не бери в голову.

Я не понимал: про кого? — пока другая не остановилась и приподняла пальто.

— Нет, девки, видите: дошло уж до колена. А скоро обе будут как штопор.

Они смолкли, ибо достигли своего места — рвали траву, рассыпали ленточкой песок, долго потом меня достигали отголоски и запах краски.

— Крестик тебе оживим... А как мужиков она любила. Э-эх!

Здравствуй, здравствуй. Да я сам не собирался. Всегда говоришь одно и то же: опять пьяный. Опять в рванье.

Я оставил только камень с именем. Ведь глупо приделывать фотографию. Я рвал все ростки, когда заезжал, чтоб ничего такого не выросло, — я не хотел, чтобы она жила деревом. Просто по пути, тут, ехали. Да, с работы мы. И Старый, он на станции. Я понимаю, что редко. Не так близко... Да и ты — редко стала приходить. Хотя — ты заметила? Теперь так трудно вдвоем... Какой-то несерьезный последнее время. С тобой трудно говорить серьезно. Все забываю тебе сказать... Ты даже не знаешь, сколько мы заработали. За две недели. А ты говорила, я никогда не смогу зарабатывать. Теперь развернемся, наймем людей. Я здесь сниму дом. С зимы. Вот тогда буду часто. Допишу диссертацию, там осталось переписать да источники проверить, конечно, много возни, но надо до ума довести — на два месяца запереться. Буду работать только дома. Раз в неделю — в библиотеку. Напишу работу по приманочным способам. Живу — ты все знаешь... Видишь, приходится как без тебя... Стыдно. Но ты ведь ничего не оставила мне. Я недавно, летом, чищу зубы, еще темно. Пришел просто поздно, чищу зубы и вдруг понял: большая часть моей жизни пройдет совсем без тебя. Это и раньше знал, но я вдруг это понял... Мне остается надеяться, что время между моими приходами идет у тебя быстро... Мне совсем тяжело думать, что ты все время думаешь про меня. Может, тебе есть еще о чем подумать. Может, ты бываешь где-то еще. Здесь — много места, далеко жилье. Здесь растаскивают печенье и сухари птицы. Нет воды. В городе бы — не так. Вода первое дело для них, а здесь сухо. А я все равно иду и гляжу под ноги — не бойся. Я хотел тебе сказать. В общем, я совсем не забываю тебя. Там, где я живу, рядом детсад — там есть какая-то девчонка, имя как у тебя, все время убегает, такая шалаболка, я часто слышу: ее зовут, мальчишки бегают за ней, как дураки, и кричат твое имя. Я приеду еще. Я теперь часто. Не пойдешь со мной? Не хочется? А почему? Это я смеюсь. Все я знаю. Тогда — я к тебе? Вот так-то. Да? Я сам не знаю, что я должен. Я сам. Не знаю, что я должен. Что? Я не слышу, ты понимаешь, я уже плохо вижу, я стал забывать, черты — нет, я все помню, но забывается само. Ладно. Нет, у меня теперь так много времени, но я не хочу плакать здесь.

Я жил тогда... Нет, сперва дорога. Мы приехали на Павелецкий вокзал, садоводы везли лопаты, обернутые мешковиной, в тамбурах стукали бутылки; измученные теснотой, все в охотку выходили в пахнущую пылью ночь и, не расставаясь, шли до метро под объявления посадки и прибытия. Старый выплелся из толпы, не полагаясь на доброту стерегущих метро милиционеров, сунулся к извозчикам — он выронил поводок и не заметил, наверное, заметил потом, я повел щенка за собой.

Я жил тогда в коммунальной квартире у Савеловского вокзала, снимал комнату у армянина Левона — Левон отправил жену и трех дочерей домой, сам поехал работать сторожем посольства в Африку — зарабатывать квартиру, мне оставил комнату — девять метров, он боялся соседей и представил меня братом, и я хмуро выслушивал мнение соседей, что хорошо говорю по-русски и, если со мной говорить только трезвым, — ни за что не догадаешься, что армянин. Я не любил эту местность, но все же это не Хорошевское шоссе и не Волгоградский проспект, где нас хорошо знали.

Щенка я запирал на ночь. В ту пору или около того случалась одна девушка, по пути, в одном переулке у Зоологического музея, без пылу. Но когда-то я помнил, сколько мгновений поднимается лифт на ее этаж, и спрашивал по телефону: «В чем ты сейчас?» — она отвечала так, что приходилось ехать, а сейчас наступало время, когда ценишь тех, кто помнит тебя молодым, из спальни ее я видел костел — темно-красную башню, и можно придумать, что просыпаешься далеко.

Она выбежала на балкон, на ее столе под стеклом лежали снимки и засушенные листья, я рассматривал снимки, некоторые доставал прочесть, что на обороте, и засматривался на ее узкую спину, так живо и упруго наклонялась, она кричала своему суженому вниз, что, конечно, проспала, пусть он едет один, и смеялась — так он огорчался и грозил ей, она смахивала с глаз смоченные волосы и показывала ему худой кулак, словно родители дома и могут услышать, постукивала голой коленкой о железный балконный пруток, не поворачиваясь, перехватывала мою руку, восходящую под халат: ну ты что?!

Она махала ему, пока видела, прищурясь, взглянула на противоположные окна, прошла к зеркалу. Осторожно, словно с обожженной кожи, сняла халат и стояла на свету, чуть поворачиваясь, унимая в руках неясные движения, и свет красил ее золотым, желтым, розовым, синим, с улицы пахло мокрой мостовой, сырыми листьями, улица еще толком не проснулась; она, замерев, смотрела на себя, а затем важно объявила, что настал час расплаты — подбежала и колотила за то, что подсматривал, за то, что приставал и появляюсь раз в полгода, и еще сопротивляюсь, и не признаю, отбивалась сама, задыхаясь от смеха, теряя силы, вкрадчиво просила прощения, коварно пытаясь вырваться и снова обещала: в последний раз; ночью она просыпалась, как только просыпался я, вдруг сказала:

— Если я вижу тебя во сне — ты никогда не подходишь. Куда ты там смотришь? Ложись.

— У тебя под окнами какая-то подсобка.

— Палатка, продают торты.

Ее родители ездили на дачу, но там не работал телефон, они никогда не говорили, когда назад, и я уходил рано, к открытию метро, бормоча покаянно вахтерше: надо встречать поезд, — она зло молчала, лязгая цепью, замыкавшей дверь.

Тогда я вдруг почуял, как там он один, скулит, опрокинул воду, и бросился домой, пьяно щипало в глазах — щенок забарахтался в ногах, я валял его на спину, разрывал молочный пакет; я, уходя, настлал ему газет, я заметил: они испачканы кровью, щенок хлебал свое пойло, выпятив лопатки.

— Покажи свои лапы... Это? Я виноват. Я не думал, что так дойдут скоро.

Комната похолодала, чужая, запер дверь, отодвинул от стен диван, шкаф, тумбочку, холодильник. Щенок мешал. Левая сторона от двери до окна. И правая. Под окном. Батареи. Стены.

Ход — один, над трубой, отопление. Свежий, но разработанный, грызла не одна. Вещи я перебрал на диване. Диван промял дважды. Снял занавески, их нельзя посмотреть раз и успокоиться — отвлекают. Особо — холодильник. Надо сразу исключить гнезда.

— Надо исключить гнезда.

Щенок забоялся двери, я запоздало присел — щель. Но вроде еще не время. Подсадил щенка на диван.

— Дверь мы с тобой просто забыли. — Снял с батареи половую тряпку и плотно натолкал ее в ход над трубой, начерно. Освободить спину. Подкрался к двери — постучали.

Соседка, вежливая старуха:

— Чайник твой вскипел. Сколько собак завел?

— Одна. Вон он.

— Какую одну? А с кем же ночью носился? Визжали! В коммунальной квартире хочешь собаку держать — бери у соседей согласие. У меня аллергия на шерсть. Видишь, шея опухла?

Я затворил дверь и — пальцы на нижнюю кромку. Грызли. Все хуже.

До ночи я начинил битым стеклом ход над трубой, посмотрел кухню, трубопроводы ванной и туалета, дырок полно. Есть хорошее правило борьбы с грызунами: надо защищать тот простор, который ты можешь защитить, а не тот, что тебе необходим для жизни, про все остальное достаточно знать.

Подмел лестничную клетку, на совке посмотрел пыль — да.

— Можешь не подметать, — погрозила старуха. — На собаку нужно разрешение.

Чтоб жить, я отгородил место в углу, положил постель себе и щенку. Выгнул шею настольной лампе, чтоб свет падал на нас, взял черенок от лопаты и пробил его макушку гвоздями «соткой» —

гвозди растопырились жалами. Выпросил у бабки стакан муки. Когда соседи отошли ко сну, насеял муку под нашей дверью на плиточный пол. И включил потушенный бережливой рукой свет на лестничной клетке.

— Сегодня пересидим. Завтра погуляем.

Я немного почитал на ночь про собак. Сидели на свету, как в шатре. Щенок беспокоился, мешал мне слушать. Я прилаживался дремать, но не закрывались глаза. Потолок? Подоконник? Что я забыл? Неужели я должен простукать полы? Я и так много работал. Как умел.

Щенок встрепенулся и полез через меня, охватывая поводком.

— Дай послушаю.

Его влекло к двери, я намотал поводок на трубу. Щенок прыгал на поводке, труба словно гудела, он злился и рычал на меня.

— Пересидим!

Дурак! Он рвался, протягиваясь вперед острой мордой, сейчас он разбудит соседей, сейчас все прибегут, и я отвязал его, муку запятнали следы, мы сбегали по лестнице, я включал свет, бил по перилам рукой, сохраняя нужную пустоту вокруг, про подъезд я знал, лучше, если бы мы кого-нибудь встретили, я подхватил щенка на руки, врезал кулаком по ящикам почты, прыжками достиг дверей, пританцовывая, не оставляя ног на месте, и выскочил вон, в сторону от помойки и травы, под фонарь, и вернул щенка земле, он все равно тянул ошалело и взрыкивал, я словно чувствовал себя под чужой волей, но спохватился: я же могу еще позвонить! И ночь охлаждала, стены чуть расступались, есть у меня единственный рубль, телефон у торговых рядов — туда я не решился подойти, зная про землю рядом. Следующий телефон у почты, я долго следил, подходя черепашьим шагом, но вместо наборного диска — круглая нашлепка «Телефон отключен», в соседнем — с мясом выдрали трубку.

Далее, к школе, щенок не хотел, его тянуло в стороны — телефон только на жетоны! Уже закрылось метро, с завыванием неслись под мост троллейбусы, забравшие с далеких остановок последних, двором я выволок щенка к зубной лечебнице, и вот телефон, возле него парень с девчонкой, девчонка засмеялась — по горбатой черной дороге, подсеребренной фонарем, трусила крыса. Время.

Я потащил щенка на середину Бутырской улицы — движение редело, объезжали, мы причалили на той стороне у «Детского мира», где телефоны жались к киоску «Мороженое», но все освещал фонарь, я вздрогнул, но это ветер гнал по мостовой корябающий листок, плохо слушались ноги, щенок сипел, он так рвал ошейник, до удушенья, лаять не мог, я не смогу побежать, но я перетянул щенка и шатался из будки в будку, дергано отрывая ноги от земли, здесь телефоны брали рубли, первый не гудел, второй гудел не переставая при наборе, на третьем я даже набрал, затолкав щенка под колени, но телефон хапнул монету и оглох, там уже взяли трубку, там уже спрашивает голос — я грохнул кулаком по телефону, хрустнуло, и среди гудений, нытья далеких гудков, шуршания – Старый глупо:

– Алло. Говорите. Вас слушают.

– Старый, это я, это я!

Отбиваясь от чужих отголосков, хрипов, просачивавшегося гудения, подумал, что это не мне, это не он, но Старый чуть ближе переспросил:

– Кто это?

– Я! Меня прижали и здесь, я не могу, когда так рядом! Надо сделать.

– Знаете, я, я, – лепетал Старый. – Знаете, я не имею возможности, вы, как я понял, желаете немедленно. Меня в данный момент ну просто семья не отпустит. Алло? Вы слушаете? Алло.

– Да, я слышу тебя!

– Я приеду, постараюсь заехать. Может быть, завтра. В общем, когда буду в тех местах. Обязательно, сейчас я просто замотан, ну не могу ж я вот так взять и сорваться. – Он обиженно помолчал. – Тебе там скучно?

Теперь нельзя сказать: я буду ждать, он длительно опускал трубку. Бывает, так кладут трубку, что обрывается разом. А бывает, трубка отрывается от уха, задевает прядь волос, движется по воздуху, ударяется о корпус телефона, гремит, примеривается к рычажкам. Только потом – все, но до этого еще слышишь, еще там, хотя разговор окончен.

На воле я слепо побежал за щенком, но пытался придумать: ночевать на вокзале, но теперь не пускают внутрь без билета. Можно потолочься у касс, но на извозчика нет денег — идти до Виндавского вокзала пешком? Савеловский — недостроенный, окруженный ямами и грязью, я попробовал все же пробиться к пригородным кассам, там, кажется, лавки; свернул для этого в проулок меж стройкой и булочной, но поперек пути валялась урна с плотно натолканной глоткой, ее растрепывали, рвали две крысы с черными спинами, я застыл, щенок резко дернул поводок — я стиснул кулак, как в детской игре, когда один разжимает пальцы другого, но поводок свободно выскочил из кулака, словно сквозь пустоту, словно его не сдерживала сила, и щенок все быстрее понесся в темень, под мост, и скоро я перестал его видеть. Я было пошел за ним, но остановился на краю голой площади, подальше от ларьков, стройки, кустов, железных путей: куда дальше?

Расходился ветер — там, чуть впереди, каталась по площади комканная бумажка, по ее движению я видел, что носится она не сама, она — промасленная, в чьих-то зубах, и рядом бегают те, кто еще не цапнул, а может, они просто катают ее для звука — любят играть, бренчать серебряной ложкой под половицей; и туда мне нельзя пройти, никуда совсем, задувал ветер, он продувал насквозь всех, оставшихся здесь, — милиционера с черной дубинкой, цыганку, гуляющую по кругу для согрева, с цветастым узлом, извозчика, ждущего у порожней машины; мы отворачивались от ветра, я не знал, как надо стать, погружаясь в ночь, — там фабрика Ралле, там фабрика Дюфуа, там завод Густава Листа, там фабрика анонимного общества прядильщиков кокона; я вспомнил Миусское кладбище за путями с разбитой церковью, изо всех сил вспоминал, в какую сторону у нее вход, в какую — алтарь; когда идешь по кладбищенской дорожке, церковь к тебе обращена боком, заходят слева, значит, справа алтарь, для меня это где? Я сообразил, повернулся лицом к вокзалу, чуть взял правей — получилось, что я гляжу в сторону улицы Стрелецкой, я надеялся, что высчитал верно, я старался не потерять этой стороны, как бы меня ни поворачивал ветер, все отступало, я смотрел в сторону, откуда взойдет солнце.

Оглавление

Литературно-художественное издание

Терехов Александр Михайлович

НАТРЕНИРОВАННЫЙ НА ПОБЕДУ БОЕЦ
Роман

Заведующая редакцией *Е.Д. Шубина*
Выпускающий редактор *Т.С. Королева*
Технический редактор *Т.П. Тимошина*
Корректоры *М.Ю. Музыка, О.Л. Вьюнник*
Компьютерная верстка *Е.М. Илюшиной*

ООО «Издательство Астрель»
129085, г. Москва, проезд Ольминского, д. 3а

Издано при техническом участии ООО «Издательство АСТ»

Отпечатано с готовых файлов заказчика
в ОАО «Первая Образцовая типография»,
филиал «УЛЬЯНОВСКИЙ ДОМ ПЕЧАТИ»
432980, г. Ульяновск, ул. Гончарова, 14

Премия «Национальный бестселлер»

Александр ТЕРЕХОВ

НЕМЦЫ
Роман

Эбергард, главный персонаж романа «Немцы», руководитель пресс-центра в одной из префектур города, умный и ироничный скептик, вполне усвоил законы чиновничьей элиты. Младший чин всемогущей Системы, он понимает, что такое жить «по понятиям». Однако позиция конформиста оборачивается внезапным крушением карьеры. Личная жизнь его тоже складывается непросто: всё подчинено борьбе за дочь от первого брака. Острая сатира нравов доведена до предела, «мысль семейная» выражена с поразительной, обескураживающей откровенностью...

Что можно увидеть с Большого Каменного моста? Кремль.
Дом на набережной. А может быть, следы трагедии.
В июне 1943 года сын сталинского наркома из ревности
выстрелил в дочь посла Уманского.
Но так ли было на самом деле?

Герой романа Александра Терехова, бывший эфэсбэшник,
через шестьдесят лет начинает собственное расследование...

АЛЕКСАНДР ТЕРЕХОВ

ЭТО НЕВЫНОСИМО СВЕТЛОЕ БУДУЩЕЕ

Герой книги «Это невыносимо светлое будущее» —
молодой провинциал — начинает свое личное наступление
на Москву в то смешное и страшноватое время, когда вся страна
вдруг рванула к свободе, не особо глядя под ноги.
Невероятно увлекательные, пронизанные юмором и горечью истории.
Никакой жалости — прежде всего к самому себе.